华北抗日根据地及解放区文艺大系

陈晋 郑恩兵 主编

# 晋冀鲁豫《人民日报》文艺文献全编

## 戏剧小说文艺评论合卷

郑恩兵 编

河北出版传媒集团

河北教育出版社

## 图书在版编目（CIP）数据

晋冀鲁豫《人民日报》文艺文献全编.戏剧小说文艺评论合卷 / 郑恩兵编. -- 石家庄：河北教育出版社，2023.12

（华北抗日根据地及解放区文艺大系 / 陈晋，郑恩兵主编）

ISBN 978-7-5545-7681-6

Ⅰ．①晋… Ⅱ．①郑… Ⅲ．①文艺-作品综合集-世界-现代②剧本-作品集-中国-现代③小说集-中国-现代④艺术评论-中国-现代-文集 Ⅳ．① I11 ② I230 ③ I246 ④ J052-53

中国国家版本馆 CIP 数据核字（2023）第 043808 号

| | |
|---|---|
| 书　　名 | 晋冀鲁豫《人民日报》文艺文献全编·戏剧小说文艺评论合卷<br>JINJILUYU RENMIN RIBAO WENYI WENXIAN QUANBIAN XIJU XIAOSHUO WENYI PINGLUN HEJUAN |
| 编　　者 | 郑恩兵 |
| 责任编辑 | 刘书芳　刘　明 |
| 装帧设计 | 郝　旭 |
| 出　　版 | 河北出版传媒集团<br>河北教育出版社　http://www.hbep.com<br>（石家庄市联盟路705号，050061） |
| 印　　制 | 石家庄众旺彩印有限公司 |
| 开　　本 | 787毫米×1092毫米　1/16 |
| 印　　张 | 21.75 |
| 字　　数 | 271千字 |
| 版　　次 | 2023年12月第1版 |
| 印　　次 | 2023年12月第1次印刷 |
| 书　　号 | ISBN 978-7-5545-7681-6 |
| 定　　价 | 128.00元 |

版权所有，侵权必究

# 丛书编委会

**顾　问**
陈平原　刘跃进　王长华　李　扬

**编委会主任**
吕新斌

**编委会副主任**
彭建强　孟庆凯　刘　月

**主　编**
陈　晋　郑恩兵

**副主编**
董素山　向　回　汪雅瑛

**编　委**（按姓氏笔画排序）
马春香　王少军　田浩军　包来军　吉　喆　刘书芳　刘贵廷
关小彬　杨　程　杨春生　宋少净　张　辉　张川平　赵　华
高露洋　郭义强　阎晓宏　梁晓晓

# 编纂说明

在中国共产党百年发展历程中,文艺始终是党领导人民开展进步事业的有机组成部分,是党在各个历史时期的中心工作的实时反映和重要推动力量。"华北抗日根据地及解放区文艺大系",是一部全面展示抗日战争和解放战争时期华北地区党的历史创造、奋斗风采和形象建构的大型革命历史文艺文献丛书,对于深入研究华北地区革命文艺史、红色新闻史,弘扬伟大建党精神、梳理中国共产党人精神谱系,是必不可少的第一手资料,是我们在新时代坚定树立文化自信的重要思想资源。

## 一、编纂缘起

抗日战争及解放战争时期,华北地处各方政治与文化力量激烈博弈的前沿,这种特殊政治、军事、文化、地理环境中产生的革命文艺,具有鲜明的地域性特征,是五四新文化运动以来的革命文艺发展史上的突出标识。

但一直以来,由于史料文献整理不足,对华北抗日根据地及解放区文艺的研究,始终未能深入,其独特的地域性实践价值和蕴含的文化创新意义被严重遮蔽。这些史料文献主要以党报党刊的形式呈现，梳理汇编这些党报党刊中的革命文艺史料，借之以探索华北革命文艺的发展路径、发展方向、创造机制和创新经验，是深入贯彻习近平总书记关于"把红色资源利用好、把红色传统发扬好、把红色基因传承好"，"用好红色资源、赓续红色血脉"等系列重要讲话精神的有力举措，也是新时代文艺研究者不可推卸的责任。

2017年6月左右，我们去中国社科院文学所拜访时任所长刘跃进先生，协商合作研究事宜，寻求中国社科院文学所的帮助。请教过程中，刘先生建议我们结合地方特色，做好地方红色文艺文献的搜集整理与编纂出版工作。经过一段时间筹备，2017年底，我们以"河北红色经典系列丛书"为名，正式申报"2018年度河北省省级宣传文化发展专项资金"项目并成功立项，旨在通过选定刊行河北红色经典作品、梳理汇编河北红色经典研究资料、系统阐述河北红色经典发展历史等基础性工作，打造一个集大成式的河北红色经典文献资料库。

项目最初设计共二十四卷，包括六大板块：《河北红色经典史》一卷、《河北红色文艺作品选》六卷、《河北红色经典作家作品索引》三卷、《河北红色经典研究资料汇编》四卷、《〈晋察冀日报〉副刊文学作品全编》六卷、《晋冀鲁豫抗日根据地文艺作品及〈新华日报〉太行版文艺作品汇编》四卷。但在项目实施过程中，我们充分吸收专家意见，认为网络时代和大数据背景下的科研活动有了很大变化，《河北红色经典作家作品索引》与《河北红色经典研究资料汇编》的编纂工作，在当前学术生态中价值不大，并予以取消。同时，在项目实施过程中我们发现，《晋察冀日报》《人民日报》等党报除刊发大量文艺作品外，还有大量记录边区文艺工作者行迹，反映边区戏剧、音乐、文学、美术、舞蹈、曲艺活动与报刊书籍出版发行等各方面情况的文艺史料，以及体现我党文艺方向、方针变化的政策文件与重要领导讲话，是华北地域党和人民对敌作战的重要宣传武器，更是飘扬在华北地区军民心中一面旗帜。这些史料是华北地域革命文艺发生、发展与壮大的真实记录，对我们正确认识革命文艺的特点与历史地位有重要的决定性作用。

为此，我们精心整理了《〈晋察冀日报〉文艺文献全编》《晋冀鲁豫〈人民日报〉文艺文献全编》《〈晋察冀画报〉文艺文献全编》《晋察冀日报社人物志》（共五十一卷），同时收入全国抗战时期和解放战争时期与河北地域相关且被广大群众所喜爱并广泛传唱的红色文艺作品，结集为《河北红色文艺作品选》（共六卷），至此形成丛书目前的五大板块，而且将名称由"河北红色经典系列丛书"改为"华北抗日根据地及解放区文艺大系"，方便以后在此基础上做进一步拓展。

## 二、地域范围及文艺特质

华北抗日根据地包括当时山东、河北、山西、察哈尔、绥远、热河全部及豫北、苏北、皖北部分地区，分晋绥、晋察冀、晋冀豫、冀鲁豫、山东五大块。1941年，冀鲁豫合并到晋冀豫，称晋冀鲁豫。其中晋察冀抗日根据地作为开辟最早、地域最大、人口最众的模范抗日根据地，是华北抗日根据地的坚强堡垒，牵制和抗击了三分之一以上的华北日军和二分之一的伪军。

在河北及其邻省周边地区开辟与创建华北抗日根据地，是红军长征到达陕北之后党中央迅速做出的重大战略决策。这些根据地处对日武装斗争最前线，不仅打开了抗战的新局面，成为华北敌后抗战的主战场，而且进行了新民主主义社会的实践探索，对解放战争的历史进程产生了巨大影响，成为我党开辟东北解放区的前进基地和逐鹿中原的战略后方。随着抗日根据地的开辟，延安文艺工作团、西北战地服务团、东北促进纵队干部队、八路军总政治部前线记者团等大批文艺工作者，随同党政干部一道陆续抵达华北，东北、平津的青年学生也纷纷冒着生命危险来到边区。他们一手拿枪，一手拿笔，深入农村与抗战前线，切身体会工农兵的生活，深刻了解工农兵的需求，从而根本上克服了艺术至上主义思想倾向。所以，华北抗日根据地及解放区文艺，既响应了伟大的民族抗战对文学艺术提出的时代要求，亦充分兼顾到广大人民群众的接受习惯和欣赏水平，真实地反映了华北人民火热的战斗与生产生活。很多作者本身就是农民、战士或基层工作者，他们把自己的经历和熟悉的人和事，通过小说、戏剧、诗歌、报告文学、歌曲、绘画、舞蹈等文艺样式记录下来，语言通俗平实，富有生活气息。由于产生于特定时代、特定区域而又适应特定需要，故而无论是题材、语言还是风格，在体现革命大众文艺共性的同时，又具有强烈的华北地域特性。

华北抗日根据地及解放区文艺的繁荣发展，是专业文艺工作者与工农兵群众共同创造的结果。人民群众不仅是革命文艺运动的主导主体、推进主体、受益主体，还是一切成败得失的评判主体。华北抗日根据地及解放区文艺，归根结底，是"以人民为中心"的文艺。

## 三、学术价值

今天的河北在抗日战争、解放战争时期是晋察冀、晋冀鲁豫两大根据地的中心区域，有着悠久的革命历史传统和丰厚的红色文化底蕴。据不完全统计，抗日战争和解放战争期间，仅晋察冀边区专区以上就办有报刊四百余种，编印图书五百余万册。如果将这种统计扩大到环绕河北的整个华北抗日根据地及解放区，时间扩展至从中国共产党成立到中华人民共和国成立，数据更为可观。这些红色图书、报刊的出版发行，团结了一大批来自全国各地的著名革命文艺家和专业文艺工作者，其中有大量文艺相关信息，是研究近现代中国革命文艺的重要史料。但因受当时物质条件及复杂局势影响，它们传播范围有限，保存困难，如今已普遍出现老化或损毁现象，面临着消失、断层的危险。

长期以来，由于对抢救、整理和利用红色文艺文献的意义认识不足，现行的科研评价、出版机制亦难以有效刺激科研工作者积极从事老旧报刊等红色文艺文献的系统整理，大量有待整理的红色文艺文献尚未进入学界的视野。特别是华北抗日根据地及解放区的文艺文献，有很多甚至还是学术盲区。如《冀中导报》《救国报》《边政导报》《冀南日报》《团结报》《前进报》《新察哈尔报》《冀热察导报》等各类党报，以及《冀热辽画报》《冀中画报》《北方文化》《五十年代》《新长城》《新群众》《诗建设》《诗战线》等期刊，虽有部分学者对其办报（刊）历程、思想以及传播等方面予以研究，但均无系统的文艺文献整理本。"华北抗日根据地及解放区文艺大系"整理的《晋察冀日报》、晋冀鲁豫《人民日报》、《晋察冀画报》，是当时华北抗日根据地及解放区党报党刊的典型代表，是党的理论和实践同文艺结合的主要媒介和载体，是华北革命文艺重要的传播平台。这些报刊，既客观记录了华北革命文艺的传播与发展，也完整展现了华北革命文艺的特殊使命与风格特征，具有极其重要的史料价值。在此基础上，我们还会将视角延伸到《晋绥日报》《新华日报·太行版》《新华日报·太岳版》等党报，不断地充实这套大型文献史料丛书，以此来系统建构华北抗日根据地及解放区的"文艺史料学"。

## 四、丛书特色

这套丛书的编纂,主要以抗日战争及解放战争期间华北境内各根据地、解放区出版、发行、制作之图书、期刊、报纸等红色文献中的文艺资料为内容。编纂特色主要包括:

(一)抢救珍贵历史文献,弘扬伟大建党精神。

华北抗日根据地及解放区的红色文献发行于条件艰苦的战争年代,数量少,印制质量粗糙,历经岁月的洗礼,留存下来的品相完好者已经很少,有些到今天已成孤本。这些文献作为特定历史时期和区域的产物,见证了中国共产党领导华北人民争取民族独立和人民解放的伟大历程,反映了华北近代社会的巨大变化,蕴含着珍贵的史料价值和鉴往知来的现实意义,是中国共产党领导的文艺事业、新闻出版事业与意识形态建设发展的历史见证。它们诠释了党的初心和使命,蕴含着坚定的理想信念与崇高的革命精神,到今天仍然具有强大的感染力与说服力,是陶冶情操、磨炼意志,走好新时代长征路的有效精神资源。抢救性搜集、整理与研究这些珍贵历史文献,有利于增强党政干部政治信仰,弘扬伟大建党精神和践行社会主义核心价值观。

(二)文艺与党史密切融合,拓展革命文艺与党史研究的新视野。

革命文艺作品的创作、发表和传播,和党的历史任务和奋斗实践是分不开的。在艰苦卓绝的革命岁月,奋斗前行的中国共产党始终强调,既要拿"枪杆子",也要拿"笔杆子"。革命的文艺工作者,一手拿枪,一手拿笔,深入农村与抗战前线,以人民大众易于接受和欣赏的形式,宣传党的政策,推行党的方针,为中国共产党顺利完成不同历史阶段的中心任务和伟大使命发挥了独特而重要的作用。本套丛书收入的文献史料，主要是抗日战争与解放战争时期党报党刊中的文艺作品与文艺史料，它们鲜明生动地体现了党的历史，党领导人民争取民族独立、人民解放的奋斗历程和精神面貌，从而为学界从文艺角度研究党史和从党史角度研究文艺提供了有力支撑。

（三）作品汇编与史料梳理并行，还原革命文艺的历史场域。

"华北抗日根据地及解放区文艺大系"的编纂，全面辑录华北抗日根据地及解放区党报党刊上刊登的诗歌、小说、戏剧、报告文学、散文、歌曲、版画等文艺作品，并系统梳理当时文艺发生、发展、传播以及社会各界文艺活动的各类消息和报导，同时选编了大量的河北红色文艺作品作为补充。这种文艺史料与文艺作品的配合整理，还原了革命文艺的历史场域，有利于构建对革命文艺的科学认识。

## 五、丛书内容

（一）《〈晋察冀日报〉文艺文献全编》共三十八卷：

诗歌三卷

戏剧一卷

小说二卷

文艺评论三卷

文艺史料九卷

外国文艺二卷

散文报告文学十七卷

歌曲版画一卷

（二）《晋冀鲁豫〈人民日报〉文艺文献全编》共十一卷：

诗歌一卷

戏剧、小说、文艺评论一卷

散文报告文学五卷

文艺史料四卷

（三）《〈晋察冀画报〉文艺文献全编》一卷

（四）《晋察冀日报社人物志》一卷

（五）《河北红色文艺作品选》共六卷：

诗歌一卷

戏剧一卷

散文一卷

小说三卷

## 六、编纂体例

（一）整套丛书题材丰富、门类众多，在体裁上不做强行统一。

（二）丛书中所录作品均为当年报刊发表的原文。为确保丛书的文献性、学术性、专业性和资料性，丛书编辑加工的总原则为保持文献原貌，内容上不做改动。

（三）文字的使用

1. 丛书中文字的使用以2013年教育部、国家语言文字工作委员会公布的《通用规范汉字表》为准。

2. 丛书中的古体字、通假字、俗体字，以及所涉及姓名字号、职官地理等专用字，均予保留。

3. 丛书原文字迹模糊残损，但仍可辨认或可依上下文校正，以字外加方框"□"表示；原文缺字或无法辨识，且无法校补，每字以一个方框"□"表示；如无法统计所缺字数，则以"☒"表示。

4. 丛书中数字的使用，保持原貌。

（四）标点符号及其他符号的使用

1. 丛书在不改变原文意义的情况下，将旧式标点改作现行标点符号。

2. 丛书原文中出现代表文字的符号，如"×""△""○""▲"等，保持原貌。

3. 丛书原文中的着重号、专名号等不再保留。

（五）其他

1. 丛书原文中的注释，保持原貌；编者亦出部分注释，供读者参考。

2. 因为原始文献本身产生于战争年代，保存不易，漫漶不清处较多，丛书疏误之处在所难免，希望专家读者批评指正。

## 七、鸣谢

本套丛书得以顺利面世，要特别感谢中共河北省委宣传部、河北省社会科学院、河北教育出版社的资金支持，以及北京大学陈平原教授、中国社科院文学所刘跃进研究员、南开大学文学院李扬教授、河北师范大学文学院王长华教授等，为丛书编纂提供了多方面的学术支撑；晋察冀日报社老报人及报史研究会诸位老师，中国社科院文学所现代室、中国丁玲研究会、中国现代文学馆各位专家，也在丛书编纂过程中提出了许多建设性意见；院内外的数十位年轻科研工作者，在原文录入和校对方面付出了艰辛劳动，确保了项目的顺利进行。在此一并致谢。

# 把艺术交给大众（代序）
## ——祝贺"华北抗日根据地及解放区文艺大系"结集问世

### 中国社会科学院　刘跃进

  由河北省社会科学院文学研究所编纂、河北教育出版社出版的"华北抗日根据地及解放区文艺大系"结集问世，值得庆贺。

  文艺是时代前进的号角。1937年7月7日，卢沟桥事变爆发，全面抗战由此而起。广大的爱国知识分子和青年学生，表现出同仇敌忾的民族气节，走出书斋，走出校园，用知识，用智慧，用不屈的精神力量唤醒民众，用实际行动担负起抗日救亡的历史重任。在此后的岁月里，延安文艺和华北抗日根据地及解放区文艺，是中国共产党领导下的两大主体，双峰并峙，展示着那个时代的风貌，引领了那个时代的风气。

  随着抗日根据地的开辟，延安文艺工作团、西北战地服务团、东北促进纵队干部队、八路军总政治部前线记者团等大批文艺工作者，随同党政干部一道陆续抵达华北，东北、平津的青年学生也纷纷冒着生命危险来到边区。他们一方面积极创作大量街头剧、活报剧、街头诗、墙头小说、木刻版画、歌曲、舞蹈等革命文艺，开展抗日救亡宣传运动；一方面也通过开办文艺干训班，开展各行业、各阶层甚至全民的文艺创作与评选活动,吸引工农兵群众加入文艺队伍,掀起了"晋察冀一周""冀中一日"等具有深化性质的群众写作运动,以及"创造模范村剧团""穷人乐"等群众戏剧运动,为晋察冀文艺史添上了浓墨重彩的一笔。

说到这里,我想起2009年参加《北平学生移动剧团团体日记》捐赠仪式的一段往事。从1937年到1938年,在中国抗战史上唯一以大学生组成的"北平学生移动剧团"在长达一年半的时间里,历尽艰难,转辗于国民党第五战区的各个战场,演出话剧,创办报纸,宣传抗日,鼓舞斗志,谱写出响彻云霄的时代赞歌。移动剧团的成员每人一周轮流记述,用日记形式记录了那段不平凡的岁月,《北平学生移动剧团团体日记》就是这部历史的记录。它不是写给个人看的私密记录,也不是为将来面世扬名。作者完全出于一种历史责任,真实客观地记录了那段鲜为人知的历史,体现出强烈的史家意识。日记封面上有这样一段题记,"北平学生移动剧团·愿我永恒·中华民国二十七年二月二十三日始·璧华"。孤立地看这部日记,也许没有什么轰轰烈烈的战斗业绩,也没有什么感人肺腑的情感纠结。客观、平实是它的本色,正是这种本色,为那个历史年代留下一段真实。"北平学生移动剧团"的抗日活动,是文艺工作者投身抗日洪流中的一个历史缩影。

随着抗战的胜利,察哈尔省会张家口解放,晋察冀文协、晋察冀剧协、晋察冀音协、晋察冀美协、晋察冀通讯社、晋察冀边区剧社、晋察冀日报社、晋察冀画报社等文化团体随中共晋察冀中央局和军区领导先后开赴华北根据地,一大批文艺工作者也随之来到华北,开展丰富多彩的文艺活动。他们坚持毛泽东《在延安文艺座谈会上的讲话》中指出的方向,一手拿枪,一手拿笔,深入农村与抗战前线,既为切身体会工农兵的生活,也为深刻了解工农兵的需求,从而在根本上克服了自身相当普遍和严重的艺术至上主义思想倾向，为工农兵而创作，为工农兵所利用，以人民大众易于接受和欣赏的形式，普遍写人民大众的生产战斗故事。譬如左翼作家邵子南，于1938年10月随西战团到晋察冀，主持战地社日常工作，主编《诗建设》；1943年整风运动后，他到阜平任小学教员，在反"扫荡"中与群众、民兵一起转移、战斗，还直接在五丈湾跟随李勇的游击组对日寇展开地雷战；1944年5月随团回延安，在鲁艺任教，后调陕甘宁文协搞专业创作，开始大量创作反映晋察冀边区生活的小说。他以亲身体验为基础创作的短篇小说《李勇大摆地雷阵》（后改为《地雷阵》），运用阜平农民群众的语言，以口语化方式讲述了爆炸英雄李勇的抗日故事，明显吸取了民间说唱文学的优点，特别是在白话叙述中还插入不少快板式的韵白，更适合群众的喜好，因而在当时广为流传，家喻户晓，起到了很大的宣传鼓动作用。其他作品，如《荷花淀》《太阳照在桑干河上》《漳河水》《赶车传》《王九诉苦》《孟祥英翻身》《新儿女英雄传》《白求恩大夫》《我的两家房东》《穷人乐》《李殿冰》《戎冠秀》《没有共产党就没有中国》《团结就是力量》《没有土地的人们》《白毛女》等，都是成功的文艺典范，在现代中国文学史上占据比较重要的位置。

在华北抗日根据地及解放区的文艺创作成果中，还有数以万计的文艺作品和极具研究价值的文艺史料刊发在根据地及解放区所办的报刊上。很多作者，本身就是农民、战士或基层工作者。他们把自己的经历和熟悉的人和事，通过小说、戏剧、诗歌、报告文学、歌曲、绘画、舞蹈等文艺样式记录下来，语言通俗，富有生活气息。人民既是历史的创造者，也是历史的见证者；既是历史的"剧中人"，也是历史的"剧作者"。让故事中的人物自己编词、自己表演的创作方式，很好地反映出人民的心声，并让人民群众从生动活泼的艺术作品中得到教育，这确实是一个成功的尝试。

配合党的中心工作，"把艺术交给大众"，通过文艺唤醒大众，这已成为华北文艺工作者的自觉意识。他们积极响应伟大的民族抗战对文学艺术提出的时代要求，充分兼顾到广大人民群众的接受习惯和欣赏水平，创作了大量的作品，真实地反映了燕赵儿女火热的战斗与生产生活，起到了良好的宣传教育与鼓动激励效果。刘萧无编排新闻报道剧《李殿冰》，编剧与演员一起住到李殿冰家里，以便于熟悉主人公的生活，搜集真实生动的群众语言，还模仿他们的动作，理解他们的心理，甚至还让主人公李殿冰等直接参与剧本的修改和编排。描写群众的生活，邀请群众参与创作，这是当时文艺工作者走群众路线的生动体现。该剧演出后获得当地老百姓的极大赞赏，鲁中实验剧团还专门学习该剧的创作方法，创编了三幕五场话剧《过关》。艾思奇《前方文艺运动的新范例》更是誉其开创了前方文艺的新范例。抗敌剧社的《王老三减租小唱》、冀中火线剧社的话剧《我们的母亲》，也都具有这种特色。

这些文艺作品，可能略显仓促，有的甚至急就于战火中，所以在素材提炼、人物形象塑造以及语言的使用、细节的刻画等方面还有很多不足。但是，这不是一般意义上的创作，而是燕赵大地为争取民族独立、人民解放的集体记忆和行动号角，是中国革命事业的重要组成部分。华北抗日根据地及解放区的文艺，有很多这样未经沉淀的纪实作品，不管其艺术性如何，但在发动群众、组织群众、铸就抗击日寇和国民党反动派铜墙铁壁方面，发挥了无可替代的作用。20世纪五六十年代，河北地区涌现出大量的红色经典，便是华北抗日根据地及解放区文艺的传承和发展。

2017年6月，河北省社科院文学所郑恩兵所长来京与我们协商合作研究事宜。我根据所了解的信息，建议他们结合地方特色，做好地方红色文艺文献的搜集整理与编纂出版工作。"华北抗日根据地及解放区文艺大系"就是那次商讨的成果。全书由五个部分组成：第一部分为《晋察冀日报》文艺文献全编，第二部分为晋冀鲁豫《人民日报》文艺文献全编，第三部分为《晋察冀画报》文艺文献全编，第四部分为晋察冀日报社人物志，第五部分为河北红色文艺作品选。全书收录各种文体的作品六千余种，包括小说、诗歌、文艺评论、戏剧、报告文学、散文、文艺通讯、美术、书法和音乐、文艺史料，还有文艺信息、文艺广告，基本涵盖了华北抗日根据地及解放区的文艺创作情况，具有很高的研究价值。

  时值中华人民共和国成立七十五周年之际，我们有机会阅读这部皇皇五十余册的"华北抗日根据地及解放区文艺大系"，更加深切地感受到新中国的建立真是来之不易，她是无数条战线的可歌可泣的人们不懈奋斗的结果。在这样一个特殊的日子里，我们感念当年那些有名无名的作者，感谢参与整理工作的学者，当然，更要感激我们这个伟大的时代。

# 目 录

## 戏剧卷

蒋军必败（活报剧） ……………………………………… 3
四姐妹拜寿（小调剧） …………………………………… 26

## 小说卷

陈先生 ……………………………………………………… 41
噩梦 ………………………………………………………… 44
生命的搏斗 ………………………………………………… 48
汗到哪儿去了？ …………………………………………… 57
"我们的军队到了邯郸！"（拟"幽默小品"） …………… 58
蒋希对话（拟"幽默小品"） ……………………………… 59
民族弟兄 …………………………………………………… 60
枪 …………………………………………………………… 69
增资（工人创作） ………………………………………… 72
参军 ………………………………………………………… 81
小经理 ……………………………………………………… 89
白尾巴尖 …………………………………………………… 95
史托杨妈妈 ………………………………………………… 101
列宁的正义 ………………………………………………… 109
大地主和红军战士 ………………………………………… 112
安德礼和神鹰 ……………………………………………… 114

## 文艺评论卷

电讯要简练 …………………………………………………… 119
新华社晋冀鲁豫总分社九一致分支社及特约记者
　一封公开信 ………………………………………………… 123
改进我们的通讯社和报纸 …………………………………… 129
走向人民文艺 ………………………………………………… 133
《白毛女》剧作和演出 ……………………………………… 137
怎样写战斗通讯？ …………………………………………… 141
前线战士需要些什么？ ……………………………………… 144
文化要为兵服务 ……………………………………………… 147
介绍《王贵与李香香》 ……………………………………… 149
怎样写兵？ …………………………………………………… 151
茅盾评《李有才板话》 ……………………………………… 154
新年试谈副刊和群众结合 …………………………………… 156
文艺批评活跃起来！ ………………………………………… 159
《人民是不朽的》读后 ……………………………………… 161
论赵树理的小说 ……………………………………………… 165
向爱伦堡学习 ………………………………………………… 167
论秧歌剧的表演 ……………………………………………… 170
李有才活上舞台 ……………………………………………… 173
冀鲁豫前线文工团总结部队歌剧经验 ……………………… 175
指战员们，笔枪齐发！ ……………………………………… 177
谈写英雄 ……………………………………………………… 179
农村剧团的旗帜 ……………………………………………… 181
纪念"五四"及文艺节 ……………………………………… 186
农村剧团的地方性与农村性 ………………………………… 189

- 农村剧团的提高 192
- 成功在什么地方 195
- 对于歌的意见 197
- 几点经验与认识 198
- 新缪司九神礼赞 202
- 《王克勤班》这类歌剧值得提倡 210
- 介绍歌剧《王克勤班》 212
- 演兵的试验 216
- 表现新英雄的智慧 222
- 目前如何加强文艺为战争服务 224
- 精练与迅速 225
- 学唱民歌的一点心得 227
- 对大众黑板的几点意见 230
- 两年来的太南剧运工作及目前存在着的几个问题 232
- 向赵树理方向迈进 238
- 艺术与农村 243
- 关于农村文艺运动 247
- 改造民间艺人和民间艺术的几点意见 250
- 开展典型报导发扬群众创造 252
- 学习《晋绥日报》的自我批评 256
- 锻炼我们的立场与作风 260
- 严格检查立场与作风 263
- 布尔什维克报纸的战斗任务 265
- 谈发扬优点与批评 268
- 纪念九一，贯彻为人民服务的精神！ 271
- 彻底消灭"客里空" 275

介绍《解放了的董·吉诃德》……………………………… 279
高唱战歌念星海…………………………………………… 283
从报导兴县杨家坡"模范村"看我们"客里空"
　的思想作风……………………………………………… 287
一个崭新的宣传工具……………………………………… 293
扩大农村文艺写作运动…………………………………… 300
从《杨真卿的新生》说起………………………………… 303
一年来从事党的新闻工作的几点体会…………………… 307
在整顿队伍中发展通讯网………………………………… 316
我们的《真理报》………………………………………… 318
我读了一首好诗…………………………………………… 323

# 戏剧卷

# 蒋军必败（活报剧）

边府俱乐部集体 创作　周方 执笔

这个活报剧，新年时由边府俱乐部演出，颇受群众欢迎。某村的群众曾要求演二次，某镇一个商人说："老蒋就是这个样，完蛋啦。"小孩们看了一次，就对人仿学说："我姓蒋的从来不爱'和平'这两个字。"当此政协成立一周年、春节将到的时候，我们特介绍出来，供各地采用。但活报是不固定的，演时可酌量添加新内容。

——编者

## 第一场　决心卖国打内战

〔出场正中立一屏风，其中门闭住，上粘"礼义廉"三字，"耻"字掉在地上。屏风左右各一牌，左为"主席重室"，右为"人民远离"。锣鼓奏毕，作汽车声，宋子文从右上场，背书"行政院长"，西装。

宋　　（快板）美国生来美国长，有一个姐姐嫁老蒋，有人若问我是谁？宋子文是我，不是我就是行政院长。（白）在下，宋子文，现在《中美商约》快要签字，（拿出《中美商约》自看）这一条好，这一条正对，我早已订了大批美国货，待我问问运来了没有。等我的美国货一到，我就下令"外汇"涨价，使美国票子比法币更值钱，那我就可以挣得更多了，哈哈。打电话问问。（宋走到右口打电话）喂！金山贸易公司……我是你们的掌柜宋子文……我们的美国货运到了没有……快来了……好……用国民政府的名义,下一个命令……提高外汇……涨价涨价……听到了没有,这几天保守秘密。

(蒋介石军装配指挥刀,从左口上场)

蒋　　真把人愁死了。

宋　　你愁什么,姐夫?

蒋　　我愁那一个人。

宋　　你又愁哪一个?刚搞上陈家女儿,十八岁,你又看准了哪一个对象?

蒋　　你弄错了,我就愁着延安那姓毛的。现在这世界,到处都闹共产党,解放区占了半个天,人民都起来要民主,这样闹下去,还有我蒋某的天下吗?我们蒋、宋、孔、陈四家的两百万万美元的家财,也要完蛋啦!得赶快想个办法呀。

宋　　这个可不用愁,我正来向你报告好消息。(以手指袋中《中美商约》)

蒋　　有什么好消息?

宋　　别忙,我们先将老孔、老陈请来,大家商议商议。

蒋　　对,我们先开一个蒋宋孔陈四大家族的会议吧!(蒋向右口叫"立夫",宋向左口叫"老孔"。陈立夫、孔祥熙上,陈着流氓装,身书"特务头子",孔着长袍马褂肚大腰圆)

陈　　不好了,不好了。

蒋　　什么事情这样慌里慌张的?

陈　　你听,人民都在要求民主,反对独裁,昆明的学生闹,被我打下去了,重庆在较场口开大会,也被我打下去了,现在上海的和平代表又到了下关车站了。

［全体观众高呼口号，由一人领导："要求民主，反对独裁；要求和平，反对内战；要求独立，反对卖国。"

蒋　（怒向观众，抽出指挥刀）怎么，你们造反吗？你们要民主！哼！你们还不够资格，还不会行使民权，还要训练训练，你们还不配呵！（其他三人同声称赞："对，主席说得对。"）

孔　我的事情才更糟咧！财政经济上大成问题，这么多公务员要薪水，这么多军队要饷，这么多特务要饭吃。（陈："对，我的特务就要吃饭。"）弄得大学教授也罢课啦，财政部职员也罢工啦，财政部长俞鸿钧没有办法，他来问我，我说……我说……我赶忙就来了。

宋　怎么样，他们不知道为国家服务，应该大家刻苦刻苦吗？（孔、陈同时："对呀！应该大家刻苦呀！"）

蒋　你们都不要乱哄哄了，快来想个办法！

孔、陈　想什么办法？

蒋　想对付共产党的办法、对付解放区的办法、统治老百姓的办法。

孔、陈　这个，我们早想好了。

宋　有什么办法？

孔、陈　你看。（各拿出一张纸牌，上写"打"字，恭恭敬敬地举起，蒋、宋各走去看）

蒋、宋　呵！打。

宋　现在这局面，我早已说过，拖下去是拖垮，打下去也是打垮，但与其拖垮，倒不如打垮，还是打吧！

蒋　打也得有个打的办法。

孔　我有。（忙至左口拿出一架印钞机。宋见说："这个，

我也内行，我来帮你。"孔摇宋拉，拉出一长条纸，尽是法币）

蒋　　这是什么？

孔　　你问这吗？这是无穷财源，要多少有多少！打仗要花钱，我这里摇得快，他那里就拉得多，你看好不好？

陈　　（扯上一些拉出的法币，给观众看，忙放在口袋中）法币这把戏，就像鬼画符一样，也不吭气，就把老百姓手里的钱骗来了，真好！

宋　　日本走了以后，我下了一道命令，规定一块法币换两百块鬼子票，一下就把下江一带老百姓辛苦积下的资财，都抢光了，哈哈……

蒋　　哈哈……好办法，印吧！多印些。

陈　　（吃醋）你这个好是好，但还不够。

宋、孔　你有什么更好的呢？

陈　　（得意）你看我的。（作狗叫声："唔……呵……唔呵……"两特务爬上立正）

陈　　（扯两张法币）你们要不要这个？

特务　要要要！

陈　　要？你们替不替主席办事！

特务　办……办！

陈　　办事，好！（将法币给特务）你们赶快替我把上海来的代表打一顿，快去，快去！

［两特务急下呼："打！"观众呼口号："反对特务打人！""取消特务组织！"

宋　　你们这些办法，都还不是根本大计。

蒋、陈、孔　你有什么根本大计？

宋　　这个吗？来，你们看这天是谁的？

蒋　　是我姓蒋的一个人的。

陈、孔　我姓陈的，我姓孔的，连你姓宋的都有一份。

宋　　如果有人帮助我们打共产党、消灭解放区、镇压人民，将这天卖了与他，你们愿意吗？

蒋　　有什么不可以卖。

陈　　我从前是穷小子的时候，早已说过，只要有人买我头上一块天，我准卖给他，就是没有人要。

宋　　现在可有人要，只要将航空权卖与美国，让美国的飞机满天飞，就可以把解放区炸成平地。

蒋　　呵！把解放区炸平，好得很。（对陈）我说，立夫，赶快下个命令给上海市长，叫他快修上海飞机场，准备迎接美国飞机。（对三人）这个航空协定，我完全同意。

宋　　还有，你们看这地，这全中国的地是谁的？

蒋　　都是我姓蒋的一个人打出来的。

陈、孔　我姓陈的，我姓孔的，连你姓宋的，也有一份。

宋　　对，话又说回来了，有人帮助我们巩固统治、加强军队、帮助军饷，将这地卖了与他，你们愿意吗？

蒋　　卖吧！可是这大一块地，怎么个卖法呢？

宋　　有。让美国的轮船兵舰，开进我们的内河，那就可以帮助我们运枪炮子弹；让美国人去修粤汉铁路，和其他的铁路，那就可以帮助我们运兵；让美国人去湖南的矿山上开矿，那矿也是造枪炮子弹的原料，送给他，他就帮助我们枪炮子弹、各种武器，你们看好不好？

蒋　　这有什么不好，可是这又叫什么名堂呢？

宋　　这个有，这叫内河航行协定、共同筑路协定、共同采矿协定。

蒋　　哈哈……这么多协定，我也记不清，你尽管订吧！

陈　　据我的特务的报告，要是让美国轮船开进来，恐怕四川民生轮船公司要反对，因为中国的轮船业就要垮台呵！

蒋　　这有什么要紧，美国的轮船坐起来向来就比中国轮船要舒服得多。他们要是反对，不要紧，立夫，把他们的轮船通通扣起来，替我们运兵。

陈　　是。

宋　　还有，要让美国兵来驻在中国，替我们打仗。

蒋　　中国的地方都是我姓蒋的一个人的，我要请谁住，谁就可以随随便便地住，叫他们来吧！

陈　　我赶紧预备下千把个漂亮姑娘，让美国兵好好地消遣。要是不够，反正有的是女学生，让他们随便搞去，就是要他们不想家，一辈子也不肯回去了。

孔　　想家吗！把他们的家眷统统接到中国来。

宋　　这些都还不够，还要让美国人来中国做生意，美国货通通运进来，美国人可以在中国买房置地、开工厂，自由自在，横冲直撞，（大摇大摆将蒋闯了一下）这就是《中美商约》的奥妙。

陈　　这个好，我向来爱用美国货，又便宜又漂亮，美国人来中国做生意，省得我上美国买去。

孔　　好，我本来做的就是美国生意，我替他推销，那又可以挣一笔大钱！

蒋　　好，不错，美国人到中国，还得叫我管理中国老百姓，我还是个头，还可独裁，我还是中国的大皇帝。

宋　　你们同意了吗？那我就去请他去。

**蒋、孔、陈**　同意，你赶快去请吧！（三人忙着打扫收拾，陈扫地，蒋打身上的灰。蒋："怎么，'耻'字又掉在地下了！"孔赶忙去粘）

**孔**　报告主席，这"耻"字老粘不上，粘上去又掉了！

**陈**　主席，少粘一个字不要紧，无"耻"就无"耻"吧！快，人家来了。

**宋**　（走至右口，鞠躬）有请马歇尔元帅。

〔马歇尔上，高顶美国花旗帽、马靴、呢大衣，上粘"和平使者"，手拿和平之鸽。

**马**　怎么样？

**宋**　都商议好了。

**马**　那就办吧！（蒋急扯宋至一边）

**蒋**　（对宋）这是怎么弄的，你看他那样子，什么"和平使者"，我姓蒋的从来不爱"和平"这两个字。

**孔、陈**　（对宋）我们要的是帮助打仗的，你怎么找来个讲和的。

**宋**　哈哈……你们不知道，中国打仗打得太久了，老百姓都要求和平，共产党也主张和平，所以得用和平这二个字，去欺骗他们，不信，你们看。（为马脱大衣，现出马的全身军装，皮带上夹一个飞机）

**马**　（打着外国人说中国话的调子）哈哈……你们不知道，这件和平大衣，是给共产党看的，是给中国的老百姓看的，叫他们不防备，我们才好打他。（拿出飞机，从高帽子里拿出炮）这，是送给你的礼物。

**蒋**　（笑）好，大美国人真有办法，这么多飞机大炮，谢谢，谢谢！（巴结地与马握手。宋拿出《中美商约》签

字，再给陈、孔、蒋签字）

蒋　呵！《中美商约》。（拿起给观众周览，然后给马）这是送给您的酬劳。

宋　今后全部中国统统向美国开放。

马　（接商约）《中美商约》，好好。（轻蔑地与蒋握手）

[观众高呼口号："反对《中美商约》！""反对蒋介石出卖中国！""反对美帝国主义帮助蒋介石打内战！"蒋、马大惊分手。

马　（怒）怎么，你们这是什么国家，你们对国家怎么管理的?!

蒋　（怒）怎么，美国特使在这里，他们又来胡闹，不是刮我的脸皮吗？立夫，快去给我镇压。

[陈拿出手枪，怒视观众与孔分别由左右下场。

马　（对蒋说一句逼近一步，蒋、宋唯唯退）以后你们的军队，得好好打仗，再不打胜仗，我就要发脾气啰。

蒋　你过虑了，只要有大美国的飞机大炮，源源供给我们，打胜仗不成问题，两个月消灭共产党，不然我死了也不闭眼睛呵！

马　好，这就好。（又与蒋握手）

[观众高呼口号："请马歇尔表示态度！""我们反对内战！""美国军队滚出去！"

马　怎么？

宋　不要紧，陈立夫下去了，他的特务很多，我们安心谈吧！

马　我自己去，你们中国人办不了事，还是跟我一同来骗他们一下吧！

[马穿起和平大衣，手拿和平之鸽，高叫："和平！和平呀！"蒋

抽出指挥刀跟随在后面，宋随蒋。观众呼口号："不要拿那假和平欺骗我们！""反对假和平！"马仍高叫："和平！和平呀！"三人由右口下场。

## 第二场　如此"和平"

〔出场正中屏风改贴大幅"和平"二字，其中门仍闭住，但可以开，屏风左右各设一牌，左为"国民政府"，右为"蒋宋孔陈"。两个蒋军士兵在广场交叉巡逻，一新闻记者从左口上，蒋军举枪瞄准。

兵　　站住，你是干什么的？

新　　我是新闻记者。

兵　　有什么事？

新　　你们怎么这么凶？（手指"和平"大门）你们不是讲和平吗？

兵　　对，讲和平，又没有揍你，你到底干什么？

新　　我是来照相的。

兵　　（改变态度，亲昵地）呵！照相的，好，快来，快来，他们正等着呢！（对内）报告，照相的来啦，照相啊！

蒋　　（从和平门后伸出头来，宋、孔、陈亦伸出头）好，照相的，替我们照一个和平相片吧！（两士兵慌忙问新闻记者）

兵　　我们怎么照？

蒋　　滚开，不要挡住了我的"和平"两个字。（兵慌忙放下枪，各执左右所设二牌照相）

兵　　我们就这样照吧！

陈　　照相的，一定要把"和平"两个字照上去。

新　　（照相）请主席将头摆正。

蒋　　胡说，我叫蒋中正，我向来是中的，是正的，你怎么胡说。

新　　请主席面带笑容。

蒋　　这倒不错，现在讲和平，总得装一副笑脸，让我来装装。

新　　不要这么重的杀气。

陈　　放屁，哪有杀气照在相片上去的，你少啰嗦，我们还有事。

蒋　　照好了拿去登在《和平日报》第一版上。

新　　是。

〔照毕，四人缩头，马歇尔从右口上，仍穿和平大衣，手拿和平之鸽。

马　　你们在干什么？

新　　照相。

马　　照好了吗？

新　　好了。（放下照相机转向马）请您也照一张吧！

马　　好，我要照个侧面的，我们美国人向来是高高在上的，我得站起来照。（站在场右的凳上，新在左边照）

新　　不行，马歇尔元帅。

马　　怎么？

新　　您的和平大衣太短了，露出马脚来了，你穿的是参谋长的军靴呢！

马　　呵！对，我下来照吧！（马从凳上下来）

新　　还不行，您得蹲低点，军裤还露在外面呢！

马　　呵！（两腿渐渐下蹲）

新　　再低一点，再低，低，还要低一点，再……（马已蹲低

至极处，作坐狗状）

马　（怒，跳起来）停！混蛋，这不有失我大美国人的身份吗？

新　（同时）不要动，正好。（照）

马　（怒）混蛋，中国人都是死猪，你不知道照半身的吗？明天不要登我的照片了，（对兵）撵他走。

兵　（对新）下去，明天照片登不好，要你的脑袋！

新　怎么，你们不是讲和平吗，怎么动不动就要脑袋？

兵　混蛋！（兵打新，新下，两士兵亦随下）

马　喂，姓蒋的，你在干什么？

〔一阵火车拉笛声、汽车喇叭声、喊操声。

蒋　（在内应）我在忙着调兵遣将。

马　现在打共产党你有把握没有？

蒋　（把头伸出来）这个，这个……这个，这个……我的部下都还有点"恐共病"。

马　那就不用忙，我来帮你进行"和平谈判"吧。

蒋　对，你帮我谈一谈吧！

马　（对蒋）给我最后决定权。

蒋　（拿出一张纸，上写"最后决定权"）这是中国的"最后决定权"，送给您，以后中国的事情，大大小小，都由你最后决定，由你做主，你爱怎么办就怎么办吧！（马走向蒋，二人耳语，马作一打一拉表情，蒋连声称"对！"）

马　（向观众）中国的老百姓，你们愿意和平吗？

观众　（呼喊）愿意！（由一人领头，群众同呼）

马　好，愿意和平就好，让我问问你们的蒋主席，（对蒋）

喂！姓蒋的，你愿意和平吗？

蒋　只要中国老百姓不造反，我又何尝不愿意和平。

马　好，你们两家都愿意和平，加上我也是最爱和平的，那还有什么谈不成的，一定好谈。（对观众）待我问问你们的蒋主席，看他有什么条件。

马　喂！我说姓蒋的，你有什么条件？

蒋　我的条件并不苛刻，只要他们的军队从苏北撤退，从张家口、承德撤退！

马　对对，一定要撤退。（向观众）我说，中国的老百姓，你们的军队，要从苏北撤退，从张家口和承德撤退。

观众　（呼喊）为什么要撤退？

马　（故意推诿）呵……这个，我得问问你们的蒋主席。

马　（对蒋）我说，姓蒋的，为什么要他们撤退？

蒋　因为苏北的军队，威胁我们的首都南京；承德和张家口的军队，威胁我们的北平。

马　对对，真是威胁。（向观众）我说，中国的老百姓，你们的苏北威胁南京，张家口和承德威胁北平，所以要撤退。

观众　（呼喊）那南京不是也威胁苏北吗？北平不是也威胁张家口和承德吗？

马　（故意推诿）这个，这个，我不便向蒋主席提出。

观众　（嘘声大起，大呼）蒋介石的条件违背政协决议，你签过字，为什么替他提出？

马　（一抱膀子）好，那我就保持沉默。（转身向蒋兵使眼色，作打状）

蒋　混蛋，你们老百姓都是混蛋！不听话我要大打大杀了。

（回头高呼）陈诚！（内应"有！"）发兵进攻解放区！（内应"是！"）陈立夫！（内应"有！"）快派特务镇压老百姓！（内应："报告主席，我已经派人把李公朴、闻一多杀了！"蒋拔出手枪来向观众作威胁状）

观众　（高呼）反对内战，打垮蒋介石的进攻！

马　　（装好人向观众）我看还是谈谈吧！（向蒋）怎么样？

〔蒋拿出一纸《八项要求》。

蒋　　这是我的《八项要求》，要他们承认才行。

马　　对对。（对观众）中国的老百姓，这是你们蒋主席的《八项要求》。

观众　（高呼）反对《八项要求》！调解要公正！

马　　（怒）怎么？你们不想谈了吗？谈不成可不要怪我，来！

〔美兵一人上，马附耳密令，兵下。马取出一张大钞票，上书"四十万万美金"，拍蒋肩。

马　　干儿子，拿着慢慢花吧！

〔美兵推一汽车停场中，马掀开上书"剩余物资"的白布，露出"军火"两个大字，其中装有大炮等。

马　　（怒，对兵）叫你从后门送给他，（指蒋）为什么开到当场来？

美兵　也斯！（把车笨拙地推向左口）

蒋　　（兴奋地打招呼）快拉来，这是给我的。（头缩下，帮助美兵把车拉进内）

观众　（呼口号）反对美国助蒋内战，美军退出中国去！

马　　（怒）怎么？你们不愿谈判了吗？这可不能怪我，我得发表声明了，（拿出一纸：马司联合声明）中国得打起来呵！

〔马从左口下。鼓声紧响，中间的和平之门被冲开变为它的反面，两个大字"战争"。头戴美式宽边帽，蒋军四人上场，其第一人推大炮，陈诚随后，身配"内战指挥官"，绕场一周，持枪作冲锋状，陈诚督着由左口下。陈立夫、孔祥熙、宋子文、蒋介石依次上。

陈　　中国的病，吃药吃不好了，现在得开刀。

孔　　我们本来是内战起的家，不打内战就要垮。

宋　　我们全凭军火生意发大财，不打内战军火怎么卖。

蒋　　中国的老百姓，太不以国家为重，我也没有办法，只有上庐山。

〔蒋从左口下，马歇尔从中门上。

马　　我说，姓蒋的，再谈一会儿吧！再谈一会儿，再……怎么，走了。

马　　（对观众）中国的老百姓，老蒋可是发了脾气啦，我也没有办法，我的和平的鸽子也不叫啦，我只好不管啦！（从左口下）

陈、孔、宋　　哈哈……庆祝我们的胜利。

〔侍者端酒上，三人饮酒，场后音乐声起，碰杯之声大作，继以狂笑。

陈、孔、宋　　干杯，哈哈……为我们的军火生意干杯……哈哈……

〔新闻记者由左口上。

新　　报告，再照一张和平照片吧！

陈、孔、宋　　混蛋，还照什么和平像！快滚！（新下）

〔场后女人娇声："我说主席，你的八字就是好，我看还有两天红运呢！哈哈……"

陈　　哈哈……（对中门里）我说，美龄，你出来喝一杯吗？你今天从来没有出场，你怎么啦？美龄，喝一杯吗？

宋　　她在和飞虎将军陈纳德谈生意，他们二人合作，组织了一个中美实业公司。正忙着呢！

陈　　好呵！赚钱要紧，（一拱手）兄弟有点货，还要指挥他秘密进口，少陪了。哈哈……哈哈……（由中门下，宋、孔随下后台音乐停）

## 第三场　越来越垮

［出场正中屏风改悬对联一副，左为"夕阳无限'好'"，右为"只是近黄昏"。二侍者拿印钞机上，在场上印钞票，一摇一拉，拉者左右顾盼，见无人，即偷法币，摇者也去偷法币，但孔祥熙在场后咳嗽，赶忙又摇，孔祥熙从左上。

孔　　快点，快点。（走到右口打电话）喂！扬子贸易公司，我是你们的掌柜孔祥熙，外汇快要涨价了，快替我买，怎么，都叫陈立夫买走了，他妈的，陈立夫这小子真混蛋，你们都是饭桶，赶快再买，没有现货，期货也要。喂！新定的美国货定好了吗？还没有，怎么，宋子文订走了，混蛋，快定，多买些，这回美国货，一律走私，听到了没有，走私，只要有油水打捞，先捞了再说。

孔　　（走至印钞机前）快点，快点，他妈的混蛋，（踢开摇者，摇者也去拉，孔自己摇）你看，我比你们多快，快拉。

［此时机子摇不动了，孔死力摇，拉者死力拉，忽然嘭的一声，机子坏了，三人均倒地。恰于此时，陈立夫由左、宋子文由右，奔上，触着孔等，也都倒地。陈立夫拿一破鞋，上写"国民大会"，内

装国民大会坐位抽签号码,也都掉在地上,俄顷,各人均爬起,陈一人弯腰拾号码签。

孔　　（对侍者）你们这些混蛋,你们怎么摇的?

侍　　这怪我?法币出得太多太快,终有一天要崩溃的!

孔　　胡说,快替我滚!

〔二侍者下。

陈　　（伸手向孔）拿来!

孔　　什么?

陈　　法币一百六十万万。

孔　　做什么用?

陈　　我买了东西。

孔　　什么东西?

〔陈举起破鞋,孔、宋同看。

宋　　老陈,哪儿拣的一只破鞋?

陈　　（对宋）你怎么啦!只有共产党、民主同盟和老百姓,才骂我们"国民大会"是破鞋,你怎么也说是破鞋?我看,你怕赤化了。

宋　　不是破鞋,你这是什么?

陈　　这明明是"国民大会"坐位抽签的号码。蒋主席命令我召开"国民大会"。（向孔）拿钱来!

孔　　狗屁,旧国大代表都是你的私党,臭得没人闻,你得多找几个像样的人,我才拿钱。

陈　　（向观众,把钞票哗啦啦一拨）谁愿出席我的国大?

〔观众不应,嘘嘘讥刺。

陈　　（怒目把破鞋一挥）不出席国大打死你们!

观众　　（高呼）反对一党国大,反对独裁!

陈　　（耍流氓）好，你们不来有人来。喂！拉上来。（一兵牵一狗上，脖子挂一牌，上写"曾琦"，下注"青年党代表"）你要参加"国民大会"！

曾　　（扭头作不愿状）汪，汪，汪！

陈　　怎么，你敢不去？你舐过汪精卫的屁股，我要揭出你当汉奸的证据！

曾　　（磕头乞怜）汪，汪，汪！

陈　　好，那么去吧。（抽一签插曾尾巴上，向兵）那一只呢？

兵　　张君劢吗？他不肯出场，他表示愿去，就是要吃这个。（指法币）

陈　　好！（抓了一把法币）拿去喂他，告诉他，愿去也得去，不愿去也得去！（兵牵曾下）

蒋　　（上场）都预备好了吗？

陈　　预备好了，主席，你看，这是国民大会坐位抽签的号码，这是第一号，这里是暗号，你就朝这里抽，保险第一号。这样看起来才够"民主"啊！

蒋　　这还是小事，赶紧通令各报馆，在开国民大会期间，一切战报不准发表，尤其是胜利消息，因为我们下了"停战令"。

陈　　是。

〔陈诚从右口上，左手缠着绷带，悬在颈上。

陈诚　报告主席，我回来了。

蒋　　你回来了吗？

陈诚　是，我从前线刚回来。

蒋　　从前线来，你这个样子可不要见新闻记者，也不要发表谈话，我们正要开国大，一切战报，特别是打胜仗的消息，不准发表。

陈诚　是的，报告主席，我们决不发表打胜仗的消息。

蒋　　你明白这是为了什么吗？

陈诚　明白。

蒋　　明白什么？

陈诚　这是为了……

蒋　　为了什么？

陈诚　这是为了我们从来就没有打过胜仗。

蒋　　胡说，这是为了欺骗老百姓，我们要开国大。

陈诚　真的，报告主席，我们从来没打过胜仗。

蒋　　混蛋，我们的美国大炮呢？

陈诚　报告主席，我们的美国大炮都丢了，我们占了一百多座空城市。

蒋　　（高兴）对，这不就是胜利消息吗？

陈诚　可是……

蒋　　可是什么？

陈诚　可是我们丢了四十五个旅，六万伪军还在外。

蒋　　混蛋，你们那些旅长怎么指挥的？

陈诚　报告主席，旅长一级，打死的打死，俘虏的俘虏，已经有四十多名啦！

蒋　　混蛋！

陈诚　是。

蒋　　混蛋！

陈诚　是。

蒋　　混蛋，混蛋，混蛋！

陈诚　是，是，是。

［士兵从右口上。

兵　　报告主席，请接电话。

蒋　　我气得不行了，立夫，替我接接电话吧！（陈立夫接电话）

陈　　喂！什么，有十三万民变军，这么多老百姓造反，四川、湖南、湖北……都有，怎么这多，哎呀！喂，不准在报上发表，听到了没有，不准发表。

蒋　　什么？

陈　　（故示镇静）没有什么，没有什么！

蒋　　到底有什么事？

陈　　（欺骗地）有十三个老百姓造反，人数很少，只十三个。

蒋　　（不在意）十三个，那不要紧，他们都是共产党，给我统统杀了！（兵上）

兵　　报告主席，不是十三个，是十三万！

蒋　　（吃惊地）哎呀，十三万呀！这么多。

陈　　（愤怒地对兵）混蛋，你知道什么，滚下去！（兵下）

孔　　报告主席，我的机子印得太多太快了，也垮啦；票子越出越不值钱了。

蒋　　（怒）混蛋，你们这些人，太不爱惜我了……我的美国大炮……我的四十五个旅，我的旅长……都完了，现在，又是十三万老百姓造反，你把中央票子也快搞垮啦！你这混蛋。

孔　　（生气）这怪我?! 老子不干了。

陈　　你不干尽管走，老子正想干。我说主席，不要紧，他们都是混蛋，我还有两个办法，同时并进。我们一面召开"国大"，一面进攻延安。天总会保佑我们的胜利的。

蒋　　立夫说得对，天总要保佑我们胜利的，他们太混蛋。

陈　　对，主席，他们都是些混蛋。

孔　　（骂陈）你舐什么屁股！

陈　　你管不着，老子不尿你。

孔　　老子不喝水。

陈　　你狗日的官僚资本！

孔　　你狗日的特务政治！

〔二人由骂而打，孔被陈打倒在地，场后嘶嘶之声大作，宋与陈诚亦作嘶嘶之声，陈诚指陈立夫："该打，该打。"

蒋　　（对宋与陈诚）你们快来维持秩序。

〔宋上前将陈、孔拉开。

陈诚　你他妈太厉害了，国民大会主席团，你们CC就占了一多半，我们复兴没有几个人，你他妈的该死！

陈　　那党务工作就归我管嘛！

陈诚　你管，你上前方打仗去！

陈　　放屁！

陈诚　该杀！

〔二人又由骂而打，陈立夫跑上去想打陈诚，被陈诚一脚踢倒，孔亦帮着扭打，宋拉架，闹作一团。

蒋　　（气极，大喝）不要再吵了，你们都太不以我为重，太不以国家为重，现在，共产党还有这大的势力，我的统一还没有完成，你们还在吵什么！吵垮了台，老百姓一个一个把你们宰了！嗳，气死我啦。（气得晕倒椅上，宋、孔急扶住他）

宋　　　　主席，不要紧，还有我们干爸爸美国做靠山呢！

[电话铃急响。陈诚接。

陈诚　　　喂，喂，怎么。美国……美国物价下跌，存货过多，今年明年一定脱不过经济恐慌！……噢！噢！（挂上电话转脸向宋）你说那靠山，也不过是一个冰山啊！

[蒋上去听到电话，本来睁开了眼，这时"唉"的一声长叹，头又挂了下去。

兵　　　　（上喊）报告，电报！（交宋下）

宋　　　　（拆看）上海、天津的小贩们闹罢工了！

陈　　　　（指孔）你看，这都是你要独占市场，逼成的！

宋　　　　（又一张一张念）刘伯承军新年攻陷聊城、巨野、嘉祥、翼城……哎呀，不得了，山东我们的嫡系部队，进攻临沂失败，损失四个旅，两万七千多人……（抖颤）屁股后也打起来了，苏豫皖共军占领涡阳！……急电：刘伯承在鱼台又歼灭了我们一万人，又俘虏了一个旅长。哎呀，我的妈呀！

陈　　　　（向陈诚）你打的什么仗？呸，常败将军！

[陈诚方要回话，外面口号声大起："惩办无耻兽军！""美军滚出中国去！""反对内战！"

兵　　　　（急冲上）不好了，不好了，好几万学生的游行大队冲过来了！（下）

蒋　　　　（一倔而起）怎么回事？

宋　　　　一定是美国兵强奸北大女生的事，惹出乱子啦！

蒋　　　　（向陈）你办的什么事，不是叫你禁止登报吗？

孔、陈诚　（齐向陈立夫）学生都管不了，你办的什么事？养的特务都是死猪！

〔呼声越来越近，男、女、大、小四个学生执旗由右门上，蒋等四人急躲到左角，伏地战栗。

四学生 （向观众）同胞们，蒋介石把美国军队请来帮他打内战。美国鬼子兵，到处压死人，奸淫我们男女同胞！现在又在北平大街上强奸了一个女学生。同胞们啊，我们打了八年血仗，刚把日本鬼子打走，红毛鬼子又来糟踏我们的姐妹……（哭，稍停）同胞们，我们来高呼："反对美军暴行！"

观众 反对美军暴行！

女学生 美军滚出中国去！

观众 美军滚出中国去！

大学生 这些侮辱都是蒋介石招来的，他从天上卖到地下，现在把中国姐妹们的身体也卖了。我们要反对不要？

观众 （高呼）反对蒋介石出卖中国！

大学生 他签的《中美商约》算数不算数？

观众 （高呼）取消《中美商约》！

大学生 这一年为什么不能和平？就是因为蒋宋孔陈四大家族捣乱。我们要他们恢复和平，停止内战！

观众 停止内战！

大学生 我们要逼他恢复政协路线！

观众 恢复政协路线！

大学生 （向其余学生）让我们问他恢复不恢复。

四学生 （逼向蒋等）恢复不恢复？

〔蒋等耳语，各作丑态。这时马忽从中门伸头探望，蒋等硬起来说："不恢复！"

观众 （高呼）反对美军暴行，美军立即退出中国！反对美国

助蒋内战！（马赶快缩下头去）

**大学生** 他们不恢复怎么办？

**观众** （高呼）打！打！打！反对蒋介石出卖中国！恢复政协路线！

［大学生把旗子一挥，四人一齐大步向蒋等逼近！观众高声唤"打！"蒋等抱头鼠窜溜钻进幕内。

（全剧完）

（1947年1月13日、1月16日《人民副刊》连载）

# 四姐妹拜寿（小调剧）

韩塞 何迟 胡可 合作

**人物**　张洛吉（老）

　　　　其女甲、乙、丙、丁

［开场张洛吉上，说快板。

**老**　我，我老汉，五十七，再过上四年六十一，人家都说我的岁数大，我照照镜子模样才十七，满脸上皱纹横七竖八好几道，赛过那紫中透黑、黑中透紫的茄子皮，要问我老汉的名和姓，我的名叫张洛吉，张洛吉。（锣鼓过门）

张洛吉，张洛吉，跟前四个大闺女；四个闺女都长大，个个都已有了女婿；四个女婿都如意，个个都在队伍里。今天本是我的寿诞日，我的生日一年准一回，可恨那蒋介石如狼似虎像禽兽，调动大军打边区，四个女婿没有工夫来上寿，一心单等四个闺女，预备下白菜、豆腐、炖猪肉、大葱、大蒜、粉条预备齐。寿诞之日心里喜，脱下旧袄换新衣，白毡帽子头上戴，踢死牛双直梁的新鞋脚上踢，黑布带，腰中系，白渣儿的皮袄身上披，左思右想心里笑：老汉赛过新女婿。天色晌午日正中，我坐在房中等闺女，等闺女。

［张洛吉坐在左边的椅子上。

**众女**　（在内）走啊！

［吹过门，四个闺女上场。

```
|: 3̂5 6̂3 5  -  | 3̂5 6̂3 5 - |
甲：  大   闺   女        抱   着   鹅
乙：  二   闺   女        布   一   匹

| 6̂1 6̂5 6̂1 6̂5 | 3̂5 6̂3 5  - :|
  我  给  爹  爹   拜  寿  去
  我  给  爹  爹   做  新  衣
```

[以下唱上回调。

丙　　三闺女，提着肉，我给爹爹去拜寿。

丁　　四闺女，送鸡蛋，还有二斤细白面。

甲　　我丈夫，在四团，特务连的炊事员。

乙　　我女婿，好荣光，三连连长美名扬。

丙　　我当家的志气强，专门会打机关枪。

丁　　我男人，子弟兵，英勇杀敌好威风。

众女　蒋介石，来进攻，他们去打顽固兵。

　　　到前方，去作战，没空来把丈人看。

　　　急急走，快快行，说说笑笑到门庭。

老　　（快板）忽听门外有人叫，想是丫头们来到了，开开门来用目瞧，果然丫头们都来到，都来到。（白）你们都来啦？

众女　来啦！

老　　（快板）老汉我，心中乐，热炕头上坐一坐，女儿们真是好，送来东西真不少，真不少。

[唱前调先吹过门。

众女　给爹爹，道个喜，不兴叩头行个礼。

　　　四姐妹，一鞠躬，咱家光景往上升。

　　　四姐妹，二鞠躬，老百姓成了主人翁。

　　　四姐妹，三鞠躬，打败蒋军享太平。

老　　（快板）你们的男人在前线，一个一个都模范，大女婿是个炊事员，二女婿是个指挥员，三女婿是个机枪手，四女婿是个战斗员，丫头丫头你们讲一讲，讲讲你们的当家汉，看看谁的工作好，叫我老汉心喜欢，心喜欢。

众女　（同说）我说！我先说！

老　　（笑）别抢！一个说了一个说，从小的说起，先听我四女婿怎么样？

丁　　（向丙做了一个鬼脸，骄傲地）你们听着！（唱《送亲家》调）

## 《送亲家》调

| $\dot{3}5$ | $3\,2$ | $1\,2$ | $1$ | $6\,5$ | $3\,5$ | $6$ | $-$ | $1\,6$ | $1\,2$ | $3\,3$ | $3\,2$ |

丈　夫　　　就　　在　　第　　五　　　连　　　　　　五　班　的　□　□

| $\dot{1}\,2$ | $3\,2$ | $1$ | $-$ | $6\,6\,5$ | $3\,5$ | $6$ | $-$ | $6\,6\,5$ | $3\,1$ | $6$ | $-$ |

战　斗　员　　　　　　　手　拿　三　八　枪　　　腰　挎　手　榴　弹

| $\dot{1}\,6$ | $1\,2$ | $3\,5$ | $3\,2$ | $1\,2$ | $3\,2$ | $1$ | $-$ | $6\,5$ | $3\,5$ | $6$ | $-$ |

他　是　一　个　　　突　击　队　员　　　五　次　挂　花

| $3\,5$ | $5\,\dot{1}$ | $6$ | $-$ | $1\,6$ | $1\,2$ | $3\,5$ | $3\,2$ | $1\,2$ | $3\,2$ | $1\cdot\,\dot{2}$ |

不　下　火　线　　　拼　起　刺　刀　最　能　干　你

| :$1\cdot 6$ | $5\,6$ | $1$ | $6\,1$ | $6\,5$ | $3\,5$ | $2\,3$ | $5\,6$ | $3\,2$ | $1\cdot\,\dot{2}$ |

看　他　准　能　选　上　一　个　战　斗　模　范□　咦　呼　咳　呼

| $\dot{1}$ | $-$ :|

咳

丙　　四妹！你这么一说，妹夫真是不错，你怎么知道他准能选上个战斗模范呀？

丁　凭他那勇敢劲儿，就准当模范！

丙　当个战士是光荣，可是战士亦不一样！有扛步枪的，有扛机关枪的！

乙　什么？鸡冠子枪？

丙　哼！你就没见过！能打机关枪可不容易，我男人就是个机枪射手！

老　好！好！该你说啦！我听三女婿，怎么样？

丙　（向丁示意）你听着吧！（唱《送亲家》调）

　　我的丈夫不平常，

　　他扛着一挺机关枪，

　　支在山坡上，

　　哒哒哒哒响，

　　打的顽军叫亲娘，

　　身强力外壮，端枪往前闯。

　　前天打了一个胜仗，

　　爹呀！他缴了三支美国枪。

丙　（白）比那个怎么样？

丁　哼！你行！你行！我男人说来，机枪就是个掩护劲儿，解决战斗还得我男人那刺刀手榴弹！

丙　哼！光刺刀亦顶不了事！

老　算了！算了！到一块就顶嘴。一个针尖，一个麦芒！

甲　别争啦！这就跟那钉耙、锄头、犁一样，该使什么使什么，少一样也不行，对不对，二妹？

乙　大姐这话对！可是什么家伙也得有人使、有人教给才行哪！

丁　哼！我知道你男人是个官儿，有官儿没兵也不行！

乙　　光有兵没有官儿也不行啊，你听我说说他吧！

老　　好！好！这回该二丫头说啦！

乙　　（唱《送亲家》调）

　　　身跨一支驳壳枪，

　　　他是一个好连长，

　　　会带兵，能打仗，

　　　政治文化亦坚强。

　　　他待同志好，

　　　同志们待他强，

　　　对待老乡像爹娘，

　　　妹子！人人称赞个个夸奖。

老　　好！好！也是一个好样儿的，二女婿真不赖，好！

丁　　爹！你偏心眼儿！

老　　你也好！说二女婿好，我也没说四女婿坏不是！

甲　　你们的他都好！不是兵就是机枪手，再不就是连长干部！可是你们别忘了最辛苦的起五更睡半夜，一年到头不闲着的炊事员！要没有他，谁给你们做饭吃呀！再说我男人他一个人干两个人的事，平时做饭，战时也参加打仗。

丙　　我不信！你说说！

老　　大丫头你也别闲着，该你说啦！

甲　　那你们听着！（唱《送亲家》调）

　　　炊事工作有荣光，

　　　春夏秋冬拉风箱，

　　　烧水又做饭，

　　　挑起来送前方，

战斗来了不慌忙，

操起大铡刀，

勇敢地上战场，

铡刀专砍铁丝网，

妹子！又捉俘虏又缴枪。

丁　　大姐夫就是不简单，又干炊事员，又干战士，比不上我男人也差不多，冲在前面的还是战士！

丙　　哼！机关枪不掩护也冲不上去！

乙　　连长不下命令，也不敢乱打机关枪，乱冲一气！

甲　　不管干什么，不吃饭横竖是不行！

老　　算啦！算啦！你们的男人都好，我看什么事也离不开一个配合，大女婿做好饭，吃得饱饱的，二女婿当连长下命令，三女婿哒哒哒用机关枪一掩护，四女婿拿着大枪一冲，不就得啦！

众女　（笑）对！还是爹的话对！

老　　你们的男人都好，乐得我心里像小手抓似的，他们前方打顽固，咱们可不能忘了他们！丫头们！你们听着！

（快板）

一盅酒，摆面前，众位丫头听我言：前方将士多辛苦，后方多多来支援，支援的办法千万种，各有巧妙不一般，人人都来说一遍，看看谁输谁赢谁占先，第一名先喝这盅酒，落后的不准动杯盘，动杯盘。

众女　同意！同意！赞成！赞成！

老　　谁先说呢？大丫头先说吧！

〔四人互相推让。

甲　　我说就我说！（唱《北风紧》调）

## 《北风紧》调

```
‖:3 23 5  -  | 65 35  2  1  | 12 35  2  1  |
   人 是 铁      饭 是  钢     一顿 不  吃
      白        送 前  方     又做 烙  饼

   2  6̇ 5̇  -  | 5  5̇6 1  2  | 32 13  2 12 |
   饿 的 慌      公  粮 要 吃   三遭 米
   又            同 志们       了我 的

   25 35  2  1  | 2  6̇  5̇  - :‖
   没 有 砂 子   没 有  枪
   多 打 胜 仗   多 缴
```

| 丁 | 感情你男人是个炊事员！哼！你就忘不了个做饭！ |
|---|---|
| 甲 | 你个死丫头，就会耍嘴皮子！ |
| 老 | 大丫头的办法好，人是铁、饭是钢，不吃饭可打不了胜仗！ |
| 甲 | 爹！我喝酒吧？（欲饮） |
| 乙 | （阻之）大姐你别忙，我还有支援前方的好办法呢！ |
| 老 | 你等会儿喝，先听你妹妹说！ |
| 乙 | （唱《北风紧》调） |

种棉花，纺棉纱，
织成白布又染了它，
做军装又把鞋底子纳，
密密的针线赛芝麻；
同志们，爬山过水，
咱们后方为了他。
军装里塞上一封信，

丁　　叫他勇敢把敌杀。

丁　　他！他！你就忘不了他！哼！

乙　　哟！谁呀？

丁　　你的那个张连长哔！

乙　　死丫头！我说的不是他！我说的是穿衣裳的他呀！

丁　　哈哈！张连长不穿衣裳？光着屁股打仗呀？

乙　　（气状）就光着屁股……不！不！我说的是穿我做的那件衣裳的他呀！你个死丫头！

老　　算啦！算啦！碰上谁算谁！碰上张三就是张三，碰上李四就是李四！

乙　　（打老）爹！爹！你帮着她说，不行！我得喝酒！（欲饮）

丙　　（阻之）你先慢着！哼！我还有更好的办法哩！

老　　对！对！大丫头叫前方吃得好，二丫头叫前方穿得好，三丫头是怎么个支援法呢？

丙　　（唱《北风紧》调）

军队来，腾上房，

我给同志洗衣裳，

冬天给同志烧暖炕，

热天烧上锅绿豆汤；

同志们，来来往往，

要粮要草□帮忙，

同志们住在俺村里，

就像回到自己家乡。

老　　好！好！三丫头的办法不赖，叫军队住得好，办法是强！

丁　哼！办法好，办法强，有一个人儿扛机枪？

丙　你是个棘藜刺！你是个刺儿王！你又好来你又强！（追之）你个小死丫头子！

老　算了！算了！都好！爹不好！

丙　那该我喝酒啦！（欲饮）

丁　（阻之）哟！你先慢着！顶好的办法还在后头哪！

老　那四丫头你也来一段吧！

丁　你们听着！（唱《北风紧》调）

　　左手一篮大鸡蛋，

　　右手一袋细白面，

　　羊肚子手巾头上拴，

　　高高兴兴上前线；

　　向同志，问声好，

　　再给伤员喂茶饭，

　　同志们吃了慰劳品，

　　管叫蒋介石早完蛋。

老　好好！叫前方同志精神上痛快，也表一表咱们老百姓这份意思！同志们一痛快就多打死三头五百的顽固军！

丁　这回可该我喝酒了！（欲饮）

丙　（阻之）咱们评评理！八路军不住房子不冻坏了吗？还是我的办法好！腾暖房。

乙　八路军不穿衣裳可是不行！叫爹说！

甲　八路军不吃饭可是更不行！还是我的办法好！爹！你说呢？

老　（沉一会儿）好！都好！（快板）

　　四个丫头说得好，你好，你好，你好，你也好，

　　　　谁的办法都挺好，吃好穿好住好精神好；

　　　　后方支援好，前方打得好，

　　　　打得好，打得妙，打得真是呱呱叫，

　　　　反动派，跑不了，早晚叫咱们消灭了，消灭了。

　　　　（白）你们看怎么样？我看这么着吧！都好，都喝酒！

甲　　爹！你光说我们办法好，你又是怎么样支援前线，也说给我们姐儿四个听听呀！

老　　（笑哈哈地）问我吗？姜，是老的辣，老将出马，一个顶俩。你们听着！（唱《酸枣刺》调）

　　　　五盅酒，先斟下，

　　　　细听爹爹把话拉，

　　　　送信带路抬担架，

　　　　老头儿更得爱国家。

合唱　大家来，喝杯酒，

　　　　预祝咱们的胜利大，

　　　　前方后方一齐干，

　　　　早日胜利享荣华。（饮酒）

[锣鼓声大作。

四女　听！（唱《酸枣刺》调）

[后台唱。

| 3 2̂4 | 3̂0 | 6 1̇7̇ | 6̂ — 0 |
|---|---|---|---|
| 锣 儿 | 响 | 鼓 儿 | 敲 |
| 3̂4 3̂2 | 3̂4 3̂2 | 1 2 1̇7̇ | 6̂ 0 |
| 咱 们 | 又 过 | 队 伍 | 了 |

老　　（接唱）女儿们，随我来，

　　　　随我出村瞧一瞧。

［锣鼓声中绕场一周。

丁　（唱）大骡子，五尺高，
　　　　拉着大炮往前跑。

丙　（唱）大炮响，轰隆隆，
　　　　打退蒋军享安宁。

乙　（唱）战士们，情绪高，
　　　　三八大盖上刺刀。

甲　（唱）干部们，把盒子挎，
　　　　保卫边区功劳大。

众　（合唱《锯大缸》，即《钉缸》调）

　　　　好一队人民子弟兵，
　　　　开上前方打顽军，
　　　　一个一个真英勇，
　　　　一队一队好威风，
　　　　子弟兵来老百姓，
　　　　团结起来不放松，
　　　　好乡亲来好弟兄，
　　　　坚决消灭进犯军。

老　别唱啦！军队来啦，也不说慰问慰问去！把你们送我的鸡呀肉啦的都带上吧！

众女　对！咱们去慰劳吧！（各持礼品拥下）

老　（望众女下，自语）嘿嘿嘿！这丫头们！

　　（吹过门《酸枣刺》调）

　　　　丫头们，真不离，进步分子数第一，
　　　　从小儿，就淘气，长大改不了旧脾气。

我老汉，心欢喜，生日过得真如意。

这回戏，演完了，诸位多把意见提。

（鞠躬退场）

（1947年3月10日、3月13日《人民副刊》连载）

# 小说卷

# 陈 先 生

叶枫

## 一

市政府号召教员参加群运的时候,陈先生紧锁着两道眉毛……

因为他有一天在一个空场子上见到群众正轰轰烈烈在那里斗争恶霸,一颗颗气愤的拳头像铁锤般挥动,他们要把不讲理的吃人肉喝人血的坏蛋打倒……陈先生不敢正眼看一下,摇一摇头双手剪着背走进学校门里,似乎还能听到人群呼吼。

同事们见到他脸上神色黯淡,就问他:"发生了什么大事情呀?"他不作回答,坐下办公桌边端起茶碗喝了一口茶,长长叹了一口气,拿起笔来在白纸上写起一首诗:

看到反恶霸,
叫人实在怕,
拳头如石块,
想往身上打。

## 二

今天同事们都去参加斗争大汉奸恶霸威尔功(焦作的汉奸头子),陈先生也拖上两条腿跟着去了。当然也想不去,但自己把话头已说出口,怕同事们笑话"落后"。

到了会场,陈先生躲闪在人群后面,心中想着真打起来"该怎办?"说理斗争开始了,真出乎意料,群众并没有打,一个跟一个倒起"苦水"来。陈先生不知怎么回事,好奇心促着他,慢慢挤到人群前面去听"苦水",越听越苦,受苦的人像送丧似的痛哭着。当一位工人的母亲——白发披头的老太太诉出一家九口人,因为汉奸私吞工资给饿死了三口,五口出去逃荒,到今天还不知狼拖吃了死尸,还是活着。陈先生也受了感动,他点一点头心中说:"恶霸真该杀呀!"

开完会,他回到学校里露出一副很严正的脸色,同事见他又拿起笔写感想:

听到吐苦水,
实在人心伤。
恶霸如虎狼,
弄得人死亡。
打他来出气,
真是理应当。

## 三

陈先生家住的村子里,也在反恶霸,陈先生虽然还有一头驴,中农生活还过得去,但他也受过很多恶霸的气。

这一天他在本村又听到一个人诉苦,诉到痛处他也压不住,卷起长袍袖子像在讲堂上讲书一样诉起苦来,开完会大家看他很能说理,选了他当清算委员会委员。

经过两天清算,分配斗争果实时,大家决定,给他一斗麦子的支差赔偿费,大家还说:"陈先生这次参加斗争出了很大力!"

这一天他走回学校,不再紧锁眉头,同事们看见他像有了喜事,就问他,他哈哈地笑着高诵:

参加反恶霸,
一干就不怕,

真理只一个,

今天还怕啥。

一九四六年六月十日于焦作

（1946年7月13日）

# 噩　梦

## 思基

  吴黑大是刚从顽固军里逃来的新战士，前天，因为和班长闹了意见，心里不舒展，夜里就装病开小差，被同志们在村外劝阻回来，自己觉得非常惭愧。经过班长给他解释以后，他决定在晚上点名的时候，去向同志们悔过……

  但是，当天下午，吴黑大真头痛起来，班长给他铺好了被子，扶着他，叫他睡下，连长就叫班长上街去了。吴黑大由于过度疲乏，渐渐晕迷而梦过去了。

  后来他听得点名号"哒哒哒"地响了，他忍着痛，坐起来要到前院去向同志们认错，说明白。突然见班长进来了，要阻止住他。

  "躺着吧，"班长说，"好啦以后再去讲。"

  "不！"吴黑大拒绝说，"咱一定要去！"

  他走到队前去了，大家看着他，热烈地鼓着掌……

  他开始叙述他的过去：

  "同志们！"吴黑大惭愧和懊悔地说，"咱是再也不走啦！……我往哪里去找这样的班长呢？"他低下了头继续说，"我是邠县乡下的庄稼人，四一年冬天，王保长派我们到镇原县去送军粮，在那里被中央军扣住当了新兵。半三年的时光，我脸上被那些狗官们打遍了巴掌印。但我最伤心的就是我老乡陈二皮匠的死，那是我亲眼看见的。当时，陈二皮匠病啦，狗连长王金融到班里来看见，翻起了眼睛，硬逼着要叫抬出班去，我们稍慢了一步，就骂开了：'你们干什么？还放在家里妨碍公共卫生？！'哪里像咱们革命队伍呢？我做了错事还安慰我……"

  于是，他带着悲痛的心，来哭诉着老陈的故事：

老陈被扔到村外边的一孔破窑里。那窑洞没有门窗，里面一股恶心的尿臭味——这是村里的猪狗和过路人常常大小便的地方。墙根的草，已经长起来有一尺多高，窑角里阴湿的地方，长起了青苔……

天黑啦，咱偷偷地去看他，陈二皮匠睡在块门板上，见了我，他就嚎啕大哭，抓住我，不准我走。他说："老吴，咱快完啦，你救救我……"

天呀，我有什么办法呢？我劝慰他："咱没忘记你，我会常常来看你的！"但他仍不肯放我，嘴里连声地骂着王保长！

第二天，白天我不敢去看他，因为王金融宣布啦：病号要隔离，只准医官去检查。

天快黑了，我实在想看看他好了点没有，便装着去大便，把自个身上的几个钱，在老百姓家里买了几个鸡蛋给他带去，我真相信那里有医官照护他，我想拿去请医官煮给他吃。

但是，我到了破窑里，鬼也没有一个，只见老陈裹着一件破大衣——这不是他原来的大衣，他那好的已经被连长派人来换走了——从门板上掉到地下了，微微地呻吟着，已经快要死了。我这才明白，王金融的"医官检查"，不准人管，原是要叫他早些死掉，他好多吃一个空额。我蹲下去，把他又扶到门板上来。他用着颤动的微弱声音，喊着冷，鼻孔里却烧出了血，糊得满脸都是血块。他睁着火红的眼睛，死盯住我，老半天，他才醒悟似的说："兄弟，我记得你……"

鸡蛋拿给他不能吃。我又跑到老乡家里去，想煮好了，再给他送去。他害怕离开我，死死抓住我："不要走，看着同乡的关系吧，就剩你一个人记得我啦！兄弟……"他说着，眼睛可怜地闪动着。"咱死啦，给咱家里捎个信……"

但几天来没人给他送点水和饭，他也实在希望我去弄点水来给他喝……

在那里，老乡都很恨我们，他们给我们编了个歌子：

>黑皮的西瓜没好心，
>
>挺进师害死老百姓，
>
>大白天捉鸡偷萝卜，
>
>黑夜里遍家抓壮丁，
>
>挺进师！挺进师！
>
>看你哪天才短命？

因此，我去老乡家，他们不肯借锅给我用，说了半天好话，他似乎也可怜我了，才"嗯"了一声，点点头，表示可以。我刚烧着火，队伍就吹点名号了。没有办法，我再不能去看他了。我请老百姓可怜可怜，替我给他送去……

第三天，快半夜啦，我下了岗，又偷偷去看他。那时，天正要下大雨了，外面连一点星光也没有，很远的地方响起了雷声。河滩上一群饿狼在打架，"嗷嗷嗷"地乱嚎。我自个儿也有些害怕了。我慢慢摸到破窑里，轻声地喊叫他——大声地叫是不可能的，连排长听见，就会杀死我，或两腿剁烂，开革的！

"老陈，老陈……"

没有人答应。我便用手去摸。我怕他又滚到地上睡着了哩。可是，什么也摸不到，我汗毛都立起了。我想："一定被狼拖走了！"

我想跑……

可是，又想起他是我老乡，我慢慢用脚在破窑里拌他。我想："就是他死啦也得知道他的下落，将来回到村上去，好告诉他家里人个明白。"最后，我真拌着了。他光着个身子，冷得直挺挺的，横在窑角里。我吓得打着寒噤，转身就跑……

第二天，连上的兄弟们去看他，把他抬到一棵大枫树底下。连长王金融的太太，掩着鼻子，站在上面院子里看了一眼，骂着说："男人连裤子也不穿，放在大路上，多恶心，还不快抬去丢掉？"

不多会儿，连长王金融也来了，他用手巾掩着鼻子同嘴，狰恶地暗暗笑了笑："怎么，昨天军医没有来？唉，真没想到他会死……"你们看，黄鼠狼也哭起鸡来了。

吴黑大讲着，眼泪滚滚地往脸上流，脸蛋上都快起壕沟了。他想还要讲；但，忽然觉得他又站在那棵大枫树底下。陈二皮匠在那里赤条条地躺着，脸上满是血痕，他看着他，"噢——"的一声跳起来，手来抓他，尖声地叫着："兄弟，救救我……"

吴黑大怪叫一声，惊醒过来。他脸上淌着大汗，心噗噗噗地直跳，只觉得有一个人在他背后扶着他，忙着用毛巾给他擦汗。这是谁呢？他奇怪地转过头去，打量了半天，才认出来……

"呵，班长！……"他叫着，眼泪滚了出来，"你？……"

"怎么？"

"你……真原谅了我吗？"

"怎么不原谅你呢？可别再这么想吧，"班长又给他擦着汗，"你要喝水吗？"

"喝。"

班长把他轻轻放在枕头上，到前院去端着水来，拌了些白糖，递给他。

"试试甜不甜，"班长说，"刚才连长叫去给你买来的。"

吴黑大接过碗，看了看班长，慢慢地低下了头……

一九四五年七月十三日于东山

（1946 年 7 月 22 日）

# 生命的搏斗

黑丁

天刚放亮。窗户纸哗啦哗啦响。沉雾一般的夜气,像给一阵清冷的晨风吹散了似的,一层乳白色的暗光,爬上破落了的窗户。

爷爷抬起头,睁了睁困倦的眼,瞧瞧窗户,又从窗缝往外瞧瞧那个在院子里走来走去的皇协军。

"呵!队伍来了,队伍来了……"

爷爷吓了一跳,叫:"虎头,虎头,醒醒!怎么?嗯,这孩子又□住了!"

虎头给爷爷用胳膊肘触动着。他醒了。

"混蛋!一清早哇啦什么!"皇协军在外头大声骂。

爷爷赶忙挨近了窗户,两手往窗棂一扶,说:"老总,你看,这孩子做梦,吓了一头汗!"

虎头坐起来。捆在他两只手脖上的一根铁丝,牵连在一起,像一副手铐似的,还往下滴血。

爷爷瞧瞧虎头,没说什么,又把那冒火的眼睛投向窗户。他的手脖像虎头一样,也捆着一根铁丝。一股热血在他周身沸腾。他两手抓紧了窗棂,胳膊受着震动,伤口的血,在向外冒。窗棂上的纸,红殷殷地沾了几个模糊的指印。

"你叫什么!差点惹出乱子来。"爷爷悄悄说。

"我做了一个好梦。"

"小点声,小点声呀!"爷爷褐色的胡须一抖动,他朝虎头笑了。

"怎么,是一个好梦?"

"我梦见咱们队伍来了,从东山包围上来,机枪火力直往村子压。咱们的民兵跟工人自卫军也回来参战了……"

"小点声!"

"我还梦见,咱们都跳到船上!"

爷爷笑眯眯地说:"你这个梦准灵验!咱们的队伍今天不来,反正三两天一定会来……"

他蜷伏在炕角上,把身旁一件破夹袄给虎头披在身上。

"爷爷,今天他们可又不会放松咱!"

"记住,一句实在话也不许吐露!不管怎么,也不听他们的鬼话。"

他们被捕,是在前天一清早敌人一次的突然奔袭。那时,民兵和工人自卫军,大部分都到县上参加动员工作去了。老百姓有的刚要上地干活,有的还没起炕。敌人从城里分两股向蛤蟆峪,采取报复性的袭击了。民兵一打枪,老百姓开始转移。虎头和爷爷,想跑到河岸把船坚壁起来,可是来不及,他们便隐蔽起来。家里只有他爷儿俩,母亲是在今年五月反扫荡时就牺牲了,父亲是自卫军队长,前几天也到县上去了。敌人一搜村,虎头和爷爷被他们从隐蔽窑里拖出来了。

敌人在蛤蟆峪扎下了临时据点,企图控制渡口,割断交通线。

窗外有阳光。虎头靠着窗户望着远远的山。忽然,锁着的门,吭隆一声开了。虎头和爷爷惊动得都坐了起来。一个日本人带着一个皇协军的军官,走进屋来,把他们赶到院子去了。

日本人手里握着一支手枪、一根皮鞭,瞪着两只狞笑的眼。

那个皇协军的军官,故意笑了笑,说:"老乡,你们真不想活吗?为什么要硬到底!再好好想想吧,在这地方硬下去有啥好处!还是实实在在说吧,说了就放你们,好回家干活。就是几句话,也不要你们别的。"

虎头和爷爷没有作声。住了一会儿,他又说:"我不骗你们,是的,说吧,八路军指挥部在什么地方?你们村子民兵自卫军有多少?说了放你们。可不能再像昨天一样,一问三不知,要是再那样,一点儿也不客气!"

敌人捉到老百姓,总想审问出一些什么,可是结果偏偏使他们失望,就是一句实在话,也不容易得到。现在他们在虎头和爷爷面前,又碰了钉子了。虎头只是扭着脖子不啃气。爷爷有时朝敌人装笑,有时叹气,有时硬声硬气地用几句话去顶敌人。敌人有什么办法?唯一的办法,就是弄死他们!但是又不立刻弄死他们。这样,就一次一次拷问、污辱、痛骂、诱骗、吊打、鞭抽……虎头和爷爷给弄得昏过去了。不一会儿,虎头苏醒过来,却看了看自己跟爷爷已经蜷伏到炕上。爷爷忽然仿佛做了一个噩梦,呻吟了几声,两条腿像给敌人在吊打时候那样,又剧烈地抖动了。

"爷爷,爷爷!"

虎头叫着,他好像又听见敌人的皮鞭,在爷爷的头上、脸上、身上乱抽,使他的心感到了一阵刺痛。他看着爷爷躺在炕上,呼吸窒息似的,一动也不动。血浸染了头发,一张脸,和褐色的胡须,也沾满了血,有些模糊不清……

爷爷把受伤的脑袋,包扎在一件蓝色的破汗褂里。他坐在炕头上,依靠着墙壁,一点儿也不感觉到困睡,却像在等待什么似的,一会儿伏到窗户上听听外边,一会儿又低下了头。虎头坐在他身旁,两手放在膝盖上,把头深深地埋藏在胸脯前头。

爷爷小声说:"看今晚怎么样吧?敌人来已经三天了!睡觉惊醒点儿,一听见咱们队伍打枪,死活也得往外冲呵……"

"大概我爹也准回来。"

"现在不知道什么时候?"

"半夜了吧!"

"嗯，惊醒点儿呵！你听，怎么有人吵闹呢？"爷爷心一跳，又坐起来了。

虎头仔细一听，悄悄说："哪有人吵闹！你耳背啦。是黄河水在哗哗响。"

"小点儿声，小点儿声呀！咱们那只船恐怕也遭殃啦！"

"……"

爷爷总是惦记着他那只船。他是一个多年的"老艄公"，一生的希望，是寄托在黄河上。每天一跳上自己那只船，他仿佛立刻感觉到年轻了好多，劲头挺大，于是他一边撑着船，一边嘻嘻哈哈地和艄公又说又笑了。一只一只船在水上奔流。那儿一唱，他这儿也唱起来……然而，敌人一扫荡，这生活就给破坏了。有好几次，他的船遭到了敌人炮火的毁坏，可是，他却一次一次得到抗日民主政府的帮助，很快就恢复河上的生活了。他常常带着虎头，和工人自卫军参加保卫黄河的战斗。有一次，天还没亮，敌人又偷袭到蛤蟆峪来了。工人一发现情况，怕船给敌人抢去，这时大家来不及解缆，他一咬牙，举起闪亮的斧头，几下就把绳索砍断了。

"快，让船往下流！"他吩咐。

工人们都分散开跳上了船。船流到河中心，他带着虎头往河里一跳，乘着奔腾的水流，泅到对岸，向河防部队报告情况去了。多年的船上生活，使他有着熟习水性的技能，不管刮风下雨，白天黑夜，使他都能游泳泅渡。他"踩水"，像走路一样，上半截身子，轻轻地浮动在水面上……

河水哗哗地响。他现在越听越清楚。他没有一点儿睡意，只是坐着，在度着这寂寞的深夜。

忽然，他听见有人把院子里的哨兵叫走了，就像发生了什么事情那样紧张。

东院有日本人的骂声。停了不一会儿,那个皇协军的军官这样嘟哝:"你们眼睛全瞎了吗?怎么站的门岗!连你们自己丢了也不会知道!没有人来,怎么枪和大衣会不见了?"

"我就没见一个人影!"有人回答。

"奇怪!你把枪和大衣放在炕上……睡得那样死……"

"唔,八路八路的有……"日本人有点儿惊慌。

那个皇协军的军官又问:"你们警戒都没发现什么情况吗?"

"一点儿动静也没有。"

"呵,你们这一来,门口院子现在都没哨,不行,得赶快回去……去,先去街上一个人,告诉大家加紧警戒……"

一个人跑出去了。

"真是奇怪!一会儿就搜巡!简直活见鬼……怎么,去河对岸的人,还没回来?"那个皇协军的军官,显然是不安了。

有人回答:"绕到峪口过河,路很远。不知能不能混进去?听说那儿八路军很多……"

"附近的情况可靠吗?"

"可靠……老百姓说没什么。"

"没什么?大家准备便衣就出发……河对岸,埋伏活动……偷渡……押几个人去撑船……"

"叫那几个老乡去?"

"挑几个老实的人去。那个老头不要他去,他的孙子也靠不住!什么也问不出来……"

"那怎么办!年轻的人只有四五个,人不够,那个老头的孙子,还是叫他去吧,没关系,我们有枪怕什么!一送过河,在草坪山沟沟,就把他们用刺刀挑掉算了!……"

"呵,别叫他们听见,小点儿声!你们商量办吧……"

虎头早给爷爷叫醒了。他们听得很清楚。爷爷伏在窗户上，小声说："怎么，他们的枪和大衣不见了，一定是咱们的人进村摸走了吧！"

虎头高兴极了。他说："除非他们不要我去，一去，我非搞掉他们几个不可！有枪谁怕他们！"

院子很静。但是街上的敌人在活动了。哨兵还没有回来。这时有一个人影出现在窗户外头。那人摸了摸屋门，锁着了，很快又挨近了窗户，听了听便小声叫："虎头，虎头！呵呀，你们在这，可把我急坏了！告诉爷爷，咱们的人进来又出去了，队伍就要来……"

虎头一听，半惊半喜地说："呵，爹吗，你怎么进来了？"

"我摸进村，就摸到敌人屋里。告诉你们，我还摸着一点儿'洋捞'哩！找了好几个地方才找到你们！哨兵一走，我从屋顶上爬下来听你们在讲话。"

爷爷把脸对着窗户，问："呵，'洋捞'？一定是枪跟大衣吧？"

"你不听见他们在嚷着找……我在屋顶上真忍不住笑。"

"快上屋顶爬下吧，可别叫他们发现呵。他们大概要叫虎头去撑船……"

"我在上头什么都听见了。"

虎头说："他们真要找死！要我去就去，怕什么！"

爷爷有点儿焦急，说："走吧，快走吧。你在上头可不要冒失呀！船上的事，由虎头负责好了。"

"我带了三颗手榴弹，外头一打枪，我就动手，先把院子哨兵给崩掉……来人，来人了……我走……"

哨兵的脚步声，向院子这边移动。于是，窗外的人影，在黑暗中一闪，悄悄地沿着墙角，又爬上屋顶了。

敌人果然把虎头和另外四个工人，一同押上了船。

"开到草坪,快一点儿!"

虎头往船头上一站,说:"哎!老总,帮帮忙吧,把胳膊上的铁丝绳子给解下来吧。你们看,捆得这样牢,怎么能动弹!还怕我们跑吗?河没底得深,就是长着翅膀,也飞不出去呵!"

敌人把他们的铁丝绳子松开了。一个人看舵,虎头跟另外三个人撑船。船离开了岸,敌人怕暴露了目标,叫他们把船先从河边往下流,流到相当距离,再转弯儿朝对岸开。一个巨大的事变就要来了。虎头仔细看船上那十个便衣特务的位置,心可就开始有点儿跳。他想把船往岸石上撞,可是又怕船一翻,离岸这么近,敌人还不是要爬上了岸!船慢慢向河心移动了。虎头像走向了开阔的原野,再没有什么东西可以阻碍他的行动了。难道敌人还能把他推到河里?就是推下去,那怕什么!黄河上的工人哪一个不会泅水,他一点儿也不怕。可是担心的,他倒怕敌人一发现他的企图,马上会给他一枪。船到河中心,虎头的心一下子闪亮了,他记起在不远的地方,有一块突出水面的礁石,周围水很深。他常常跟那些和他一般大的,十八九岁年轻小伙儿在那儿洗澡,从礁石上砰的一声跳下去,又从礁石旁边翻动着爬上来了。他就像看见一盏红□笼,在他面前照耀,他的眼睛燃起了火焰似的光亮。他用记忆在黑暗中测量着河。风浪在摇撼着船,它不稳地在奔流中打旋。

"喂,留心哪!这儿有礁石,水太急噢!"这是一声警号。虎头说完,几个工人也就明白了。虎头故意用脚蹬打着船板,内心暗暗鼓舞起来了。

工人们非常紧张。有人机警地说:"哎哎,到了!小心点儿,可别碰上!妈的,今晚黑得什么也看不见,浪又这么大!"

"小点儿声讲话!"敌人制止。

虎头撑着船。他一切都准备好了。他一边在注视着河,一边又不住地在瞅着坐在他旁边,那个手里头掂着一支盒子的家伙。礁石终于出现在他面前。他把脚在船板上又咚咚地蹬打了三下,舵跟着左右乱摇了一阵。船在浪头里往前一冲,几个工人立刻把篙顶到礁石上,船碰得震跳了几下,就给一股激流打歪了。虎头趁身旁那个家伙一发慌,伸手夺过那支盒子,便把他一脚踢到河里。于是,虎头往水里一钻,紧跟着那几个工人都扑通扑通地跳到河里去了。

船失去了主宰,在礁石的边缘不住地打旋。那些便衣特务,不知是忘了,还是胆怯?一枪也没有放。虎头和自己的伙伴,从水里往上一翻,他们伸手摸了摸船还在礁石的边缘。有两个家伙正在往礁石上爬,可是虎头摸着了他们的腿,就像拖癞蛤蟆似的,把他们摔到河里。他又朝着船边冲去,摸起一根篙,很吃力地朝着船上啪啪地乱打了一阵。工人们和船搏斗,而船上的人在拼命挣扎。随着一股汹涌的激流,船往别的地方颠簸去了。

当虎头刚爬到礁石上,他隐隐约约看见船在往下沉。但他有点儿不放心,又和工人们追去了。

"快!"

"骑到船头上!"

"推呀,推呀……"

船挣扎着,喘息着,吐着泡沫。虎头隐伏在黑暗里,隐伏在激流中。船像一只被淹没的野兽,终于失掉了它最后的挣扎力,渐渐地往下沉没……

天快亮了。一阵枪声和手榴弹声,开始在蛤蟆峪响起来了。

"听,咱们的队伍进了村了……"虎头爬上礁石。

工人们欢起来。虎头从脖子上把那支盒子的皮带卸下来,他掂在手里,站到礁石的高处,朝河东岸吆喝:"噢——噢——消灭那些狗禽的噢……"

他们又跳到水里。虎头一会儿浮上来,一会儿又沉下去。他的脑袋时时昂起,在水面上左右摇摆。他的一只握着枪的手,很自然地在波浪里划动。他逐着起伏的水流,疲惫不堪地在向河东岸浮泅。

在村外的坡岭上,在人群的笑声中,一面红旗,被微风吹着,高高升起,飘扬在蓝色的清澈的晨空下。

虎头跳上河岸,站在石岩上,第一眼发现了爷爷,他头上仍然包扎着自己那一件蓝色的破汗褂。虎头握着枪,摇摆着,那么高兴地朝人们大声喊了:"噢——噢——噢!"

一九四六年九月

(1946 年 9 月 22 日,《文艺增刊》第一期)

## 汗到哪儿去了？

有一个富翁，家有良田千顷，骡马成群，雇着很多长工给他干活。一天，富翁有事出门，那时正是夏天，回来的时候，热得浑身大汗，他就往躺椅上一躺，叫一个长工给他打扇子。长工没法，只好给他扇。扇了好一阵，富翁的热劲也过了，汗也干了，就高兴地说道："哈哈！扇得好，真凉快！一身大汗不知哪儿去了？"那打扇子的长工，累得气喘喘地答道："都到我的身上来了！"

（1946年11月20日）

# "我们的军队到了邯郸！"（拟"幽默小品"）

思基

话说蒋家的陆军参谋总长陈诚从北平乘美机到了南京，悲喜莫名，直奔"国民政府"去见蒋"主席"。

"报告！"他一见蒋介石就叫道，"我们的军队到了邯郸！"

蒋介石这时手指间正夹着一支美国烟在吸，听得这一消息，全身就紧张起来。

"好呵！"他叫着随手递了一支美国烟给他的参谋总长，"有劳了！吸支'祖国牌香烟'吧！让我们庆祝共党的灭亡！"

"是的。"陈诚接过了烟，没有说第二句话。

"我们的军队到了邯郸多少？"蒋介石急着问。

"七万。"

"好的，不在少数。谁最先冲进去的？"

"整三师，赵锡田师长。"

"后面呢？"

"一〇四旅旅长刘广信，一一九旅旅长杨显明；河北保安总队司令何冠三也到了。"

"那么，我相信：他们一定虏获了共军很多东西。"

"听说不少，他们得到了很多慰问和自由的。"

"怎么，老百姓都很欢迎他们？"

"不，刘伯承给他们预备下的。"

"混蛋！你说得多荒唐！刘伯承怎么慰问他们？"

"是的，委座，实在是的。"陈诚沮丧地低着头，立正报告说，"因为他们在去到邯郸的路上，就全都把枪缴了。"

（1946年12月20日）

# 蒋希对话（拟"幽默小品"）

萍

话说蒋介石在进攻解放区吃大败仗后，头痛得很，便到他的老友——希特勒墓前去请示：

"希翁老师傅！弟子老想消灭'匪军'，结果反被'匪军'消灭我许多嫡系，敢请传授妙法！"

"但不知您所说的'匪军'是指哪一部分？"

"共产党！"

"啊呀！"希特勒猛地惨叫一声，战栗半天后才平静下来，问道：

"蒋家老弟，我比您的本领如何？"

"当然是高明得多咧！"

"那么您看我的结果如何？"老希哭丧着脸说。

"那……老师！我有干爹爹撑腰哩！"

"可是你干爹爹未必有我能耐大！"老希很自负地说。

"不行！我还有的是美金和大炮作赌本，不知您有什么秘诀：使我能干到底。"

"秘诀倒有，不知您干不干？"

"干！干！干！"老蒋喜得张开没牙大嘴狂笑起来。

"您在打得没办法的时候，请来我这里一下。"

"那时老师傅一定会帮我的忙！"

"那是自不然的！我要费九牛二虎之力，在我身旁帮您挖一个好地方，单等您来做伴。"

"唔呀！"蒋摇着大鸡蛋般的秃头，发疯似的从墓前跑开，出了一身冷汗。

（1947年1月5日，《人民副刊》）

# 民族弟兄

W. 华西列夫斯卡 著　伊真节 译

> 前线指战员们,早就表示爱看苏联的战斗小说。今天红军节,我们特选载这一篇以为纪念,并飨读者。
>
> ——编者

——喂,民族弟兄们,吃饭吧!

——就来!——雷萨科夫答道。三个人一块走进烟气熏熏的野战厨房。

什么时候当坦克队长问:"民族弟兄在什么地方?"每一个红军战士都能准确地指给一辆巨型的灰色坦克。

他们一共三个人——乌克兰人、俄罗斯人、犹太人,都是坦克驾驶员。他们三个人,不仅在坦克上要在一块儿,而且无论在什么地方都是形影不离的。他们一块儿睡觉,一块儿吃饭,一块儿进行长时间的谈话。

——你总是谈天,谈什么呢?也不觉得厌烦吗?

芬切里什丁含羞地笑了笑。

——厌烦什么?有这么许许多多的问题……我们谈我们自己的,又不妨碍别人。

说老实话,最爱谈天的还是芬切里什丁。米考拉总喜欢笑,喜欢听。雷萨科夫则常常是沉默忧郁的。

——你以为怎样?……就说生活吧,我告诉你,我是非常喜欢生活的……而且希望尽可能生活得好一些……我们的国家,啊,是一个怎样好的国家啊?我们的人民——我们自己知道,是一个怎样好的人民啊?……那里的一切,一年比一年好,一年比一年,简直是一月比一月好……

这是十分明白的——芬切里什丁开始了他冗长的议论——有资本主义,就有战争。有资本主义包围,我们就有战争的威胁。

雷萨科夫听着,点着头,叹了一口气。

——我晓得,我什么都知道,用不着给我上课。——可是要知道,明白这只是问题的一方面,而另一方面……那就困难了,你以为怎样?

——这全是因为我们占着位子不做事情。——米考拉用着男子的低音插上了一句。

——不然又该怎样呢?……当子弹在我们头上啸叫的时候,连思索的时间也没有了。

——我呢?——芬切里什丁自白道——我恰巧在那时候要想……

——你想什么?

——不是想什么,而是想谁……我常常想,她叫沙娘。

——你的姑娘吗?

——是的,我就是常常想沙娘。

——她是一个什么样的人?——米考拉很感兴趣地问道。

——她吗?沙娘……沙娘,是一个身材短小的、顶多只达我的肩膀高……她有着黑色的头发、黑色的眼睛。啊哈,是那样的黑哟……笑的时候,两颊上的酒窝……

——是的。——米考拉有声有色地肯定地说——圆圆的小酒窝……

——你怎么知道她?——芬切里什丁不安地问。

——我不是说沙娘,我是说夏沙……

——啊哈……

雷萨科夫叹了一口气。

——我已经有两个小孩：一个女孩，一个男孩。都是聪明伶俐的小孩子。

——大的几岁？——米考拉颇感兴趣地问道。

——六七岁，是个男孩子，非常调皮，母亲在家里怎样对付他呢？……女孩子……是一个非常聪明伶俐的女孩子！唱歌的时候，声音像黄莺一样清脆好听，将来要做个女演员……你的沙娘呢？……

——沙娘在工厂里，她在被服厂工作。我的父亲也在工厂里，在纺织工厂。我的母亲已经去世了，她死得很早，现在甚至已记不起她了。我是一个最小的……

——你有兄弟姐妹吗？

——怎么没有……我的姐姐是医生，我的哥哥在远东红军里……我们一共三个……原来是四个弟兄，中间一个哥哥死了。

——啊哈……芬切里什丁，请你告诉我，你以为战后情形怎样？

——战后吗？这要看许多……德国的工人阶级……

他们紧张地听着他的讲述。

——你是很有学识的，芬切里什丁……你在什么地方学习的，在图书馆……你做过大学教授或什么吧……不要在坦克上……

芬切里什丁羞涩地笑了笑。

——我也很想做个大学教授……父亲在家时常常说："什木里，你有一个多好的头脑啊！"

——你要做大学教授……这只有战后……

——当然要在战后。

——你还需要学习，好好地学习……

——战后，在战后第一天，我要立刻同夏沙结婚，我们要把集体农场办好。我们要生孩子，生很多很多的孩子，我要料理农事。

——战后，我要同林纳到高加索去，她从来没有到过高加索，我早就答应她了，但始终没有做到。可是战后一定要去。

——你们听着！——芬切里什丁生气勃勃地说——战后我们还是重逢吧！我和沙娘，米考拉和夏沙，你和你的妻子，都到我们霍尔科夫去。

——我以为，最好都到我家里去。干吗到城市里去呢？你□来吧，你们可以躺在果木园的草地上。我们的果木园，啊哈！我告诉你们，有那么多的苹果，要是你把小孩子们也带到那里去，他们一定非常高兴。你的小孩还可以爬到树上去摘苹果呢。

…………

——你们会做煎饼吗？——雷萨科夫问。

——怎么不会？我们也可以做一些煎饼……不过最好让夏沙给我们做煎饼，带乳酪的发面的煎饼，吃的时候，你总想吃，总想吃，吃得肚子都发胀了，可是要吐出来，那是不可能的，我们的煎饼就是这样的。

——我对于吃东西倒不太在乎……在草地上躺着、在河边散步，这倒可以。——芬切里什丁同意着——沙娘非常喜欢风景……

——同志们，这就算是预约了吧！

——算作预约了吧。

——希望把德国人打走就好了！

——不要害怕，我们要把他们打走的……

——我知道……不过希望快一些……

——要看怎样的快法！

——第一次世界帝国主义大战继续了……芬切里什丁又开始讲课了。

雷萨科夫把手一挥。

——什么第一次帝国主义大战！那时候还没有坦克飞机，一般说来技术……现在不同了，事情要发展得更快一些。

——可能更快一些。——芬切里什丁同意道。

——希望一往直前就好了。——米考拉叹了一口气。

——就是要一往直前。——芬切里什丁安慰他说——但是战略需要……

——喂，民族弟兄们准备好！

他们立刻跑进自己的"小屋"。巨型的坦克响着震耳的轰轰隆隆的声音向前开动了。

在高高的上空，响着飞机的马达声。远处隐约的炮声，好像深夜里巨大野兽被压抑住的吼声，震荡着空气。远远地在地平线上，燃起了雪亮的炮弹爆炸的火光，如同火烧场的反光。坦克在夜的黑暗中沿着大路前进着。远处，周围响起了坦克轮带的轧轧声、钢铁笨重的摩擦声。大路上，松枝低低地下垂着，受惊的鸟儿在黑暗里飞起来，在森林的黑暗中，无可奈何地鼓动着翅膀。坦克纵队，像钢铁的长蛇一样发着轧轧的巨响向前驶去。坦克——这不会说话的盲目的怪物，一个跟着一个前进了。

战斗在早晨开始了。沉重的坦克响着巨大的金属摩擦的声音前进着，推倒了小树，压断了树干，小小的白桦林，如同燕麦在利刃的镰刀下服从地倒了下去，树叶上的露珠，雨点般地落在前几辆坦克的钢板上。细小的树枝在白色的白桦树干上，像在乳白色的凝结物上一样散发着优美的绿色，好像是要把前进道路上的一切都要压得粉碎的坦克，正向着那乳白色的烟雾，向着那摇曳不定的白桦树的绿色苍茫，向着那羽毛似的掌状叶铺扫大地的羊齿丛驶去。顷刻之间，炮弹飞了过来，带着呻吟呼啸的声音放射着强烈的光芒爆炸了。大炮在轰轰隆隆地响着，机关枪在哒哒哒哒地放射着。

雷萨科夫不停地用手捏着自己的机关枪，准确地向那些发着野蛮难听的叫喊走向前来的德国部队散布死亡。由于不断地射击，坦克的整个机体在震动着、轰鸣着，钢板已发高热，天气又闷又热，而且充满着火药味，坦克在小丘上慢慢地爬行着，车的全部重量都压在后面，轮带在干燥的土地上滚动着。转眼间，白桦树被碾碎了，压断了的树枝，发着爆裂的声音，霎时在坦克前面现出一片广阔的空地。

咯吱吱……雷萨科夫觉得，除去白桦树被压断的声音，还有人的骨头、人的头颅、人的躯体，像"油虫"一样在轮带下被压碎了。雷萨科夫带着嫌恶的心情想着。

正在这时，什么东西响了一声，钢铁的怪物颤动了一下，嘟嘟了几声，又向前稍微移动了一下，便停止不动了。

——轮带！——米考拉用着野兽般的声音叫着。

雷萨科夫点了点头，他们两人便坐到另一挺机枪前面去。不能移动的坦克，像朦胧的小山一样，在横七竖八倒卧着的白桦树中间，在那未经秋天的黄金手触动过的绿色枝条中间仰卧着。

——呜呜……

雷萨科夫立刻听到了这个声音，而且觉得，仿佛自己在哼似的。德国人向他们直接地开火了。他看见他们血红的脸，张得大大的叫喊着的嘴巴，他们照例又喝醉了酒，喝醉了，他们就在醉意朦胧中走向难以避免的死亡。他回头看了一下，看见身后米考拉和芬切里什丁用手蒙着眼睛，他们的机枪已不再响了——血像小溪一样从芬切里什丁的手缝里往外流。

——眼睛，眼睛，眼睛！——米考拉单调地反复叫喊。

雷萨科夫身上打了一个寒战。他走到受伤者们面前，恰在这时，德军的枪更加紧密了。他连忙扑到自己的机枪旁，看见他们正在向前走，在不顾一切地向前冲。

——子弹！你们能不能把子弹递给我？

于是芬切里什丁摸索着爬到他身边，米考拉用发抖的手去摸子弹。

——拿来，拿来。你们能不能递给我子弹？

——等一等，我马上，马上……

他并没回头去看他们那鲜血淋淋的脸，可是他们在他背后艰难地呼吸和机械地传递子弹的声音，他都能清楚地听到。他只顾瞄准那清楚可见的目标，瞄准那从小土丘后面出现的德国人，开枪射击。

——拿来，拿来，拿子弹来！

他们传递着子弹。芬切里什丁艰难地呼吸着，随着每一动作，他的胸部发出了沉闷的呻吟。米考拉用着细小的孩童般的声音呻吟着。

坦克又轧轧地震动起来了。雷萨科夫骂起来了。

——下车，下车……立刻到坦克后面去。

——等我一下，我……

自然他们看不见，他们是瞎子，他们的眼睛已被打瞎了。这时雷萨科夫并没有产生怜悯之情，只是粗暴、愤怒、怨恨地想着，恰巧在现在，恰巧在这个时候给把眼睛打坏了！他们把眼睛张得那么大往哪儿看呢？恰巧在需要拿出全部力量的时候……

他先行走下坦克，把一只手伸给米考拉。

——这里！这里！

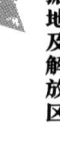

受伤的人抚着铁板，抚着轮带，迈着不敢自信的步子走出了被击毁的坦克。

——扯谎！

——德国人在什么地方？——芬切里什丁低声地问。

——在我们的正前方，你看不见吗？

——不，看不见。——芬切里什丁以压抑的声音回答。

——就在你的正前方，正对着你的鼻子。——说着，雷萨科夫就射击起来。

小土丘和被击毁的坦克把他们隐蔽起来。

地形对于他们是绝妙的，空气呼啸着，子弹飞鸣着，坦克发着轧轧的金属摩擦声。德军的火力开始减弱了，雷萨科夫看见从侧方，从白桦丛林那边出现了德国坦克，那灰绿色的车身与德国部队同时出现。

——他们已经在向后撤退，他们已经在向后撤退了。——他高兴地叫喊着，德国人已经支持不住了，他们正在狼狈地向着他们来的方向逃窜。——雷萨科夫从地下跳起来。

——他们跑了！他们跑了！跑了！

他弄得浑身是泥是血，疲惫和突发的快乐使他昏迷了。坦克在后面滚动着，德国兵士们仓惶逃窜，德国人已停止射击了，灰绿色的怪物顽强地追赶他们，钢铁的轮带滚了过去，炮弹的火光熄了，田野与森林陷入沉寂的状态。

——喂，民族弟兄们，刚才你们在什么地方？你们发生过什么事情吗？你们的"小屋"被打坏了吗？

队长走到他们眼前，惊愕地望着那小小的一口。

——芬切里什丁，你发疯了吗？你干什么呢？

雷萨科夫闻声一看，在他刚离开的那座小山后面伏着两个人——米考拉和芬切里什丁，他们肩并肩地互相帮助着摸摸索索地往七音枪里装子弹，向着德国部队一分钟以前活动的方向射击，血流小溪似的从眼窝里向外流。稀有的紧张，超人的努力反映在那两副向上仰着的、用看不见的眼睛注视着看不见的目标的脸孔上。七音枪尖锐而短促地射击着。随着每一射击，芬切里什丁的胸部发出沉闷的呻吟。米考拉沉默地射击着，白色的牙齿紧紧地咬着咬得出血了的下嘴唇。

——你们干吗？发疯了吗？

——他们的眼睛看不见了。——雷萨科夫以低沉的声调解释着。

（译自《保卫故乡乌克兰》）

（1947年2月23日、2月26日《人民副刊》连载）

# 枪

刘晓晞

如果一个战士在火线上丢了枪,同志们对他会是怎样的看法,大家是知道的。

可是一月十二日夜里,二〇三部队一连一班长和清典,在攻击曹家村的时候就丢了枪。

那时,他一手握枪,一手拿手榴弹,走在一排的最前面。该死的敌人一连拉响了五颗地雷,一块炸弹碎片擦着他左手的虎口,他的枪就不知掉到什么地方去了。

天空盖着云块,夜像漆一般黑。

敌人集中六七挺转盘子、歪把子猛烈地射击着。

和清典躺在一块开阔地面上,在他的后面两三步远,靠地坎躺着刘文治和大个子张保元。

他左手在地上摸摸没有枪,右手摸摸没有枪,他两只脚向后搜索也没有枪。

他怎能没有了枪呢?他是一个杀敌英雄,一个班长,他这次出发时,还给连首长打了报告,下决心多杀几个敌人,为人民立功。

他的前面三四步远,有一棵大树,大概是榆树,长着一个大圪塔,他便慢慢爬到这圪塔后面躺着。

"打,打,打,树底下有人,树底下有人……"敌人叫唤着,交叉的机枪火力,敲着树干"□□□……"地发响。

由于地形过分暴露,敌人的火力太猛,排长叫队伍往后撤了,只有和清典、刘文治、张保元趴在最前面没有听到。

"班长,班长,后面没有人了!"刘文治小声地叫着。

和清典睁大着两只眼睛，极力地向黑暗里搜寻着，想找出他的步枪来……

"你们先快走，不要作声，敌人要打枪的。"

那两个人迟疑了一会儿，走了。现在只剩下他一个了。

咱们的枪声已经停止，只有敌人还不断地零星地打着枪。

"噢……呵，噢呃，噢呃，噢呃……"村子里传来一阵驴叫声。他知道一黑夜驴要叫三次，入睡的时候一次，半夜一次，现在是快要天亮了。

月亮出来了，云块后面透过一层灰暗的光来。

但是和清典还躺在榆树圪塔后面，没找到他的枪。

现在他已能模模糊糊地看清，自己是躺在一个什么地方，他更加焦急起来——他离敌人真是太近了。只有一道小河沟把他和敌人隔开，河正对面，有一道一丈多高的石坎；石坎东面，隐隐闪闪地，有一条小道下到河沟；横拦着小道的，有一些黑东西，大概是敌人安置的鹿寨；石坎后面是一排排房屋的轮廓，那些黑暗地方，一定有许多敌人的枪眼，机枪的透明的火练，不断地从那些地方喷射出来，间或也能看见一晃即灭的步枪射击的闪光。他也听得见，时而这个地方，时而那个地方，嘀嗒嘀嗒的，敌人的拉栓声，沉重慌乱的脚步声……榆树底下是一长条只有五六步宽的耕地，再下去就是河沟了。

他轻轻地爬起来看看他的枪到底掉在哪里了。

可能是敌人又发觉了他，对着榆树又猛烈地射击起来。

可是，他已发现了他的枪。是的，是的，那是他的老盖板，叫他受了一夜罪的老盖板。它，端端正正地，一点也没损坏，靠在下面地坎上，隔他只有十来步远。

怎么办呢？只要他稍微动动，敌人即对他射击，有时从左面，有时又从右面。他发现了它，然而不能把它握到手里。

天看着就要亮了。

他好像听见什么东西在喊喊嚓嚓地响着，是不是敌人拉鹿寨？要冲下来？他尽可能向小道上面望去，那里仍是黑糊糊的看不大清，如果敌人冲下来，他还没有拿到枪，那就糟了。

"树底下，黑影，黑影……那不是，那不是……"

敌人叫喊着，集中地射击着。

他闪电似的从榆树右面插下去，一下就攫取了它，他的老盖板。

哈哈，它现在是握在他手里了，他可不愿再在这里麻缠，天已曚曚发亮，他要走了，去找队伍。

敌人仍然叫喊着，集中地射击着。对不起，那不是他，那只是一只背包。

（1947年3月16日《人民副刊》）

# 增资（工人创作）

## 小王

这是大连一个十六岁的工厂学徒的习作，但他对大城市增资斗争的刻画，是使人惊喜的。据《大连日报》编者介绍，作者小王，现年十六岁，个子很低，做过讨饭的叫花子，就在文中所写夏秃子的铺子里工作过。今日五一节，特为转载，并希望我区工人同志，也来努力写作。

——编者

杨克生守着床子（旋床子），搬着吊杆，眼死盯着"电滚儿"的转动发怔，好像在想什么……

杨克生今年已经三十了，去年冬月从配给店分了五六千块，就托隔壁张大娘给提个媒，娶了个老婆。前几天她给他生了个小宝宝，他并不欢喜，因为又多了个负担。

前天杨克生上街推铁，看见李大下巴，对他说"中央"大兵已经到城子里了，从配给店分到的钱趁早送回去；若不，"中央"军来了一定倒霉，最后还告诉杨克生要小心点。

家里面子和柴都没有了，饷也没开，他今儿早晨跟夏秃子（老板外号）先借几个，垫补垫补，可是当他一说，夏秃子把眼皮一翻说道：

"柜上一个子也没有了。"鬼晓得！成天吃的鱼啊！肉啊！哪弄的钱？……

"杨师傅，你看这样子行不行？"虎钳子的小陈，拿着牙轮，笑嘻嘻来请教。

"去！我不管，找金师傅去！"杨克生不耐烦地说。接着又在刀

口上加了一点儿油。

"米、柴都没有,自己不吃饭没关系,老婆和孩子呢?……"这些问题老纠缠在他的脑子里。心里想:凭着一个汉子,还养不活一个老婆一个孩儿,这完全是命……

★ ★ ★ ★ ★

晚上放工回家,正好碰见了妇女会的老李大婶,她说道:

"老杨他二哥!放工了吗?你大叔找你,你快去吧!"说着就推着杨克生走。

杨克生穿过了小胡同踏了一脚屎,他跺了跺脚骂道:"哪个鳖崽子屙的。"他以为这又是不祥之兆。

老李正在掌着破棉鞋,一见杨克生来了,就放下了鞋说道:

"他大哥你可来了。"

"怎么的了?"杨克生一听话不对,急忙地问。

"你先坐下吃袋烟吧!"老李说着就把自己的烟袋递给了杨克生。

"我不吃,你说吧,有什么事?"

"今儿晌午,"老李一边比划一边说,"我来家吃晌饭,走到你门口,听见柱儿(杨克生儿子的乳名)他妈又哭又喊,孩子也哭,我就撞开了大门,进去一看,见柱儿他妈把被子都蹬了,热得要命,说要点小米粥喝,孩子在炕里边躺着,腚底下一泡稀屎,炕啊!地啊!糟的那个'埋汰'(即肮脏之意)。我就赶快来家,把你大婶找去做点饭收拾——你大婶去了不一会儿回来说,你家一粒米也没有了,连苞米面子都干净。我一想病人可不能叫她饿着,就把俺小米子挖了一点儿,正在这时,妇女会会长崔桂兰来串门,你大婶就把这事告诉了她,她转身就走了,不一会儿她送来了八个鸡蛋、四斤小米、十斤苞米面子,外加上一千二百五十块钱,她说这是动员会员和买卖家帮助的。"

"谢谢大叔,多帮忙了……"杨克生被感动得不知说什么好。

"咳!咱们都是穷人,应当帮忙。"老李装了一袋烟点着了说,"他大哥你开饷了没有?"

"哪开了!今儿个我想支点钱,夏秃子说柜上一个子也没有,说这几天不挣钱。"

"不挣钱?真他妈瞎扯鸡巴蛋,谁信!前儿个,我们合作社,上你们那买一架打粳机,少八万不卖。你说造一架打粳机得几天?"

"材料齐的话,不用四天!"

"四个工,一个工打算三百,三四一十二,一千二,材料和用具打算两万五,还有什么?你看就这么点儿本钱就挣那么些钱。"

"是啊!"杨克生半信半疑地问道,"那怎么他说一个钱也没有呢?"

"嗨嗨,这是人家的本领吗!这几天的东西都涨了,各工厂的工钱都涨了,他不涨不行,所以他就来了这一套'哭穷',等你们大伙要急眼的时候,他才把钱拿出来,说是借的,也不用涨钱,你们因为等着用,就三凑付两凑付,嗳!就凑付上了。"

"大叔!你怎么知道这么详细呢?"杨克生已有八分信了。

"不是,我也不知道,"老李抽了口烟说道,"昨儿个晌午我到咱区上办事,看见成万铁工厂的大老李、田家业、刘云动他们那一些人,把董大肚子抓到区上,告他为什么不开饷。区长就问他,叫他好好地坦白,他不坦白就劝,劝了三四个钟头,才给他说服了,他坦白了,和我刚才说得差不多。"

"好!他妈的非找他算账不可!"杨克生说着就想往外走,被老李一把拉住说:

"咳!你这人怎那么毛愣呢?俗语说:'单丝不成线,孤木不成林。'一点儿也不假,你这么一去,人家还倒来咬你一口说:'人家不怎么的，就你挑皮.'这么一来，你们那些伙计也不敢要求涨钱了，那可就糟了。"

"那怎么样要求他涨钱呢？"杨克生坐在炕沿边，瞅着老李。

"你明天一上工，就把我刚才告诉你的：成万家怎么涨的钱……那些事告诉他们，问他们同意不同意，若是同意，就定了时间——吃完饷，就跟夏秃子要求他涨钱，若不答应就和他说说理……"

"大哥！俺妈叫你去吃饭。"老李的小老姑娘代兄来叫杨克生。

"好！就这么办！你家去吃饭吧。"

杨克生懒洋洋地往自己门口走，边走边想老李方才对他讲的事。

★★★★★★

杨克生今天上工比谁都早，夏秃子披着皮大衣撒尿，见着杨克生什么也没说。他心里想："奶奶个×的，过响瞧……"虎钳子的小张来了，他在夏秃子眼睛里是最好的一个，当杨克生把那事告诉了他时，他说："咱们柜上本来就没有钱吗，你也不是不知道，好！既然你们大伙要求他，那我也跑不了啊！"

接着旋床子的老金、小李，虎钳子的老王、老孙都来了，杨克生把那些事告诉他们，他们都赞成。最后他告诉他们说：

"下晌不干活了，就干这个！"

吃完了午饭，果然都停工了，他们在机械房里开着会，合计着谁先和夏秃子说，谁干什么，合计好了就到后屋找夏秃子了。夏秃子在炕上正和老婆吃着火锅，一看这些"黑子"（老板娘给伙计们取的外号）撞进后屋来就大怒，问杨克生道：

"你当师傅的，为什么领他们到后屋来？"

杨克生把两臂一抱，满不在乎地说道：

"今天我们大伙来要求你点事，你说行不行吧？"

夏秃子一看杨克生不像往日那样熊了，就有三分害怕，急忙赔笑说道：

"老杨！咱们都是老伙计了，有话好说，你请坐吧！"

"不客气，"杨克生坐在对炕那张椅子上说，"没有别的，这几天街上的东西都涨了，别的工厂也涨钱了，咱们呢……"

"涨涨涨！一定涨，"夏秃子早知道为这事，因为早晨小张告诉他了，"可是现在柜上没有钱。"

"没有钱！"杨克生站起来指着火锅说，"没有钱怎么吃火锅子？"

"是啊！"小陈也接着说。

夏秃子一听小崽也来"巴巴"，心里想"倒是年头变了"，就大怒道："你多什么嘴，反了……"举手就想打，被杨克生和老金一把拉住。老板娘一见两个伙计把掌柜的拉住，就大哭大喊道："反了反了，救人啊！……"她把桌子上的碗碟直往地扔，把伙计们吓得直往后退。杨克生一见事情已到这步田地了，就一手抓住夏秃子的领子，往外拖，对伙计们说道："伙计们！不用怕！我们这是为吃饭哪！"

将退到房门口的老王和老金他们，听完了他的话，又见他拖不动夏秃子，就鼓了鼓勇气，上前帮助，把夏秃子拉到院里，夏秃子挣扎着骂道：

"妈个臭×的，你们拖我干什么？……"

老板娘赤着脚，从屋里跑出来，抱住夏秃子的大腿，死不放松，大哭大喊：

"老杨啊！你们怎么啦？……"

"走吧，别找'别扭'了！到区上讲讲理去。"杨克生说着就往外推。

老板娘一看他们都走了，就在院子里狠命地喊叫着。

★★★★★

杨克生一行六七个人，吵着骂着同夏秃子奔向新民区公所。道上走路的人，都莫明其妙地望着他们，有好事的人问他们这是干什么？可是没得到圆满的答复，便无精打采地走了。

走到区公所，门岗进去通报一声后，把他们领进区长的屋子里。区长让他们都坐下，问他们为什么事，杨克生便一五一十地学给他听，随后说："区长，你给俺们判一判这事。"

"好吧！"区长说。又问夏秃子："那你打算给不给他们涨钱呢？"

"没有钱吗！"夏秃子把眼一翻说。

"你看，他嘴这么硬！明明火锅子吃着还说没有钱……"杨克生发了火说。

"不涨钱不行。"

"……"

他们都插了嘴，哄哄嚷嚷地闹成了一片。

区长皱了皱眉头道：

"嗳……嗳！静一下，别吵吵了，你们等一下子再说吧。"区长见他们都静了，便向夏秃子道：

"我说夏先生，你要想开一点，政府增资的政策是对的，别家差不多早就增资了。"

"那我没有钱怎么办？"

"嗳！咱们先别管有没有钱，你先要把这增资的道理弄明白了。"区长拿出了一支烟卷，点着了，又拿出了四五根分给他们。他抽了一口说：

"现在民主政府主张工人增资，并不是给工人撑腰叫工人把钱拿去，愿干活不干活，或是欺负掌柜的了吧？并不是这样子，你要明白了。而是增了资后，工人更加劲地生产，因为他们不愁吃穿了，这样一来，对你柜上也能多出活、多挣，这样对各厂都有很大的帮助，那不就等于给老百姓解决了困难一样吗！"

夏秃子渐渐被说得明白一点地问：

"增完资后，管保他们能好好地干活吗？"

"怎么不能呢？你没有看报上登着选劳动模范吗？那就因为他们不愁吃穿，还有俱乐部供他玩的地方，他们的生活都改善了，他们都超过了生产计划。再有你们同行的成万家，增了资后，听说就两三天的工夫，多挣了两万多元呢！"

夏秃子已经初步地认识了增资的道理，很惭愧早先那样顽固，就对区长说道：

"区长，我现在才稍稍地明白了。我回去给他们增资吧！"他的脸通红，低下了头。

杨克生他们见夏秃子明白了，脸上浮上了笑容。

"好，你们跟掌柜回去吧！增了资后，可要多加劲地干活吧！"区长最后对杨克生他们嘱咐了一句。

"好了，我们一定好好地干。"

于是他们很快乐地跟夏秃子回去增资了。

是增了资后第三天的下午。

机器房里除机器"唏啦哗啦"地响着外，听不见别的声音，人们都守着自己的机器旁工作着，连个抽烟的都没有。杨克生在账房里，用心地在图纸上画着机器图样子。

"夏老板在家吗？"进来个商人打扮的一个人，问着靠门口虎钳子的小陈。

夏秃子在后院称着铁，听有人找他，便出来一看，原来是同利永烟卷工厂的程老板，便亲热地打着招呼："老程什么时候来的？买卖好吧？哈哈……"

"嗳！哈哈！才来，忙吧？"程老板也凑上前热烈地谈笑着。

"来！进屋坐坐……"夏秃子边说边让着。

"不用了，我跟你说点事，你们现在活忙不忙？"程老板的脸从笑容变成严肃了。

"可也不怎么忙。有什么活吗？"

"有，就怕你们干不了。"

"什么活？"

"我们厂子里的切烟丝子的机器坏了一台，想找两个师傅去给修理修理，找了有时候，别家都挺忙；咳！真倒霉！明天下午就来拿烟卷丝子了，咳！"程老板愁眉不展的，不一会儿好像想出办法似的："夏老板，你帮帮忙吧，不怕多给修理费，先说价，两万！行不行？"

夏秃子一听见这巨大的价钱，早眼红了，可是他不敢接这份活，因为师傅们在家睡，就不……人家也不知能不能打夜班呢？眼看着两万，不敢接，愣在那地方直挠秃光光的头。接吧？又怕不能干。不接吧？又太可惜了。老半天不能答复，程老板急得一劲地问："行不行？"

杨克生在账房里听见了这事，见夏秃子光挠头没吭气，恐怕这活弄"荒"了，就放下了铅笔跑出来，连忙地问程老板道：

"行，行！机器在哪呢？"

"在我们厂子呢！"

"老金、老王，收拾收拾把家伙预备好了，走！"杨克生一边吩咐老金和老王，一边把自己的家伙找好。

"老杨！那份活呢？"夏秃子很关心地问。

"不要紧，明儿个多加点劲干就有了，这个活要紧，十年九不遇的事，平常日子哪有这个好活，你们说是不是？哈哈……"

"可不是吗！哈哈……嗳！咱们走吧？"老王笑着说。

"走！"杨克生、老金、程老板异口同音地说。夏秃子一见伙计

一个个很兴奋,他也兴奋地说:

"嗳!等着,我也去!"说完也撵上了他们。

走到了同利永烟卷工厂,程老板把他们领到一台切烟叶的机器房,指着说:

"就是这台!"

杨克生、老王、老金他们朝那机器看了一周,查出了毛病后,就拿起来家伙"刷刷"地干得"风快"。

夏秃子一看这光景,□□感动了。

(1947年5月1日)

# 参　军

古今

根正拿起新挂包，小心地吹那粘在绣花上的土，又用手不住地轻轻拍打。这会儿，他妻子爱香就跑进来了。一进门，瞧见丈夫那样爱惜她给做的挂包，本来想笑，可是心里急得了不得，没顾上笑，就凑上男人的耳朵边说：

"你们说，不是不让老二去吗？你看他，裤腿扎得好好的，还把被子往木棍上搭咧……"

"我去看。"根正把挂包往炕上一撂，边走边说，"昨天就说好了他留下，我去。哼！真淘气死啦！"

还没跨出门口，爱香就一把揪住他，轻轻说："这回就让你老二去吧！往后你再……"

"我是村上的武委会主任呀！咱自己不带头，叫谁去呀！"根正想挣脱妻子拉住的手。

爱香又说："咱也是妇救会员，不是不叫你去，是怕你们弟兄两个，又为参军闹那个冲突！"

今天是"三八"妇女节，天不亮便刮开了大风，村上的八音乐队，却老早就在风声中吹，在风声中敲了。昨天夜里通知今儿前响开会，现在已是早饭以后的时候了，所以根正和爱香都急得不行，三步合成两步走出房门，一齐向北屋去看他家老二。离北屋丈把远，见老二穿一对上路的新鞋，头上的手巾比哪回也缠得齐整，裤腿扎得紧紧的，被子叠成长条挑在棍子上，慌忙地从屋子里冲出来。猛见他哥哥和他嫂子，便一下扭过头去，对着屋门，不说一句话。根正抓住他兄弟的肩膀，急着给讲道理："不是昨天早说好了！你年纪还小，现时不去,过二年参军也不迟呀!"那老二本是瞒着老人和哥嫂,想偷偷去报名参军的。可巧还没出门就碰着他们,心里着实不痛快,所以任他哥哥怎说,他总是把挑着的被子对着屋门,不回头,也不答话。

老二今年十七啦,叫个根义,是村上的青年队长。他知道他们高家,是几辈子给人家地主当雇工。灾荒年,他才十二三咧,瞧见爹跟人家磕了几十个响头,那个恶霸地主三升粮也不肯借,结果把娘也给饿死了。他一直哭了几年,心上就是有仇哩!八路军来了,才算过了几天好光景。年时穷人闹翻身,他和他哥哥一直是积极的,啥事都做在头前,斗得那些富人低头喊老子,穷爷们从此再不受地主那个制,谁家也分得了十来八亩地,大伙都说他们弟兄是模范。这回因为争着参军,他们弟兄已经红着脸吵了几回了。今天他哥哥用其他的理由来说他,他也没个说的,只好不答话。可是当哥哥提到武委会主任应当带头的那会儿,他就炸了,立刻扭过来争辩:"你们武委会主任要带头,我们青年队长没面子,就不该带头!"

根正没有话能说服他家老二。看着太阳爬过了墙头,风和八音乐队又吹打得人心慌,他嘴里一直吹气,急得老跺脚。这会儿,爱香又上前来说了:"我说兄弟,你才十七哩,还没娶亲,在家吧!你哥哥要去就让他去,这些闲气有个啥争头!"

"没结婚才不念家哩,又没有人拖尾巴,当然该我去……"

老二这一说,爱香立刻红了脖子,向她丈夫瞭一眼,鼓嘟着嘴,转身就走。

谁都没有话说了。在墙外射过来的树影投在院里,跟着狂风一齐在画着大圈子;弟兄俩个心上都急得不行,但谁也没个好法子能够走开。

"根正,收拾好了没有?人家全集合到了指挥部,等着欢送你们哩!"是爹回来了,在门外就叫着根正。

见了爹，弟兄俩一齐赶上去争吵；你说你该去，我说我要带头，闹了老半天，依然不得解决。当爹的已经失去了光彩的眼睛，这会儿又喜得转着满腔热泪，喊着俩个孩儿："根正、根义，你们弟兄俩一齐去吧！我——我们——高家出了——你们两个好汉——"他兴奋得直喘气，咳嗽一阵，又拉住他们说道，"我活了六十多了，就没过过咱解放区这个好世道；快去抵住那旧世道，打垮了……老蒋……再回来！"说完，又是一阵咳嗽。

狂风不刮了，树影也只是轻轻地摇。爱香把根正的被褥、挂包、装手榴弹的口袋，一齐抱到院子里来，爹便退到粪堆旁边的石头上坐下，各自咳他的嗽。根正赶快给爱香说："问题解决了。"老二得意地拐着他嫂子的臂膊，打断哥哥的话说："嫂，你看，还是我说得对！"

嫂子故意岔开兄弟这话，问道："就这样去参军？没个挂包，也没个装手榴弹的？"

根正接过爱香手里的东西，把挂包和手榴弹袋来回看了好几遍，终于把手榴弹袋递给老二，说："这个给你使吧！"

老二撅起嘴唇，偷看一下哥哥手里的绣花挂包，随手便把手榴弹袋拂在地上，嘟囔着说："我不要。"

大家都了解老二的心眼，但可都没有说话。赶后，还是根正向妻子投了个眼色，又向老二那边努一努嘴，同时抖了抖手中的挂包，意思是问给他不给？爱香理着自己的头发，只管笑，不作声。根正知道妻子不会有意见，又走过去，将挂包挂在老二肩上，笑着说："这个就给你，我要手榴弹袋好了。"老二前后左右比着挂包挂的地位，对着哥嫂，怪不好意思地笑了。

这时候，门外有急躁的脚步踏着土路，跟着跑进来两个妇女，一看是雪花和小鱼。她们两个都是妇救会的积极分子。雪花还是那个旧脾气，走起路来不住地摇着身子，一进门便□到高家弟兄一家人面前；可是小鱼今天倒像有些不同，脸色阴沉沉的，脚步也不及往常跶得快。他们两个，是村长叫来请参军的新战士去开会的。爱香正要过来和她们招呼，雪花却已经扯住了根义身上的挂包，笑个不住地说："真不赖，还绣了花哩！"

"人家参军啦！没绣花的物件，还嫌不好哩！"

他嫂子这样补充两句，根义就觉得脸上烧热，扭着背过去，好久不看她们。

"哦，快来吧！我们还得到东头叫老李去！"雪花忙得什么似的，转过来就想拉着小鱼□走。可是小鱼要走不走的，却说："你一个去吧，我随他们到会场来。"

雪花走后，小鱼就挨近根正，等了好久才说："你是武委会主任，我想问问你：这回参军，他——毛孩他爹，能不去不能？"

高家弟兄急着要去开会，所以也不问个长短，根正就这样回答她："赵米贵是自动报名的。像你家这些翻身农民，斗争果实要不要保卫？你们自己瞧着办吧！"

"不是我要拖尾巴。你看我家又没个多的劳动，我也在妇救会办事，又拖个毛孩，哪有那个时间闹生产！"小鱼说是说了，可看得出多少有点羞愧。

高老汉气得直咳，站起来，用旱烟斗指着他两个儿子："咱们今天——是刨地主老根哩！我家老大老二一齐叫去，我这大年岁不愁在家没法办，你还怕！"

"米贵嫂！"爱香拉住她的手，恳切地开导她，"你早不来看，他们弟兄两个，都要争着上前线，差点吵得亲人都不认啦！就叫毛孩他爹去吧，挂上个光荣牌牌，不比人家说你落后强！咱村上也要优抗啦、代耕啦，几十家抗属都吃得上喝得上，你怕个啥呢！"

"了解倒是了解，可是——"

门外又有人叫开会，他们谁也顾不得再往下说，一拥出来，全家都到会场去了。

村指挥部的前院，当中飘着两面大红旗，八音乐队奏着雄壮的曲子，五张桌子围成个半圆，桌上堆满了香烟、毛巾、花生、麻糖、熟鸡蛋……桌子周围，坐着二十多个参军的青年，身上佩着红绿绸缎，胸前戴着一朵鲜红的花。阳光明晶晶地照着会场，越来越多的人群站了个满院。新战士身上的红绿绸缎和大红花，被微风吹得轻轻飘动，在太阳底下一荡一漾的，好像腾着一条弯曲的五彩的波浪。

高家弟兄一到，村长啦、农会主席啦、妇救主任啦……都过来欢迎他们。两个妇救会员给根正佩上红绸，两个儿童团员又来给他戴花。老二见没他的事，立刻噘起嘴唇，瞪着牛样的眼睛，一眼一眼瞧他哥哥。根正两大步趋到主席台前，对村干部们说："村长，我兄弟也去咧！"不待说完，高老头也赶上去，咳着嗽说："那个老蒋呀，不打垮就是个不成！翻身是咱自己的事，翻身果实就是得保卫哩！村长，我两个小子叫一齐去吧！"

村长跟区上来的王同志商量了几句，又才叫给根义佩上红、戴上花，把他们弟兄让到一条凳子上坐下。根义那个绣花挂包，很快就被妇女们瞧见了；她们远远地指着偷看，眼睛对着眼睛，嘻嘻地笑个不住。根义赶快把脸埋在桌上的手腕里，一眼也不敢看她们。

宣布开会过后，村长、农会主席、优抗主任都讲了话。区上的王同志讲话，特别提到高家弟兄，说他们一个是武委会主任，一个是青年队长，过去在村上领导翻身，为群众立了不少功劳；今天又带头参军，去为群众保卫翻身果实，实在是功上加功。一阵高呼，全场都鼓掌欢迎，青年队和儿童团，当时就喊起口号来了："弟兄参军真光荣！""拥护干部带头参军！""大哥去当兵，我们要积极优抗，努力生产！""我们虽然年纪小，挑水打柴也能干！"……

不大一会儿，村长突然喊叫大家静一点，报告李军旗、二扭、何柱子当场报名参军，看大家的意见怎样？一阵乱嚷过后，这回可是妇女开头喊："好男儿去当兵，抗属在家也光荣！"村长、农会主席和区上的王同志，三个人凑在一块叽咕了几句，都说何柱子年纪太小，才十六咧，得过二年再去。可是李军旗、二扭都佩了红、戴了花，那个何柱子当场就啼哭起来。好些个人去劝，都说再过二年一定让去，他却连哭带说："再过二年……你当我不了解……再过二年，就误了——打老蒋啦！"结果，是大家劝的劝，推的推，把何柱子拉到了人群的后边。

欢迎新战士讲话，个个都要让高家弟兄先讲。冷不防，根义叫旁边的优抗主任推了起来。他向大家瞧了一回，挺着胸脯说："我也没那个话讲。不打倒蒋介石那个大恶霸，这辈子我就不回家！"说时用拳头在桌上一击，击得全场又疯狂地鼓起掌来。

"大家听我说。"新报名的李军旗站起来叫，"老蒋早和咱老农民种下仇哩！咱不打垮他，他就得想法害你！那高家弟兄两个都是干部，人家一齐都去了，咱为啥不去！"

新战士正在一个一个地起来讲话，小鱼和她丈夫赵米贵，恰好赶着挤进圈子里来。小鱼左手抱床棉被，右手提了对鞋。赵米贵满脸是汗，对着村长那边说："可把时间给误啦！"干部们又到前面来待他，给佩了红、戴上花，让坐到新战士的一排。两三个妇女过来拉住小鱼，说长道短的。有的问："我当你们不会来了哩！"小鱼迟疑了一会儿，又抬起头来回答："他早报了名的，还能不来！"

时间到了晌午，会也快开毕了。这工夫，老年队突然冒出一个声音："我们为啥不扭个秧歌，唱个曲子欢送他们？"

这个提议，就像一堆干麦秸着了火，一顺风便燃遍了全会场，说的说，笑的笑，嚷成一片。

"我们很是赞成。可是叫谁带头扭呀？"这是青年队里喊出来的。

妇女队中的雪花，高举着手，又是个笑，又是个叫："谁都知道我们爱香是扭秧歌好把式。今天欢送她根正，不叫她带头还有谁！"

爱香立刻红了脸，噼啪一声，打下了雪花举着的手。雪花用胳膊拐了她几下，爱香也不住地向雪花瞪眼睛。可是七推八拉的，爱香终被架到了会场的中间。二三十个妇女、青年、儿童等在爱香背后，一定要扭。村长立刻指挥群众往后退，圈子让得大大的，八音乐队也吹打起来了。爱香虽然羞得满脸发热，不住地冒汗珠，可是心里又着实喜欢，自然而然地就走在前面扭开了。在鼓乐声中扭了几圈，她突然用手势止住了音乐，回头问大家唱个什么好？大家都说："欢送你根正他们嘛，由你唱什么都好！"爱香转身对着新战士，还用手指着她自己的丈夫，有点儿娇羞地说道："好，你们是八路军啦，咱们是老百姓；到前方好好打老蒋那个坏东西，咱们还得唱歌来拥护你们哩！"说着说着，她们又在鼓乐声中扭起来。音乐声放小，大伙知道该唱了。开头，是爱香先唱一句，领着大家一齐扭着唱；赶后，雪花慢慢用眼睛叫大家不唱了，也不要扭；大伙会意，都悄悄退出来蹲在周围发笑，掉下爱香单个人在场上扭来扭去，得意忘形地眯缝着眼睛唱——

"你呀爱护我呀，我呀爱护你；军民本是一家人呀，您不要客气……衣服破了我给你缝，脏了我给洗……"

根正十分发急，心上着实替他妻子抱不平。但在众人面前，心地虽然噗咚咚地跳，他可也是个没法办。到爱香发现自己后边已经没了人，她又害了羞，一股劲跑回妇女那边去了，群众狂热地鼓掌，那个也憋不住狂笑，儿童团里还有几个故意高声喊："拥护爱香扭秧歌！""拥护拥军模范！"

赶走的时候，根正拉住村长的手说："赵米贵家可要好好照顾哩！村上的民兵也得整顿……"村长点了点头，他又说，"今天我在会上没讲话，我要到前线上去讲，用手榴弹和敌人讲，叫他了解我这个武委会主任不简单！"

五辆套好的大车，早在指挥部门前等着。高家弟兄被按在第一辆车的当头坐下。待到战士们全坐好了，车毂辘就咕噜咕噜转动起来。

(1947年6月2日、6月5日连载)

# 小 经 理

赵树理

小经理叫三喜,是村里合作社的经理。说他"小",有三个原因:第一是他的年纪小,才二十三岁;第二是小村子的小合作社,只有一个经理和一个掌柜;第三是掌柜王忠瞧不起他——有人找掌柜谈什么生意里边的问题,掌柜常好说:"不很清楚,回来问一问俺那小经理。"说了就吐一吐舌头做个鬼脸。

这三喜从小就是个伶俐孩子,爱做个巧活:过年过节,搭个彩棚、糊个花灯,比别人玩得高;说个话、编个歌,都是出口成章,非常得劲;什么活一看就懂,木匠、石匠、铁匠缺了人他都能配手,村里人都说他是"百家子弟"。因为家穷,从小没有念过书,不识字,长大了不甘心,逢人便好问个字,也认了好多。不过字太多了,学起来跟学别的不一样,他东问西问,数起数来也认了好几百,可是一翻开书,自己认得的那些字都不集中,一张上碰不到几个:这是他最不满意的一件事。

三喜入共产党,只比他当经理早三天。这村是个自然村,只有四个党员,算是一小组,附在行政村的村支部。八月间,村里开斗争会,斗争合作社的旧经理张太,三喜出力不小,支部就把他收为党员。

原来这张太是个放高利贷起家的,抗战以前在村里开了个小杂货铺。说"杂货铺"只是个名,常是要啥没啥,卖的东西比集市上贵一半,没人买。张太根本不凭卖货赚钱,就凭的是放债。村里的穷人们,一到秋夏季和年关,都得到他铺里去送利,穷人们谈起家常话来,都说:"穷就穷到那小铺子里,把咱的家当慢慢都给人家送进去了。"一到抗战时期，张太看见风头不对，把门一关，光收不放，几个月的工夫就把收得动的债都收回去。一九四二年实行减租减息，张太就只剩了一些收不起来的账尾巴，送了个空头人情，说"本利全让"，有些人还以为人家很开明，叫人家当本村合作社经理。人家当了经理以后，光人家一家的股本比一村人的股还多，生意好像又成了人家的，人家拣赚钱的买卖干，村里人仍是要啥没啥。村里人对这事不满意了好几年，直到去年八月才又翻起来。翻起这事来以后，三喜连觉也睡不着，又是找干部，又是找群众；发动东家，发动西家；搜材料，找证据；讲道理，喊口号；天天有他，场场有他。赶斗倒了张太，共产党的小组长把三喜的积极活动情形报告了支部，支部就派这小组长去和他谈入党的话。这小组长才跟他一谈，他说："不是早就入了吗？"小组长还只当是别人已经介绍了他，就问他："是谁跟你谈的？"他说："我不是已经斗过张太了吗？"小组长说："斗张太怎么就算入了党？"他说："搞翻身不是共产党的主张吗？照着共产党的主张做事，怎么还不算共产党？"小组长听他这么一说，知道他了解错了，才给他解释怎样才能算入党。解释完了问他入不入，他说："入入入，斗争了这么一回，连个共产党员也不算还行呀？"

"众人是圣人。"三喜自参加了这次斗争，共产党看起他来了，群众也看起他来了。张太一倒，合作社就得补选经理。头一天晚上提起选经理这事，每个人差不多都想到三喜身上，第二天一开会，还没有讨论，就跟决定了一样。三喜一看这风色，一颗头好像涨得有柳斗大，摆着两只手说"不行"，可是也抵抗不住大家的"拥护"。他说："我不识字。"大家说："都不识字。"他说："我两口人过个日子，实在没工夫。"大家说："大家帮你生产。"他再没有说的。

说"不识字"，说"没工夫"，都只是表面上一个说法，实际上是他怕使用不了王忠这个掌柜。王忠这个人跟张太是一伙，伺候了张太半辈子（从张太开放债铺到后来当合作社经理，都是王忠当掌柜），村里人说张太是严嵩、王忠是赵文华。这次斗张太，也捎带了王忠一下，不过生意是张太的，没有他的股本，他也只是穿黑衣保黑主，跟着张太得罪了许多人，自己也没落下个什么，因此大家只叫他反省了一下，没有动他的产业，还叫他当合作社掌柜。大家虽是这样决定了，三喜的思想上一时转不过弯来，总不想跟这"赵文华"共事。再者三喜自己也不懂生意，又要向王忠领教，又怕受王忠的捉弄，因此不敢领这个盘。

大家选起他来以后，他去向支部提出困难，支部说："群众既要你当，你就该克服困难，起模范作用。"他说："我干不了。"支部说："你看谁比你强些？"他想想，没有。他说："恐怕跟王忠合不来。"支部说："你看换上谁合适就可以聘请谁。当经理有这个权。"他想想，也没有——村里识字的太少，没有担任别的工作的，还只有一个王忠。说了半天，还得自己跟王忠干。

三喜一上了任，王忠果然跟他掉蛋。在王忠，思想上也转不过弯来：第一，他虽做过了反省，可是只做了个样子，没有想到张太得利他惹人是件不合算的事——没有想到他是给张太当了半辈子狗，只是觉着张太是他的老主人，张太倒了他再干下去对不住张太；可是又怕群众说他仍然跟张太是一伙，又不敢不干，干着却实在是一肚子不满。第二，他觉着他自己要比三喜强一万倍，如今叫三喜当经理他当掌柜，实在有点不服劲，总想看三喜的笑话。三喜上任这一天，叫他把以前那一段结算结算，交代一下。这在他本来是极容易的事，可是他偏不按平常结算的办法来结算，事事叫三喜出主意。三喜说点什么货，他就点什么货；三喜说算哪宗账，他就算哪宗账。三喜总算是聪明人,应想到的项目差不多也都想到了,结算得也还差不多,只是手续上不熟练,磨了好几倍的洋工。

他觉着王忠这人果然不好对付,跟支部说了几回,支部叫他慢慢说服教育。可是天呀!王忠哪能把他的话放在心里呢?他为这事着实发了几天愁,后来想着只有把合作社这一套弄熟了,才能叫王忠老实一点,从此便事事留心。有个把月工夫,却也摸着了好多,只可惜自己识字太少,账本上还得完全靠王忠。

要学账,就得跟王忠学。他想要跟王忠说这话,王忠越发要拿一拿架子,因此他决定不在王忠面前丢这人,等王忠不在的时候,自己翻开账本偷偷地学。王忠晚上在家里睡,每天晚上过了账点了钱,就把门一锁回去了。他觉着这是个好机会,就跟王忠说合作社晚上不可没人,自己要到里边看门,王忠就把钥匙交了他。他当王忠每天晚上回去之后,就关起门来翻开账本研究,因为白天留过心,晚上还能慢慢看出点道理来。比方说白天入了一百二十五斤盐,晚上找着了一百二十五斤这个码,就能慢慢找出哪一个是"盐"字来。起先只是认字和了解账理,后来又慢慢学着写——把账本上的字写到水牌上,写满了就擦,擦了又写,常是半夜半夜不睡觉。

有一晚上,他正在水牌上练习一个"酱"字,写了半水牌"酱",有人在外边打门,开开门跑进个女人来,是他老婆。他问:"你半夜三更来做什么?"老婆说:"来找你!你怎么白天白天不回去,晚上晚上不回去?家里就没有事了吗?"他说:"有什么事?家里少你的什么?"老婆说:"什么也不少!就是少你!"他说:"不要闹!快回去吧!我还有事啦!"老婆是个年轻娃娃,不听他的,只是跟他嚷:"不!今天晚上你不回去我就不走!"说着就去夺他手里的笔。他把笔举得高高的笑着说:"我是顾不上回去,你不走不会也住下?"他本来是说玩话,老婆可不客气地跟他说:"你说我不敢?住下就住下,里边又没别人!"说着就躺到他床上,赌气说:"不走了!"他没法,只好关住门;可是"酱"字还没学好,又坐上写起来,直写到和王忠写得差不多才睡。

半年工夫,账本上用的那几个字他学了个差不多。心里有了底,说话就硬一点,对王忠迁就得就少一点。王忠有点不高兴,就装起病来,一连三天没到合作社。到了第四天,他去看王忠,明知道病是装的,却也安慰了一番,说:"你慢慢养着吧,不要着急,合作社的事情我暂且招呼几天!"王忠见他不发急,也莫明其妙,心想"我且装上半个月,看你怎么办?"可是真正装了半月,也不见三喜发急,自己反而沉不住气,摇摇摆摆到合作社去看。

王忠一进合作社,三喜装得很正经地说:"好些了吗?这几天忙得也没顾上去看你!"他也客气了几句就坐下了。他一坐下就想看看三喜这半月来在账上闹了些什么笑话,顺手翻开了流水账,三喜还说:"你歇歇吧,不要着急!才好了些,防备劳着了!"他一看这本账先吃了一惊。他看见这账上不止没有多少错字,连那些粮食换货物,现钱和赊欠……一切很复杂的账理,一项也没有弄错;又翻了翻另外几本,也都一样,要说跟自己有差别的话,只是字写得没有工夫些。这一下他觉着以后再不敢讲价钱了,再要掉蛋就得滚蛋,滚出去便再没有个干的了(这合作社的经理是义务职,掌柜却是薪水制)。他踌躇了半天,才搭讪着说:"我这一病就累了你半月,心里急得很,只是病到身上由不得人。这会儿才算好了,我明天搬来吧!"三喜仍然很正经地跟他说:"你看吧!不敢勉强,身体要紧!"

自此以后,王忠果然老实了:三喜吩咐他干啥,也跟从前张太吩咐下来一样,没有什么价钱可讲;每到一个月头上,不等三喜说话就先把应结算的算出来……三喜见他转变了，对他反而又客气好多，他也觉着比在张太手下还痛快。

三喜把改造王忠这事报告支部，恰是支部搞立功运动的时候，就给他记了一大功。

一九四七年六月二十七日

（1947年7月1日）

# 白尾巴尖

田晴

增福在村里有名的"二面筋"，性子傲、脾气劣，无论跟谁，他心里一不高兴，可定不住开什么腔，因此乡亲们知道他不是"物"，□过一点，谁也不愿意和他打交道。

事变前增福也算个肉头主，由于他好吃懒做，日子就渐渐衰落下去。灾荒年混不住，把房子和地都贱贱地卖净了；老婆孩子糊不住嘴，送往娘家去，家里剩下增福和他娘，两个人谁也养活不住谁，也就分开来另过。灾荒年虽说闯了出来，一家子都饿得灰皮焦脸的，成了瘦皮猴。

三十二年赎地法令下来，增福觉着穷人又有了活路，笑眯眯地一趟一趟找村长，村长说："好！别忙！政府法令就是照顾基本群众，你既是一个赤贫户，一定可以都赎回来。"增福今天盼、明天盼，到秋来果然赎回来自己的房子和十三亩地，地里还带着庄稼，算下来干手摸鱼，净收了五布袋谷子、七百斤红薯、一百多斤棉花。这时有了吃的穿的，日子不大，满够受活，于是把老婆孩子都叫回来又成了一家子人。

拔了刀子、忘了痛，增福依旧是好吃懒做，灾荒年虽知道挨饿可怕，而事情过去了也就随着忘了，平常窝窝头不愿吃，还得"改善改善"，买个果子馍馍换换口味；男人吃老婆不吃不好，大人吃孩子看也使不得，一吃就是全家福。

地里活热了不愿做，累了不愿做，不高兴不做，打起兔子来便把一切扔下都不管了。别人的庄稼旺生生的，长得好，增福的庄稼绿茫茫一片，草苗不分，一帮上人坐到一块闲拉话时就劝劝他："地赎回来要好好干！别辜负了毛主席的一片好心。"增福一个耳朵眼听进去，一个耳朵眼便跑了，还说俏皮话："大草遮着凉，小草做着伴，再要长不好，那才出了怪。"劝的人一看枣木疙塔五花头，劈不开，也就不在死人脸前打呵气了。

三十四年，附近的村子都闹斗争，未庄也叽咕着闹起来，成立了农会选举了主任，大家觉着增福也是基本群众，让他也加入吧，派人一串通，可碰了钉子，增福说："好没声地斗人家，我不干这昧良心的事，净一伙子穷山兔子发穷急！"

这句话传回去，会员们一听可都火了，有的说："讲良心先把他赎回来的房子地都退回来。"有的说："骂人先斗他。"……你一言我一语，最后决定先用道理说服，实在不行就用这办法。于是主任领着十三个组长找增福去了，先讲了一回为什么要翻身的道理，又告诉他群众对他不满意，增福一看来头不对，心里不愿意在农会，也只得勉强答应了。

斗争期间增福常经他老积叔（被斗户）家里去，农会的事情，甚至谁说的什么话，被斗户摸得都很清，大家想除了增福透气没别人。小组会上批评他，还"动态度"，咬住死嘴不承认。

群运过去了，要发展民兵，本村年纪轻些的，差不多都在奉天首饰楼上当学徒，增福三十六七岁，瘸子里边拔将军还不算太大，队长动员他，增福说："我可不干这件子！"队长问："你把房子地都赎回来，又分了果实（二千元）是沾的谁的光？"增福说："不是沾的你的光，政府的命令！"他的意思是说理所当然没有什么可搭情的。"光政府命令，没人保护政府也不行呀！"队长还算有一套，左说右说，到底把增福说得哑哑无言，答应参加了。

增福当了民兵，心里可不是味，每次开会都不去，晚上站岗更不用提了。队上派人来叫，他就让老婆应一声说："没在家。"叫的人知道他装佯，到屋里找，增福就不客气地骂："谁有他妈的工夫干这！我就不去！你们开除我吧！"

大家知道他不好斗，于是以后民兵队上他就只挂着一个空名字，随管有什么事也就不找他。

去年腊月间，全县布置翻身大检查，翻身队一批批下了乡，未庄也就像平静的池水投了一块大石头，波动起来了。

翻身队来到村中一调查，知道上次斗得不好：群众没有诉苦出气，地主没有消灭打垮，果实没有合理分配，只干部翻了身，基本群众还在泥淖里……根据以上情况这次要彻底搞一搞，做到名副其实的耕者有其田，要群众出完气翻透身。

地主们听到这消息，好似晴天打霹雳，说不定弄到哪，吓得直打颤。老积悄悄把增福叫到家里说："小娃！你知道这回斗争更厉害哩！东西反正怕落不住了，填还了外姓人，不如落在咱已家里，你给收藏住些，等斗争过去了，叔叔不亏你，咱们三七分。"增福一听觉着好，又有人情又有好处；于是光和老婆给藏了些包袱什么的，第二天起了个大五更，又拉了尖山五岳的一大车棉花，预备到城里集上卖，一出大门早被民兵事先布置好的岗哨查获，大大地弄了个没趣，增福红着脸又拉回去。

事情很快在村子里传遍，大家都咬着牙把增福恨透了；整理组织时中农贫农都入了会，讨论到增福，大家都说："成事不足坏事有余！""溜沟子舐腚，泄气走里""白尾（读'椅'）巴尖子贱骨头""不要他！"……于是增福就和那些伪军伪组织人员一齐被农会给刷了。

农会妇会都重新成立起来，选代表开大会，讲政策划分阶级，喇叭筒一天在房上喊几遍，会员们一个个满脸笑容，兴冲冲地闹得好不红火。增福一看除了几家有法的伪军没参加，全村男女都在了会，心里就有些慌；等着组长来叫，又没消息。自己也是基本群众为什么开会都不叫呢？他怪纳闷的。找个人问问吧，街里的人见了都躲着走，增福这时才明白给人家刷了，满肚子懊丧，没脸见人，就躺在家里蒙着头睡。

一天小路（增福的大儿子）下学回来，眼里还含着泪，红着脸说："娘！俺学生们都喊我小白尾巴尖子，还用指头抹着脸皮来臊俺，给老师说了也不管。"增福听了就如自己受了侮辱，头一阵阵发蒙发烧，他媳妇咬着嘴示意小路不许他再胡说八道。

又一次小路气喘吁吁地跑回来对妈说："街里黑板报上给俺爹编了个歌，一大堆人围着看，拍着手大笑着念哩。"母亲又压制着小路，不许多嘴。增福说："不要紧没外人，叫小路念念，咱听听净编的啥！"

小路小孩子家很聪明，也不多懂世故，光觉着那歌又顺口，又合联，早就背熟了，等他爹这一吩咐，他就高兴地念道：

　　李增福，真顽固：
　　不干活，光打兔。

增福家插进来抱怨地说："看！是不！我说别打兔子了你就不听，高低给编出来了。"

　　灾荒年，作了难，
　　卖了宅子又卖田，
　　老婆孩子养不住，
　　逃到娘家住一年。

增福家说："闲得他们，这事也碍着他娘那×痛给编上。"

　　饿得他娘眼发花，
　　饿得增福直叫妈。
　　增福想了个好办法，
　　叔叔跟前说好话，

三斗谷子一斗糠，

　　未借以前先作价。

　　粮食换房两家乐，

　　增福落了个光踏踏。

　　增福一听句句是实话，脸上勉强苦笑了一下，不由就难过起来。他想：一点不假，过灾荒年给老积叔叔说了多少好话，才借给三斗谷子，里边还有一斗糠，还订下条件两个月还不了，就把房子算给叔叔，婶婶还说："数这好，货换货两家乐，人能保住命，财产走了还会来！要不是自家人，这年头有法的谁还露粮食……"到期了还不起，叔叔叫挪房子。本来四面头院，十担二十担粮食也不抵，没办法自己得说理，要求叔叔再添一担谷子可不算过火，婶婶搭拉着那叫驴脸可恼了："小娃！你真不知好歹！能吃房子喝房子，你舍不了甭挪了！俺高宅子大院的可不眼气你这破鸡窝，你还给谷子吧……"增福一想到这，心里就火辣辣的，他看了小路一眼，小路又念起来了：

　　赎地法令真是强，

　　赎了宅子又赎房，

　　人人都说毛主席好，

　　增福心嘴不一样。

　　当民兵，不站岗，

　　开大会，不到场，

　　这些过错不算大，

　　通风泄气真真不应当。

　　翻了身，忘了恩，

　　跟地主混成一家人，

　　白尾巴尖，摇几摇，

　　挨饿受气的事儿全忘了！

　　送消息，打掩护，

运棉花，藏包袱，

三个五个没数数……

增福听完这一段歌词，每一句都像一把小刀子扎着他的心，又痛苦、又惭愧、又愤恨，蒙着被子偷偷哭了大半天，晚上也没吃饭，等着夜静了从炕洞里掏出头几天给老积藏的包袱，二句话不说就往外走。

老婆一把拦住道："你往哪去？"

增福惊得眼珠子红红地说："我到农会坦白去！"

老婆惊慌地反问他："你要坦白咱亲叔叔？"

"日他娘！不提亲叔叔还不生气！你忘了灾荒年那回事了！这会儿怕斗争，甜哥哥密姐姐，到拉起亲来了，看过了这一段，谁还认你亲侄子。往常我还装在鼓里，这回我可看透啦！非到农会里坦白去不可！要不咱在村里还有一点人味？！"

老婆听完了他的话，从他手上接了个包袱，也跟着他走了出去。

（1947年8月8日）

# 史托杨妈妈

亚力山大·多夫钦柯 著　张则孙 译

是谁穿过敌人的尸骸,在燃烧着的村街上奔跑着?

是谁的短促而疲乏的喘息听起来好像在呻吟?是谁的心脏跳荡得几乎就要从胸膛里跳出来了。

是谁背着一支汤姆枪和手榴弹?

那是伐西利·史托杨——史托杨老妈妈的孩子。

但是在灶炉的烧焦了的废墟附近,那是谁的身体在露天下吊着?

那是史托杨老妈妈的身体——伐西利·史托杨的母亲的身体。

伐西利急促地走着,由于长期打仗发热而满身大汗。他一面跑,一面忧虑着,惊怕着。他是怎样地为他自己的村庄而战斗的啊!正是他在当着向导,正是他的手榴弹炸毁了那掩蔽部,而这掩蔽部过去曾是他叔叔的房子。敌人已经转移逃窜,而我们的人则紧紧地跟踪追击。

伐西利跑遍了全村。房子仍旧陷于大火当中,果园只剩了一堆烧焦了的残垣;弹痕布满了地面各处,敌人的尸骸躺在他们自己的血泊中。

"妈妈,你在哪里?这是我,伐西利!我曾告诉你,我一定还要再回来。可怜的伊凡已经牺牲了,妈妈,但我还活着,而且正在斗争着……我叫他们偿还了伊凡的血债,妈妈,我消灭了他们二百多人……但你在哪里呢?"

伐西利转向那山脚下的房子前面的花园。

"妈妈!你在哪里?亲爱的,你为什么不出来迎接我?为什么我不能听见你那甜蜜的声音?我亲爱的老妈妈,你在哪里啊?"

伐西利停了一会儿。过去曾经是他的小茅房的地方,那茅房已经没有了。他转向那个庭院,但那里已经没有庭院;他转向那个果园,但那里已经没有了果园。只有一个有节的梨树还活着,而在那上面吊着的,就是他老母亲的身体。

"天啊!……唉我,我要是在这里看到这悲惨的一瞬哪!……"

一个暴风雨的冬日的夜里,当史托杨老妈妈还活着,而茅房也还在它那多年以来的老地方,门上传来了敲门的声音。时间已是晚钟以后很久了。

"谁?"

"请你让我们进来吧!我们冻坏了。"

"但你们是谁呢?你们是从哪里来的?你们是哪一国的?"

"我们是俄国人,朋友。航空员——这就是我们。我们的飞机跌坏了。"

"啊唷!进来吧,快些,我给你们闩上门……但愿没有人瞧见你们!村里到处都是德国人。"

两个年轻人跛着脚进了屋子——两个都是拐子。

他们才跨进了门槛,就倒在地板上熟睡了,好像是陷入了无底的深渊似的。他们睡了整整一天。史托杨妈妈以为他们是永远不会醒了。

她用热水给他们洗了脚,然后在火炉上生了火。三次了,当她以为他们要醒来的时候,她热好了饭,但他们却还在继续睡。她一看到他们,回忆到她的两个儿子——伊凡和伐西利,悲痛的热泪就顺着两颊流下。谁会给她的孩子吃一些东西呢?谁会给他们住的地方,或是在这些可怕的困难的日子里给他们一些方便呢?他们现在什么地方?也许他们早已僵硬挺直地躺在哪里的雪地上,而寒风却在吹拂着他们的蓬松的头发?也许他们早已吊在德国占领区某处的绞架上,而乌鸦

正在冰雪中啄食着他们的眼睛。没有人会再可怜他们，问一下他们是谁，或是一洒同情之泪！当死亡进行过这大块土地的时候，你们究竟怎样了？我的孩子们！

谢尼泽和李雅波夫都是乌拉尔人。他们属于俄国的年轻的一代。他们是坦白的平凡的乌拉尔的孩子，受过普通教育，诚实而积极工作。他们都是共产青年团团员，出身于劳动阶级。他们是自愿上前线，以便尽可能快地与敌人肉搏，并把他们驱逐出去。

他们很快成了驾驶员。

"起先，我们让德国人在一个相当长时期中领略着我们精良的重炸弹，妈妈，但随后我们就转变到文明而有教育意义的工作了。对于这种转变，我们是不够灵活的。但我们必须如此做，这是命令！"

"这是什么样的工作呢！"一个黄昏，当他们在黑漆漆的房子里闲谈的时候，史托杨妈妈问道：

"我们常常在乌克兰掷下传单，妈妈，"谢尼泽解释说，"以便让人民知道战争的真相。"

"我，我的孩子们，你们是干着多么庄严的工作啊！"史托杨妈妈说，"是的，真正庄严的工作。在这一带没有人知道，世事是怎样了。德国人企图用他们的一些废话，来填塞我们的头脑，这简直是令人嫌恶到似乎活下去都没有意思了，似乎什么都完了，只要想一想……所以，那就是你们的……"

于是，只有这次当他们被迫停留在这被侵占区，并且听到史托杨妈妈的朴实的话的时候，李雅波夫和谢尼泽才第一次真正懂得了他们所赋与的伟大使命。这是，在这老旧的茅房里，坐在关了百叶窗后面的黑暗中，作为外面暴风雪和前方可怕的隆隆炮声的陪衬，他们知道了人民是如何用手来抄录他们的传单，一个字一个字地背诵着，并且将这些消息从一个村到一个村地传播出去煽起了人民心中的希望之火。这些直理的字句在周围的黑暗里像灯塔似的闪耀着,他们挽救了千万的人民,这些人民被谣言网所迷惑,绝望到几乎不敢计划行动。

谢尼泽和李雅波夫坐着凝思了好长时候,然后,他们告诉史托杨妈妈,一夜他们的飞机是如何在森林里撞坏了,他们是如何逃出了他们的生命,但臂膀、筋骨和头却受了伤,他们是如何蠕蠕爬行和跌跌倒倒地一直向东走过了浓密的森林和黑暗的沟壑,他们是如何在洼地里、雪堆里和山谷里躲避着德国人。当他们叙述他们危险的遭遇时,连他们也惊奇自己的那种为了求生的不可征服的力量。

"这是在什么地方呢?"史托杨妈妈问。

"很远,离这里有好几哩路。"

"很久以前了?"

"是的,一个多月以前。你看,在这个时间里,我们的骨头都已经能在原来折断的地方长起来了。"他们给史托杨妈妈看那使他们成了残废的可怕的伤痕。

"啊唷!天啊!"她惊怕地叫了起来。

"不要把它放在心上,妈妈,"他们说,尽力安慰她,"不久,它们就将复原的,你别担心。我们是任何事情都能支持得住的人,我们所需要的,只是休息一个时间,恢复我们的力量。以后,我们就要穿过前线——哪怕我们必须要从雪底下爬行过去。"

"我知道没有东西能阻挡得住你们的。我自己的孩子也正是这样……"

两星期来,这茅房成了孩子们舒适的隐藏所。史托杨妈妈看护着他们,喂着他们,并且做着他们的护卫天使。当她拿出了,她所有的食物,她又一家一家地要求赈济。虽然大家一定在揣测着她为什么这样做,但没有人拒绝她,没有人问她任何问题,因为,史托杨妈妈的天性是不会为她自己要求赈济的。

但是史托杨妈妈不是注定了能使这年轻人保持安全的。一天早晨,村民们忽然被可怕的隆隆炮声所惊醒了。前线是愈来愈近了。一些对于当地居民很陌生的队伍,疲乏地列队走进村子,那样子看起来好像是被击溃了似的。史托杨妈妈整个一早晨就在外面,现在匆忙地一拐一拐地跌进了屋子。

"孩子们!看外面!他们来了!"

但是德国人紧紧地接踵而来。

"这些人是谁?"指挥官问道。

"他们是我的儿子。"

"你说谎!"

"我向你赌咒,我不是说谎!"

"搜他们!"

"让他们在那里吧!他们病着呢,他们是残废……天啊!"

"举起手来!这样说来,她是你们的母亲,是不是?"

"是的。"李雅波夫确定地说。

"谎话!我的政委朋友!"他叫道,瞄准着他的枪。

史托杨老妈妈奔到孩子们的前面,用她的身体卫护着他们。

"为了老天爷,不要这样。如果你们要……就杀我吧!但只要留下他们来,你们这些畜牲似的人!……求求你,求求你!难道你们也没有一个母亲?难道你们竟是豺狼生下来的?我告诉你们,他们是我的儿子!"

"你为什么要隐藏他们!"

"我害怕,你们那样儿就够吓坏任何人了。地球上再没有比你们更可怕的了。"

"哈哈哈,那是真的。老太婆,这次你闹对了。再也没有比我们更可怕的了,也不能有,哈哈哈!"那德国鬼子狂笑道,很高兴这样的评价。

两小时以后,德国人通令留下的村民集合在村后的广场里,以便和这两个驾驶员对质。

谢尼泽和李雅波夫站在广场的中央。周围全是一些陌生的脸。

"再会，好朋友……"谢尼泽看着他的朋友低声说。

"再会……"

"亲爱的乡亲们……你们没见到……这是伊凡和伐西利，你们真的不认识他们了吗？"史托杨妈妈向她的同村人绝望地呼吁着。

"你们为什么不吭声，并且说他们是我的孩子呢，你们为什么沉默呢？可怜可怜吧！你们就没有一点怜悯心吗？乡亲们！"

有些人的眼里含着泪，另一些则公然哭了出来，并且不顾及威胁着他们的危险，他们一个挨一个地证实着这两个年轻人是史托杨妈妈的孩子。只有被游击队杀死了丈夫的，已故警察长的寡妇巴拉希加，保持着阴险的沉默。

"巴拉希加，为他们作证吧！证明他们是我的儿子！如果你不，那我就要在这一个和另一个世界里都赌咒你，"史托杨妈妈叱骂着，"记住，老天爷会叫你去清算的，巴拉希加。"

巴拉希加仍旧什么也不吭。

"巴拉希加，他们是不是她的儿子？"德国指挥官问道。

所有的眼睛都凝注着巴拉希加。群众屏息地等待着听她会说些什么。广场里是可怖的寂静。

指挥官的脸慢慢地变得铁青了，他的粗脖子膨胀得像蛇脖子似的。他开始怀疑村民们是和那老太婆串通好了的。

"怎样！"

"他们是她的儿子！"巴拉希加确定地说，低垂着她的眼睛。

指挥官在她右脸上重重地打了一拳，接着在左边又来了一下。巴拉希加连叫唤也没来得及，就像一根木头似的倒了下来。他转向驾驶员，冷不防问他们：

"你们的姓呢！"

"啊，我的天！"那些字好像在绞着史托杨妈妈的心。她没有告诉他们她的姓，而他们也没有问她。

很沉重的一拳打在了她的后脑上，打得她滚倒在地上。她慢慢地翻起身来，像在墓里一样，她听见谢尼泽和李雅波夫向她叫道：

"再会了，妈妈！你是一个好把式，有一个像你这样的母亲，我们是死也甘心的。"

一排枪齐响了……

他们躺在雪地上，在最后的拥抱里，大家紧紧连在一起。德国人半拖半拉地把她拖回茅房，一路上遇见了任何能拿起来作为武器的东西，就打她。一对手榴弹使这茅房成了烟雾弥漫的废墟。然后他们把她推到附近一株梨树下。梨树好像在她眼前游泳似的晃着。

"不要绞死我！不要给我受这样的侮辱！你们不能让我在半空中吊着，我是一个老太婆了！不要吝惜给我一颗子弹，只要一颗子弹，我恳求你们！"

她的恳求毫无效果，当她爬到一个树桩时，她立即画了一个十字。

"你们不敢碰我，你们这些残忍的畜牲！拿开我颈子上你们的爪子！……"

她给她自己套上了绞架。

"我的孩子们！……"

伐西利在梨树下躺了好一会儿。也没有人来听一听那磨折着他的身体的□□的啜泣，痛楚的心的恸哭，当他发誓报仇时的咬牙切齿声。但天一破晓，凶恶的隆隆炮声引进了一个新的日子，钢铁的意志又渗入到他的灵魂里。伐西利渐渐镇静下来，并且好像是极疲乏地睡着了似的躺在那里。过了一会儿，他爬起来，把他的嘴唇亲着他母亲

的冰冷的手,讷讷低语着:

"再会,妈妈!……你所给我的每一个仁慈的恩惠,和你一起,都留在这些……妈妈,在这树的下面……"

他走到过去曾经是他的家的废墟的地方,抓起一手灰烬,包在他的手巾里。

"我将把这带在身边,妈妈,这样我的脚就永不会疲乏,我的手永不会动摇,而我的心也永不会畏缩。"

一排战斗员列队在路旁,准备向西方前进。

"史托杨战士!"

"马上来了!"

"那女人是谁?"

"我的母亲。"

"你的母亲?"

"是的,司令员同志,一个人所曾有过的最亲爱的母亲。"

"伙伴们,来啊!……动手吧!"

他们以军人应有的尊敬埋葬了她,在再一次投入战争以前,国家的青年一代,在她的身体里,向着生育他们的母亲致着崇高的敬意。太阳使得雪也染上了深红色。重炮齐发,震荡着空气和灿烂的雪花,这些雪花从梨树的绞架上片片飘落在下面才堆起的新土墩上。

(1947 年 10 月 17 日、10 月 23 日连载)

# 列宁的正义

苏联民间故事

村里住着两个兄弟，耕着田，用眼泪浇着地，辛辛苦苦地做着活。地主们把他们的粮食和牲口都抢去了，并且还照他们的脊背上，用拳头打他们。

弟兄俩受折磨不是一年，也不是两年，而是不知有多少年了。附近住的其他的农民们，也都不比这弟兄俩过得好。

这两弟兄替别人的享福做活做够了，他们决定到祖国俄罗斯找正义去。他们去了。走了一个月，走了一年，见到有一个大村庄，村中间是地主的房子，旁边是一座石教堂。

"我们进去吧。"弟兄俩想道，"去问一问正义在哪里。"

他们在村里走着，地主坐着马车迎面来了。

"你们这些乡下佬，从哪来的，找什么的？"地主问着他们。

弟兄俩回答着：

"我们在贫穷里、在苦命里熬日子的，再没有气力这样熬下去了。我们去寻找正义的。老爷请指教我们，上哪去找它呢？"

"好吧。"地主说，"如果你们愿意的话，我给你们看一看正义，不过为着这，你们得给我做一年活。"

弟兄俩同意了。

他们做着活，耕着田，用眼泪浇着地。一年过去了。他们到地主跟前说：

"老爷，请你指教我们，我们怎样去找正义呢？"

"呵，这就是正义。"地主答他们说，"你们是脏的穷光蛋，你们永远得给我们、给老爷们做活的！"

兄弟俩唾了一口，就又走了。

走了一个月，走了一年，走到一个村里。神甫迎面来了，弟兄们上前问道：

"老神仙，请你指教我们，到哪里找正义呢？"

"好吧，"神甫说，"我到上帝跟前给你们祈求正义，不过为着这，你们得给我做一年活。"

弟兄俩同意了。他们做着活，做着活；给神甫耕着田，用眼泪浇着地，一年过去了。弟兄俩到神甫跟前，可是他对他们说：

"做活做得好，不怨上帝——这就是你们的正义！"

弟兄俩唾了一口，就又走了。

他们去找商人去了。他出来了，又富又胖，比地主和神甫都胖。

"好吧，"商人说，"我教你们到哪儿去找正义，不过你们得给我做一年活。"

弟兄俩同意了。他们就给商人做起活来，辛辛苦苦地做着活，商人教他们去怎样欺骗正经人，怎样量东西去欺骗人，还没有到一年的时候，弟弟就说：

"我再不去找正义了！在世界上没有它——没有乡下佬的正义！"

于是他就回到自己的乡下了。可是哥哥是坚决的人——不愿意找不到正义就回家去的，他一个人去找工厂主去了。

工厂主比老爷、神甫、商人都富。哥哥就在那里做起活来了。有好多人都在工厂里做活的。

他们都做了好多年的活，辛辛苦苦地做着活，可是看不见正义。有一次，哥哥听见了低声的谈话：

"只有一个人知道正义。这人叫列宁，他住在彼得堡。"

哥哥记住了这个名字，就去找他去了。

走了好多天，或者有一个月呢，来到了彼得堡。看见一个工人在走着,他低声地问着他:"到哪里去找列宁呢?"

那人就更低声地对他说:

"你跟我来,我引你。"

于是他们就到了一个平常的房间里。周围有许许多多的各种各样的书。有一个人出来,走到他跟前,那人穿得不阔,可是很干净,出来就和蔼可亲地说道:

"都好吧,同志们,有什么好消息?"

哥哥就把自己怎样找正义的事情对他说了。列宁好久地同他们谈着工厂的制度,问着农村的疾苦,末后说道:

"你到工厂找正义,这你做对了——工厂里知道正义在什么地方呢。你把它握到自己手里吧。"

列宁还告诉了他,应当怎样为着工人的正义奋斗,不替地主们做活,不替商人们做活,并且怎样把他们同沙皇一起赶走。

哥哥回到工厂里,对同志们开始述说起列宁的正义来,一个人说着——十个人听着;十个人说着——一百个人听着。列宁的正义就在全世界传开了。

这正义在工厂里和农村里,传了好多年,把工人和农民都唤起来斗争去了。到了一九一七年的十月(即十月革命),这正义就出头了,它用大嗓子吼着,把全世界都震动了。工人同农民都去同地主和工厂主打仗去了,而列宁同自己的好助手——斯大林,亲自去率领着他们。列宁的正义就胜利了。

从这时起,工人和农民就不再替地主和工厂主做活了,不再替他们辛苦了,也不再用眼泪浇地了——自己都成了工厂的、自己土地的和自己生活的主人了。

(1947年11月25日)

# 大地主和红军战士

苏联民间故事

一个大地主,把自己的面具一涂改,冒充着贫农混进了集体农场,就成了集体农场的主席了。谁也不知道他是个大地主。可是一个复员的红军士兵朱拉,从红军里回到自己的故乡了。好多年以前,他给这地主当过牧童,于是即刻就认出了这个狡猾的豺狼。可是朱拉在村里对这大地主连一点办法也没有。

朱拉就到城里去,大地主想着他从前的牧童要准备收拾他的,坐上汽车,也就进城去了。他很快地赶上步行的朱拉,就嘲笑着说:

"爬吧,爬吧,我要比你早达到目的呢。我去告你,而且人家对我,对集体农场的主席,不会不相信哩。"

可是朱拉走着,走着,口里只是在啸着和冷笑着。

大地主到城里想道:"这儿距家乡很近,或者人家一调查的话,我的底细就都知道了。我不如一直到莫斯科去吧。那距哈萨克斯坦(中亚细亚地名,现为苏维埃联邦的一个共和国)旷野远着哩,那儿谁也不晓得实在的底细。我去告朱拉一状,就把他下到狱里了。"

大地主这样一想,坐上飞机,就往莫斯科飞去了。可是朱拉走着,走着,口里只在啸着和冷笑着。大地主飞着,朱拉走着,两个都在嘲笑着。可是朱拉竟聪明得多了。当大地主坐在了飞机上,往莫斯科飞的时候,朱拉来到城里,一直去到无线电台上。到了那儿,就大声地、大声地叫着,斯大林就听见他了。

"你要什么呢?朱拉!"斯大林问他说。

那时朱拉就把大地主一切的底细都告诉他了。

"好吧,"斯大林说,"我们给你的大地主预备着一份礼物。"

大地主一飞到莫斯科，当他一下了飞机，把一张锄交到他手里，把他赶到很冷的边区里，为着往那儿通水和温暖起见，就叫他去挖灌渠去了。

可是当朱拉一回到家乡的时候，就把他举为集体农场主席了，因为他的努力，这一个集体农场，现在就成了本区里最好的一个农场了。

（1947年12月5日）

# 安德礼和神鹰

苏联民间故事

在苏联，有一个村子里，住着一个老头和一个老大娘，他们过的日子很穷。老头子眼看着全家人将要饿死了。怎么办呢？老头子就派了自己的儿子安德礼，找幸福去。安德礼在路上走着，走到岔路口上了，那儿竖着一根杆子，杆子上写着字："向右走——到狗熊那里；向左走——到神鹰那里。"安德礼想了很久，决定走左的路。第二天早上，安德礼看见一个光辉的太阳，太阳上面站住一个神鹰。

神鹰向安德礼说："你上哪里去？"

安德礼回答说："我家里实在穷得没法过，我去找幸福去。"神鹰把安德礼叫到跟前，对他说："幸福的日子，是要斗争的。你把这一根木棒拿住，走回去吧。在路上你要碰到一只狗熊，用木棒把狗熊打死，把它肚子剖开，有一个金小盒就从那儿倒出来。你把那盒子打开，你就找到幸福日子了。"安德礼听了神鹰的话，他打死了狗熊，取出了小盒，打开一看，一只母猪和母羊就从那盒子里跳出来了。安德礼回到家，恣得很。日子好一点了，但是离幸福的日子，还是很远，他决定再去找幸福去。他又碰到了神鹰，那神鹰就问他道："安德礼，你又上哪里去？"安德礼就一五一十地把一切都告诉了他。神鹰说："好吧，给你一根木棒，你回去吧，你将要碰到一只狼。把它打死，把它肚子剖开，有一个小盒，你就可以过好日子了。"安德礼把神鹰所说的话统统照着做了。他打开了小盒，一只母牛和一匹马，就从那儿跳出来了。安德礼恣地回了家。在家里住了一些日子，觉得离幸福的日子还很远，他决定再去找幸福。他又碰到了鹰，说生活总是困难。神鹰说："好吧，你回去吧，你将要碰到一只狐狸，你打死它。在你打死它的地方,你就找到你的幸福的生活了。"安德礼照神鹰的话做了。他就在自己的本村里,遇到一只狐狸,打死了它,看着自己的村子就认不出来了,现在的村子,修盖的是房,仓库里满盛着粮食,牛羊、鸡鸭满栏。这村子的正屋上,写着很大的四个字——集体农村。

这么样,穷的安德礼打死了狗熊皇帝、狼地主和狐狸富农,终于找到了自己幸福的生活了。

给穷的安德礼指示这条路的那个神鹰,他的名字就叫斯大林。

(1948年5月10日)

文艺评论卷

# 电讯要简练

新华社各地总分社、分社、支社暨特派记者：

电讯是传达社会动态的紧急工具，在新闻中是最精干的形式。它以最简洁的文字和最高度的速率，来报导最重要的新闻。撰著电讯，不但必须紧缩字句，从而节省电费，而且必须时刻存在一个观念："为了最迅速的报导。"

然而我们的新闻电讯，无论总社广播或分社来报，往往违背这个原则，犯冗长和迟缓的毛病，结果：一是人力、器材浪费很大。三月份分社来电总数，近六十万字，经总社采播的只十五万字，约四分之一；其余四分之三，即四十五万字，大多是浪费了。此四十五万字，由支社经分社、总分社到总社，有四个转手，每次转手都是编、译、发三道手续，等于十二道手续，虚耗人工无法统计；而总社广播的十五万字，亦未必见得条条精彩、字字可用。事实上各报采用量，最多不过百分之八十。二是稿多且长，常使电报壅塞，难免发生积报现象，影响紧要稿件迅速发出，许多新闻往往因此失去时效。三是热衷量的倾销，忽略质的提高，对业务技术不能迅速改进。四是最重要的，虽然花费人力物力不少，但由于新闻零碎、内容贫乏、技术低劣，难能引人入胜，宣传效果薄弱。

电讯冗长的原因，不外三个：一是新闻中夹杂太多的主观议论。我们不善于"让事实自己说话"，通过事实来表明主张和态度，于是不免陷于空头的说教。这种说教有时以按语出之，有时采取夹叙夹议办法，有时率性正面地侃侃而谈。无论形式如何，在大多数场合，都是不必要的（个别场合例外）。还有我们的"导语"或"结尾"有时缺乏具体内容，而且和新闻事实本身脱节，类似标语口号，实际是议论的又一形式,不能真正起"导语"或"结尾"的作用,反而淹没生动的事实,使新闻受累,引起读者的憎厌。二是材料不知取舍。一条新闻什么都有,这也要,那也要,当前的事实堆个一大堆,成为一篇流水账或一盘杂货摊,而不知掘其精华、弃其糟粕,以致文字冗长啰嗦,而真正典型和重要内容,反无法突出。这种现象很普遍,无论军事消息、生产建设介绍或群众运动报导,都常有这种病症。三是没有讲究表现方法和节省文字,电讯和新闻不分,甚至和通讯不分。若干分社常驻当地报纸的新闻通讯,一剪刀发来,收到时,"本报讯"或"本报通讯"字样,还赫然在目,证明并未真正经过编辑过程完成整理、补充、剪裁、改写等等手续,所以一般多为原料,而非加工改选过的新闻成品。毛坯是很粗糙庞杂的东西,它需要占更多的字数。

要解决这个问题,就要从思想上业务上技术上三方面入手,并且需要总社、分社和全体从事新闻工作同志的努力。在思想上,必须认识新华通讯社已经是个全国性的通讯社,过去它的新闻电讯一切专供应解放区报纸,现在除了这些基本阵地外,还要争取京、沪、渝、平乃至国外各种报刊采用。过去它的宣传对象是解放区群众,现在除了这部分基本读者以外,已经扩大到新解放区城市的许多市民,并且还必须照顾国民党区域的各阶层人士。过去它的任务,主要是交流各解放区的情形、工作和经验,现在除了这个基本任务(当然仍是极重要的任务),还要以解放区新闻为基础,进而组织全国的新闻网,进出于国内新闻舞台,与其他新闻机关相抗衡。如是,我们新闻报导的水准,必须提高,内容和技术都要改进,使它更加充实、更加迅速、更加生动、更加简练,使之够得上全国宣传的要求,满足更广大的读者的希望,完成复杂而艰巨的战斗任务。同时以我们本身的工作基础来说,除了个别分社以外,一般分社都已粗具规模,能够保持一定数量的新闻供给。目前问题，不在于量的继续增多，主要还是质量的提高，做到少而精，使每条新闻都能尽到一定的作用，这是一个很大的变化，是当前新的情况所迫切需要的，它代表我们工作上的新的发展和进步。相信只要大家在思想上想通这个问题，认真努力去做，是可以获得解决的。

在业务上必须加强编辑工作，打破把编辑电讯当作纯技术工作的观点，必须明白意识到编辑电讯，就是政治上的作战，以最高的责任心来从事这一工作。要多调查读者对象，研究敌、友、我三方的宣传态度。每条新闻，寻求最好的报导方法，来达到宣传上的预期效果。对于本身的新闻作品，应该珍视，并且不断总结自身的写作经验，求得改进。比如新闻不夹杂议论，评论和新闻尽可能分开；材料要有取舍选择，真正重要典型的和生动的事实，进行中心凸出的报导；写作具体而扼要，既不糟踏生动材料，又不浪费文笔，这些都可加以研究。在新闻宣传的作风上，我们要创造独特的风格，但在报导方法和写作技术方面，我们应该多多向他人学习，尤其向英、美、苏那些成熟的记者学习。他们那种简洁明快的笔调、画龙点睛的手法、凡事抓着要领的技能以及事事说明出处的态度，是很值得取法的。

在技术上，在目前器材困难的条件下，要注意节省物力，取消无限制使用电台。即使自己有电台，但电报总是电报，压得太多，发不出来，而且要设想到会有一天离开自己电台花钱发电的时候。现在总社的通报台，事实上已经应付不过来。为此，总社决定，对各分社来个人为的适当限制，就是今后总分社单位除了真正特殊情况外（这种特殊情况应随斗争形势的变化决定，目前东北分社可属于特殊情况的例外），每日发电不得超过二千字。这种限制，并非纯粹消极性的，而是给各分社一个任务，要求提高新闻质量，每日在二千字范围内，充分发挥报导效能。无限制的数字膨胀，只会造成新闻的滥发、技术上乃至政治上的不精细,而一定字数的限制,反可提高编辑的责任心,推动报导技术的进步。我们相信只要编辑工作做得好,每天二千字是完全够用了的。

新闻要简练,我们不止谈过一次,但总社和分社在这方面做得还很不够。现在作为很重大的问题提出,希望不要再把它看作一个简单的字数多少问题,而要看作是改造新闻写作技术上的基本入门,看作是提高新闻质量的关键,看作是讲求宣传方法和成效之大道。只有这样看法,我们思想上才能得到解决。我们要求各分社,在收到这封信后,联系本身实际工作,展开一个讨论,并将得到的经验告诉我们,以为总社改进编辑工作的参考。(新华社延安二十四日电)

(1946年5月27日)

# 新华社晋冀鲁豫总分社九一致分支社及特约记者一封公开信

从二月到现在，短短八个月的工夫，我们以简陋机构和有限人力在中央局直接领导和全区军政民热情扶助之下，经过分社全体同志的努力，大体上完成各个时期的报导任务，参加了为争取独立、和平、民主的全国政治军事斗争，并在报导全区动态和交流经验上发挥了相当作用。单从数目字来看，八个月共发延安八十二万字，延安转发二十二万四千二百八十三字，五月十五日《人民日报》创刊至八月止我们供给稿在六十万字以上，总分社收到各分社稿件约计在二百万字。这一简单数字不仅是指明晋冀鲁豫边区报导工作的一个轮廓，尤其重要的是说明了党政军民都在热切地努力扶植这一工作，致使四个分社得以补充人力，密切同各部门的关系，在业务上获有较为显著的进步。

然而，处在目前解放区发动群众走向高潮、爱国自卫战争汹涌澎湃之际，我们的报导却显得十分薄弱、十分不平衡，尚不足以应付斗争的需要。其中最根本的一个弱点，是新闻内容零碎、冗长、一般化、迟缓、缺乏系统性和指导性，大大地影响了对外宣传以及交流各区情况和经验。

"提高一步"，从现在工作基础来看是完全刻不容缓的了，这也正是全体同志的迫切要求。在这里，我们依据过去几个月的一些零碎经验，提出几个有关业务上的意见，愿与分支社全体同志研讨共勉。

## 一、加强新闻指导性

在日常繁忙而又紧迫的报导任务中，常常容易产生一种盲目的为报导而报导的技术化、事务化的作风，究其因，是思想不明确、头脑不清醒，所以在一大堆材料之中不知道如何定裁和布局、增加宣传效果。思想明确，首在编写同志善于把毛泽东同志的原则路线灵活地体现到每一个新闻中去。譬如报导战争就必须充分体会毛泽东同志的运动战、游击战的原则精神，从而帮助读者从积极方面来认识一城一地之失，在报导绛县城失守时同时着重反映了人民空舍清野、拒与蒋军合作、转入长期围困和消耗，便是一个较好的例子。又如报导爱国自卫战争，我们强烈地反映全民动员支援前线；游击战争，用事实说明战争特点是完全符合于党的精神，直接策应了战争的。其次，是随时研究中央局、军区、边府及各区党委对每一个具体政治任务或中心工作的指导意图和精神。我们有些分社能够搜集很丰富的材料，但苦于提不高，原因虽多，其中主要之一点，是没有很好研究党的政策指示，往往只用固定的陈旧的观点去处理材料，无法发现新的事物。最近有一个新闻说明某村群众迫切要求土地改革，领导上根据"耕者有其田"的精神将群众迅速地发动起来，在发动的过程中，群众曾进行了诉苦，如果我们不了解当前放手发动群众实现"耕者有其田"的指导精神，那么我们便不可能重视群众这一迫切的要求，只能照例报导一个千篇一律的诉苦大会，消息便随之减色了。最后，在新的报导方针面前，总分社除了讨论方针、明确思想、向各分社和骨干通讯员组织稿件外，我们还派了记者直接参加翻身队，取得实感，发掘典型，又在附近驻村与县委共同参加典型村庄工作，共同报导经验，推动全区"耕者有其田"的翻身运动，这样才能深刻领会上级领导意见，主动地掌握方针，及时进行指导。

## 二、向总社学习

逐篇逐字逐句地对照总社转播稿来研究原稿是总分社获得进步的

一个好方法。总社值得学习处甚多,目前我们体会到的:第一是眼光放得远。譬如高唐伪军的猖獗出扰,在冀南是边沿区的斗争,然而从战争全局来看,加上国民党第十二军从济南的增援,它已经形成了国民党扩大山东内战的一部分。由于不注视全面局势,眼光只限制在冀南,孤立地报导高唐伪军出扰,减低了这一战报严重的政治意义。总社帮助我们补充这一缺陷在宣传上是非常重要的。第二是政治上的谨严,一丝不苟。往往一个战报或政治新闻往返电商数次,一个人名、一个番号、一个地名都要弄得十分确切,譬如:我区复员前后两次均为七万五千人,总社曾再三电询复员数目以免电文传讹;每一条蒋军进攻消息,总社都审慎地研究其军事企图,从何处来,向何处去,地点路线均弄清楚,然后才能发布,因为,只有最清晰地说明事实,我们的报导方能取信于国内外人士,才能有力地击碎"中央社"的歪曲与造谣。最后是总社善于分别读者对象,把握各个地区特点。我们常常在发布新闻中忽视了读者对象,我们报导汾南自卫战争,却忽略其他解放区和全国人民对于汾南解放区是生疏的,因而必须有所说明、注释和介绍。我们向外宣传我们早已听惯了的互助组或者是减租清债时,我们常常不去考虑解放区以外的读者是不大十分懂得互助组的,那些庞杂的数目字、生硬的名词和经验,都应适当地删削,而代之以生动活泼富有宣传价值的故事,或是使用对比的方法去帮助读者获得理解。

## 三、改进业务

没有业务学习,通讯社工作是永远不会做好的。

一个最恶劣的作风是:流水账似的处理稿件,有稿子就改写两下,改写完了工作也就完了。这种做法曾经有一个很长时期阻碍着我们提高。改进的方法,除了加强政治学习、灵活地掌握政策外,在新闻业务本身还需要：

（1）我们在最近两月工作中，逐渐地按照工作需要摸索到一些通讯社基本建设工作，这大体上包括有：了解各个区域情况及特点，积蓄各种材料以便随时综合，建设一些补助编辑工作的工具如地图、行政区域、人物备考。通讯社缺乏这些工作，便会处处陷于被动，譬如：写军事新闻的人，必须要有战争情况的日记、敌情分布图、番号、战况图、精确的地图以及必要的史料（如收复朱仙镇，无妨引用两句朱仙镇的历史）。我们一直到今天还缺乏一个完整的边区概况，当然，也就无法把边区的面貌报导得更好，像冀南是全国闻名的纺织业发达地方，至今尚未有一次全面的报导。

（2）掌握总社几个基本文件作为武器。最近我们专门学习了总社《一九四六年工作指示》《电讯要简练》《新闻五大要素》等文件，发现自己虽然是从事多年的新闻工作了，可是对于什么是新闻、什么是电讯、怎样写这一类问题，还没有在自己的工作经验中找到十分明确完整的答复，及至我们研究了这些文件之后，才大吃一惊，发现做新闻工作不研究新闻业务的害处。

（3）随时总结经验。总分社每星期有工作周报，总结一周的经验，有月终总结，并随时随地发现问题、提供经验、通报分社，每个同志在处理一篇稿子之后，将自己的心得择其要者记在本子上。这一些工作对于一个分社也是完全必需的。我们希望各分社从现在开始到年底把各种具体经验加以详细总结。

（4）每月要研究几篇好的文章、通讯、新闻，探求各种新闻写作形式，学习使用新的语汇字句，这是重要的业务学习之一。像孙夫人的声明、一些有名的外籍记者通讯、新华社转播的典型新闻和我们本身好的和不好的典型作品，都可以作为我们参考研究的对象。

## 四、选稿与编写

新闻精选与简练，我们在最近已获得不少的进步，在三、四、五月中我们向延安平均每月发十六万字以上，总社平均转播三万字；最近两月我们平均每月发七万字而总社转播者则在三万字以上，减少了许多人力与物力的浪费。

首先在选稿上，必须坚持实事求是、宁缺毋滥的精神，打破以量胜质的倾向。第一要善于组织中心报导，如围绕军事自卫战的政治攻势、支援前线、反内战起义等，如围绕着"耕者有其田"报导各种清算方法，这一切都应在一个明确中心下集中起来迅速报导。第二多发现新的题材，如群众运动中改造土匪、焦作孤儿院孤儿重返丰衣足食的家园、妓女被解放参加生产，从一些常为人们所不注意的侧面说明新民主主义的优越与健康特性。此外可以采取各种新的形式，叶枫同志所写的快板《陈先生》，太行的《长治人民眼中的毛主席》，都是为总社转播并加以表扬的比较成功的作品。第三我们每日所接触的将近八千的电稿和通讯员平均三千字的来稿中，零碎的消息常占三分之二以上，因此一面集体地、仔细地选择好稿不使遗漏，一面要十分注意资料整理综合工作，使零碎的素材逐渐补充成为完整的新闻。

选稿、确定新闻内容的取舍，剩下的编写任务便是使新闻电讯简练明快。总分社和分社在这方面虽有一些改进，但比起其他兄弟分社来还需要大大努力，现在我们愿就几个思想问题提出来讨论：

"有了数目字是否就表示新闻具体呢？"我们曾有不少稿子连篇累牍的数目字，但并没有说明任何问题。曾有一条新闻写四十万人参加斗争，但在内容上却只有一个村的诉苦大会，结果仍是空洞。我们必须有生动的事实，数目字只有在恰当的说明事实真相时才有用处。

"从头到尾一点材料都不遗漏地写新闻是否算是交代清楚了呢？"

我们每天都可以找到这样的新闻。写大会，一定从会议的意义、每个人的讲话、决议、通电……都要详尽无遗地写进去；有些同志常常用工作总结的方式或者是写通讯特写的方式来写消息，这种写法浪费人力物力既巨，给予读者的印象仍是模糊的一片。我们必须学会从素材中寻找最生动、突出、强烈一点当作主题，用最简单明确的语言使读者一目了然、印象深刻。面面俱到是不能写好新闻的。

"综合的典型的新闻是不是就必须是长的?"显然不是的，我们曾有不少短小精悍的典型的或是综合的新闻。陇海前线记者团写兰封攻城，从一个战斗片段和一个人物写出我军的英勇善战，只用了四百字，写陈赓将军参加白晋线调处活捉日炮手只用了一百字，然而都得到了总社的表扬。至于综合，也绝不是单纯堆积材料。每一个综合新闻必须有一定的典型材料作为骨干而衬托以次要的材料，这样中心突出，文字自必精练。

总分社过去编写新闻不简练，主要是存在这几个思想问题，只有从整个宣传效果上考虑得失，新闻简练才可迎刃而决。

(1946年9月1日，《"九一"记者节特刊》)

# 改进我们的通讯社和报纸

九一记者节,对于解放区的新闻工作者应该是个检讨总结工作、提高自身修养、改进新闻业务的日子。

在八年抗战中,解放区的新闻事业已有光辉的成就。我们创造了和执行了"与实际结合与群众结合"的办报方针,对于人民抗日战争做了重大的贡献,同时也使我们解放区的报纸面貌一新,与旧式的报纸大相异趣,在中国新闻史上放一异彩。我们培养了一批优秀的新型的青年新闻战士,我们积蓄了许多经验,学会如何在农村、在战争环境中、在极端困难的物质条件下办报。正因有这些成就和基础,所以一旦日本被打垮,凡是人民军队、人民力量所解放的城市,都能迅速建立新闻机构,出版发行人民的报纸。而且由于人民力量的生长,现在我们的新闻工作已经在全国政治生活中占了十分重要的地位,经常影响着中国时局的演变,影响着世界舆论的动向了。这是人民的新闻事业的一个伟大的发展,我们庆祝这个发展。但是同时应当看到:正因为这个发展非常迅速,正因为我们迅速地面对着广阔的新环境、大量的新事物、复杂的新问题,我们就必须同样迅速地提高我们的工作强度和工作质量,而不能自限于过去时期的成就。

首先看我们的通讯社工作。通讯社是解放区今天与反动派做全国范围的宣传斗争的最重要武器,是使全解放区人民每天了解世界动态、全国动态和全解放区动态的最重要武器,但是不仅由于我们的物质条件、交通条件的困难,而且由于我们主观上对于这项工作的认识与经验的不足,很多人只当它是报纸的简单附属物,以至我们的通讯情形还存在着严重的弱点。这里不说各种技术上的问题,只提出目前通讯工作的基本要求,这就是要做到通讯内容的迅速、准确和明了。

迅速和准确是今天紧张的宣传斗争的生命线，而正在这两方面我们的人力物力给我们客观的限制最大。由于我们缺乏充分的电讯设备和普遍的通讯网，由于交通的不便甚至隔绝，我们对于某些紧急的事件往往报导得迟缓，有时还有某种程度的笼统。在反动派继续内战政策的条件下，完全消灭这种弱点也是不可能的，但是解放区的党政军民组织以及通讯社组织本身，仍然必须尽一切可能通力合作，来求得我们的新闻通讯的最大限度的迅速和准确（在迅速和准确不可得兼的时候，我们发出的通讯就应当采取某种谨慎的保留的形式，以便继续补充更准确的报导），绝对不能允许任何的马虎态度。须知这对于整个政治斗争是异常重要的，是必须采取严肃态度的。做到了迅速和准确以后，为了便于广大读者的接受，还要力求明了。这就是说在最经济的文字中还要能够做到具体、生动、系统、完整，永远不要忘记你所写的每一个新闻通讯都是为了那些最不明了的人而不是为了那些最明了的人。因此每一次都用一切方法使你们所觉得最明了的事件能被那些最不明了的人所明了，正如我们从外国的电讯中明了一些我们前所未闻的或极不熟悉的事物一般。这就成为我们的另一个工作纪律。应该老实承认：我们现在还往往把通讯社所需要的电讯和报纸的本地新闻通讯看作一件事，把我们自己所熟悉的所记得的人物、地点、事实、名称、观念当作读者也是已经熟悉的或常常记得的事实。这些不但对于外国人、对于解放区以外的人，而且对于解放区内另一个地方的人，如果没有必要的介绍，一切都是很难明了、很难记得的。我们对于报导典型虽有若干成就，但一般地说，我们还不善于获取典型和生动地报导出来，对我们最生疏的和最不熟练的就是怎样用简洁的文字不但鸟瞰出整个的轮廓，而且穿插以典型的事例、生动的图景，给读者一个深刻的印象。因此我们的电讯有时还是若明若暗、空泛或是枯燥，我们还往往不完全用简洁的文字不但说明某一事件的经过，而且衬出历史和环境的图景，进行前后、左右、正反的比照，用事实的叙述而不是用议论来点破它的意义、影响，使它更加突出；我们还不善于组织彼此互相联系、前后互相连续的报导，使整个新闻有因有果、有始有终。这些"技术"上的问题，都关系于政治斗争的得失，绝不应该轻视。在这些方面，我们必须虚心学习，经常检讨工作的效果，并且经常观摩外国先进的通讯社和记者的作品，像小学生一样学习他们成熟的技巧。

我们的报纸工作历史比较久，但对于新的环境也有不能充分适应和正确适应的地方，主要的缺点是某些地方的报纸对于本地群众的联系还显得薄弱。由老解放区进入新解放区、由乡村进入城市的某些报纸，由于种种原因，对于新的群众还没有很好的联系，而旧的辛勤建立的新闻阵地也松懈了。这样，这些少数报纸对于城市群众的需要（在具体的节目上这是与农村的需要不尽相同的，虽然需要同一的群众路线）固然不完全符合，对于农村群众活动的反映也是不能令人满意。在个别的情形，甚至在形式上只知热衷于扩大版面铺张模仿，内容则主要依靠通讯，而不管这些形式和内容在本地是否需要、是否适宜。总之，是不把本地群众的和工作的需要放在第一位，不以本地需要的标准来组织剪裁和排列新闻论文以至副刊的稿件，因而使报纸指导工作、动员群众的作用受到很大的损失。由于和工作与群众的联系不足，报纸的自我批评的严重责任更受到显著的忽视。这些倾向虽然是部分的暂时的，因此是容易纠正的，但是是必须迅速纠正的。

加强业务联系群众，这是当前中心课题，而要实现这个课题，必须从加强对新闻工作的重视和领导、加强培养干部和总结经验入手。党的各级主要干部必须充分了解今天通讯社工作和报纸工作在我们整个革命事业中的头等重要意义，亲自了解我们通讯社和报纸的实际状况，克服现存的缺点，帮助解决它们的困难。我们的新闻干部的阵容虽比以前壮大得多，但因业务一日千里地发展，在数量上仍还不足，而质量的提高更为当务之急，这个情形在通讯社方面尤其显著。所以新闻干部的配备、培养、训练和爱护应该是干部工作和干部教育工作的重要任务之一。新闻工作是革命事业不可缺少的一部分，需要有一整批的战士终身从事。应该认识到革命的新闻事业是为人民服务的最光荣事业之一，立志埋头钻研业务，以求熟练和精通，不要见异思迁，一曝十寒。至于总结经验，这是培养干部提高业务的最好途径，我们的新闻工作历史已不太短，经验也已经不少，所需要的就是善于经常地总结，并将总结所得的心得和创造加以整理推广。我们已经有了相当巩固的阵地，在国内外已经建立了广大的影响，只要我们秉承博古、杨松、何云诸先烈牺牲奋斗的光荣传统，不断地力求进步，我们就一定会得到更伟大的胜利。（《解放日报》九一社论）

（1946年9月3日）

# 走向人民文艺

郭沫若

文艺在它原始的阶段上是只有着一种形态的，便是由公众所集体创作、集体享受、集体保存的人民文艺。它是人民生活的直接反映。人民的喜怒哀乐好恶和一切愿望，用人民的言语，直率地表达出来，同时也就尽了它的领导生活、批判生活、改善生活的能事。它是社会共同的财宝，也是人类共同的财富，任何开化民族的古代文艺或落后民族的现成文艺，都蕴含着无尽藏的美，而有普遍永恒的价值。何以会这样？理由很简单，是因为这种文艺的产生最契合于文艺的本质。

人类社会有了分化，文艺因而也有了分化，有专门向上层统治者取媚的文艺，有留在下层仍然为人民所享用的文艺。取媚上层者隶属于统治者的权势之下，得到攀龙附凤的结果，逐渐被视为文艺的正统，而盘踞着支配者的地位，文艺的美名更几几乎为它所独占了。留在下层的，成为了不足以登大雅之堂的土俗东西。然而中国的一部文艺发展史告诉我们，只有这种土俗的东西才是文艺的本流，所谓正统的贵族文艺或庙堂文艺，其实是走入了断港横塘的畸形的赘瘤。

中国每逢换一次朝代，差不多就有一种新的文艺形式出现。这新的文艺形式，追溯起来都是起源于民间。朝代的换取者是由民间起来的草莽英雄，故随着新朝新代便有新的民间形式登上庙堂。但和登上厅堂的人不久便失掉了它的人性一样，登上了庙堂的文艺不久也就失掉了它的文性。一部二十四史是人民和贵族的斫杀史，一部文艺史也是人民文艺和贵族文艺的斫杀史。但历朝历代留下了贵族文艺的尸骸，而人民和人民文艺却始终是浩浩荡荡地流着。

中国的文艺遗产，只有没有脱离人民生活、没有脱离人民言语的那一部分，是永远有价值有生命的精华。周秦以来的民间歌谣、五代的词、元代的曲、明朝的小说，这里面正有不少的这种精华的结晶。所谓扬马班张、王扬卢骆、韩柳欧苏，那些专门逢迎上层的文人及其作品，认真说，实在是糟粕中的糟粕。试问两汉的古赋、六朝的骈俪、唐宋的古文，在今天究竟有什么光彩呢？那些不是和明清的八股一样，都是无用的长物吗？

人民始终是保卫着文艺的本流的。一部《水浒传》，虽然在今天我们还不能确切地知道它的作者究竟是谁？是施耐庵，是罗贯中，是他们两人或和其他别人的集体创作？但它的文艺价值和社会价值，没有任何庙堂文艺可以和它比配。人民并不需要作者的官衔和地位，而是需要有滋养的作品和作品中的养分。黍稷稻粱、松杉桧柏，家家都知道保重，奇形怪象盆栽，那是脱离了正常生活者的慰情聊胜无的玩弄品。请你把一个盆栽放在大森林的边沿去赏玩，那贫弱相是多么的可怜呵！

今天是人民的世纪，一切价值是应该恢复正统的时候。一切应该以人民为本位，合乎这个本位的便是善，便是美，便是真，不合乎这个本位的便是恶，便是丑，便是伪。我们要制造真善美的东西，也就是要制造人民本位的东西。这是文艺创作的今天的原则。现时代的青年如有志于文艺，自然是应该写作这样以人民为本位的文艺。人民在今天所最迫切需要的是什么，也就是今天的文艺工作者最迫切的课题。能够把这个课题抓紧解答，而且解答得详尽周到，那便是为人民所欢迎的东西，也可能就是最伟大的作品。我们时常听见人说，自五四运动以来，中国的新文艺里面还没有够得上称为伟大作品的成绩出现，假如要追求它的主要的原因，那应该就是文艺工作者还没有认真体贴到人民的需要，而给以满足的供给。这儿正留着一个宏大无垠的处女地，等待着文艺青年们来垦辟。

应该怎样来垦辟这个处女地呢？先决的问题是在于人民本位的思想的把握，要把封建时代的一切陈根腐蒂肃清，彻内彻外地养成为一个科学的民主的思想的所有者。是什么种子才能生出什么树木，是什么树木才能开出什么花朵，结出什么果实，这是不能够假冒的。蒺藜上生不出蜜橘，蓬蒿上长不出葡萄。在能写作民主文艺作品之前必须首先是民主的人，凡是不合乎民主范畴的一切想法都必须毫不容情地严密地自行纠正，自己不能成为人民以上或以外的任何东西。一切必须于生活实践中求取正当的解决。先驱者在生活实践中提炼出了一种正确的思想，这思想的发生过程分明是生活在先。但在我们后进者则可以根据一种正确的思想以规范生活，这思想的体验过程是生活在后。譬如先有测量而生地图，这是前一种；依据地图而旅行，这是后一种。依据地图旅行并不是耻辱，要这样才能使地理知识生根，根据自己的体验，使地图上的知识化为自己的知识，可能补充或修正它。就这样思想与生活交织，成为写作的基本。没有生活实践的思想搬弄便是公式主义的八股，没有思想规范的生活描写便是黄色报纸的新闻。思想、生活、写作，应该是三位一体。

封建思想在我们的意识里植根太深，在社会的每一个角落里也弥漫着它的网络，我们对于任何问题的看法，很轻易地便落在这种网络里而不自觉察。例如我们在喊"文章下乡"，以为这是很前进的民主思想了，然而为什么不喊"上乡"而要喊"下乡"呢？这可见我们还是轻视人民、轻视老百姓的，我们自己是高高乎在上，而老百姓的"乡下人"是低低乎在下的。这似乎是无关宏旨的区区小节，但其实是思想转换上的根本问题。今天我们搞文艺的人是应该诚心诚意向老百姓学习的，假如依然看不起老百姓，那学习从何说起？看不起老百姓的那种旧毛病，应当如医治淋病、梅毒一样，使它彻底断根。或许有人会怀疑，你这样说说也不过学学时髦，什么"向老百姓学习，向老百姓学习"，老百姓究竟有什么了不起的智慧值得我们学习呢？要建筑长江水闸，我们晓得找萨凡奇；要制造原子弹，我们只得找科学专家。为什么谈到文艺我们偏要"向老百姓学习"？——不错，一点也不错。治水有治水的专家，造原子弹有造原子弹的专家，文艺是生活的反映，而老百姓就是生活的专家。我们要表现农人，为什么不向农人学习？我们要表现工人，为什么不向工人学习？农人、工人在工农生活方面比任何博士硕士、大总统大主教还要专门，我们为什么不向他们学习？十九世纪初期的法国大画家德勒珂罗亚画奔马在口角上没有画白沫，受了一位马夫的指摘，马夫在熟习马的生活上便是专家。看不起老百姓的坏习惯，实在是应该苦加针砭的了。我们要向老百姓学习，学习老百姓的言语，把握老百姓的生活习惯，以老百姓的好恶为好恶。依老百姓的要求者，我们极端地爱他；反乎老百姓的要求者，我们极端地恨他。由这样极端的爱，写出我们的颂扬；由这样极端的憎，吼出我们的咒诅。

这样的文艺当然得不到大人先生们的赞赏，但人民会赞赏你们。到了人民真正成了主人的一天，施耐庵和罗贯中的铜像会遍地林立的。

一九四六年六月八日于上海

（1946 年 9 月 15 日）

# 《白毛女》剧作和演出

刘备耕

生动真实的故事、朴素健康的诗歌，使我忘掉了午睡，一口气读完了《白毛女》剧本。

这是群众翻了身的解放区的传说：

在"主家门里有酒肉，佃户家里无米面"的旧社会的新年里，佃户杨白劳，欠地主黄世仁租子六斗七升及大洋七元五角，凶恶的黄世仁就抢走了与他相依为命的女儿——喜儿。政权在土豪劣绅把持下，杨白劳有什么办法呢?！上公堂吗？黄世仁的狗腿子穆仁智说："县长就是少东家的亲戚，这儿就是衙门口，你到哪儿说话去？"结果，杨白劳被迫喝卤水自尽了。

早年丧母的喜儿又失掉了父亲，进到黄家过着黑暗的日子。她无可奈何地侍候黄世仁母亲抽鸦片，奴隶般地劳役着，以致被黄世仁奸污了、抛弃了，最后黄世仁为了"灭口"和迎娶城里赵家的大小姐，要把喜儿害死。黄世仁和他念经信佛的母亲合谋把怀孕七个月的喜儿囚禁起来，快要下手之前，幸而另一个与喜儿同一命运的人——张二婶子，她设法救出了喜儿，逃出了狼窝。

求生的意志，鼓励了喜儿。"舀不干的水，扑不灭的火！我不死，我要活！我要报仇，我要活！"摆脱了黄世仁和穆仁智的追赶，她逃进了山洞。山上的野果和奶奶庙的供食，维系了母子两人的生命，熬过三年多黑夜怕狼、白天怕人的穴居生活，天真活泼的喜儿身上发了白。

抗战爆发，蒋军败退，八路军来了。这支人民的军队，给人民带来了光明和希望，支援人民起来掀起翻身运动。在群众斗争中，"白毛仙"的传说，起着阻碍运动发展的作用。经过积极分子的搜索，才发现"白毛仙"不是什么精怪，她就是三年前为黄世仁逼害的喜儿。喜儿得救了，"太阳出来了，驱走了寒冷，划开了黑暗！"

"千年的仇要报，万年的冤要伸。"群众燃烧起愤怒的火焰，恶贯满盈的黄世仁被揭发了、被斗争了，人民的政府接受了群众的合理合法要求，判处了黄世仁的死刑。喜儿和过去被压榨的人们都出了一口气，伟大雄壮的歌声："今天咱们翻了身，今天咱们见青天！"洋溢着人民的欢欣和胜利的心情！

如果我们单纯地认为这仅仅是一个民间传说，那就错了。很明显的，六幕歌剧中贯串了一个非常重要的主题——"旧社会把人逼成鬼，新社会把鬼变成人"，使我们看到两种不同社会制度（黑暗与光明）的对比。它向我们提出了一个当前中国急需解决的土地问题：杨白劳的死和喜儿的遭难，都是由于农民没有土地和民主政权的结果。所以今天我们出版或演出《白毛女》，那是十分合乎时宜的，无疑问地，它对于今天的群众运动是有推动意义的。

《白毛女》的剧作，是诗、音乐、戏剧三者和谐地统一。当我读罢剧本，不禁产生了这种想法：假若我们边区的诗歌作者，也同戏剧结合，那么它将更广泛地传布到群众中去，这也为诗歌增添了不少的光彩。我希望在《白毛女》介绍到本区后，我们将会有反映我们边区群众斗争的歌剧出现。

《白毛女》的成功，是由于集中了群众的智慧。虽然执笔者是贺敬之同志，但是参加讨论和提供意见的，有曾经在发生这一传说的地方做过群众工作的同志，有自己过过长期佃农生活的同志，有诗歌、音乐、戏剧等作家，同时经过了多次的演出。一面它教育了群众，另一面群众又丰富了剧作内容，上至党的领导同志下至老百姓中的放羊娃娃都对它提供了意见。这种"从群众中来，到群众中去"的新创作方法，使《白毛女》才成为质朴、健康、积极的艺术作品。

《白毛女》先后在延安、张家口、哈尔滨、齐齐哈尔等民主城市演出，受到了热烈的欢迎。我们北方大学翻身剧团，最近公演《白毛女》，是我们边区文化活动中的一件可喜的事情。

一个新成立的剧团，大多数同学对舞台工作都是第一次尝试，由于他们具有"参加《白毛女》演出，就是为群众翻身服务"的认识，充分地发挥了他们的积极性、创造性和团结精神。没有完整的剧本，请曾经看过《白毛女》的人默写剧本；为了换景快，用人扶着树枝作布景；缺乏农村生活经验，下乡观察农民的思想和行动。从这个基础上看来，他们的演出有这样的成就，应该是难能可贵的。

整个戏的演出，是比较平衡、匀称的。不论在演唱、伴奏、布景方面，都令人相当满意的。有一次，演到穆仁智受黄世仁唆使抢走喜儿时，我回头看后排的邯郸中学同学，他们有好多人都落泪了，最后演到判决黄世仁死刑，兴奋与胜利的情绪使群众鼓掌、欢呼。军区直属部队有的同志，看了《白毛女》后，对喜儿、杨白劳的遭遇，寄予无限的同情，对黄世仁则极端仇恨。

自然，他们受了客观诸条件的影响，演出上难免有一些不够完善的地方。

的确，第六幕最不容易处理。第一场，虎子和陈老汉的落后思想，在表现上过于突出，致使观众看不清楚大锁等积极分子的带头作用，也影响到与结尾高潮的相呼应。末一场斗争会的高潮，显得不够热烈、尖锐和严肃，这可能是对群众新的思想情绪体会得不够深刻的缘故。

演员扮演一个角色，是一个艺术的创造；只有当他忘记自己是演员而是剧中人的时候，换句话说，他不是做戏，而是同剧中人一样地生活，那么他的演技才会感动人。如果一个演员，不自觉地受到某种外形的约束，就很难真实地表达剧中人的思想和行动。譬如说，杨白劳被迫在卖身契上盖了手印，他的眼睛直看着他的手指企图表示愤恨，事实上，不自然的动作没有把他的内心愤怒显露出来。假若，他更深入地理解了杨白劳当时的心情，由此而产生了体现这种情感的动作，我想可能要较动人些。演技的成败，主要是决定于演员对剧中人的理解深浅，如果在《白毛女》的排演中，把理解剧本的精神实质，作为主要的工作来做（用最大的力量来做），那么，有些缺点是可以避免的。

演员的动作应服从于戏剧的效果。张二婶在剧本上为观众所同情的人物，由于这样，我觉得，她最好不要小脚打扮，因为她的小脚步法，会引起人们的发笑，而这种笑，对于戏的效果无疑是不相符合的。同时，在河北地区来说，天足妇女也是一件平凡的事情。

《白毛女》如果能适当地采用舞蹈来演出，可能会更加出色。例如喜儿逃命这一场，倘使结合各舞蹈，可以相信它的紧张性、形象性能够加倍地增强起来。

一九四六年九月十七日于邯郸

（1946 年 9 月 22 日）

# 怎样写战斗通讯？

羽嘉

一个战斗结束，须有迅速、准确、具体的消息报导，这在军事宣传意义上是有着和作战同样的价值。但在一个重要的战斗或战役中，仅有消息的报导，有时是不够说明战争情况的。这时，就需要较长的战斗通讯来达成报导任务。显然，战斗通讯不同于战斗消息，它除了同样应具备明确、具体、迅速等条件外，还需有突出的战斗场面介绍、英雄人物的简短描写以及战斗总结（不同于战果）的扼要说明，它的目的在于用更形象生动的文字来报导战争，以补消息之不足。假若我们把战斗消息比作一幅平面的图表，那么通讯就是一个立体的模型。

举一个例子来说。当我们看到大杨湖歼敌的消息（载九月十日本报）时，只在脑子里留下一个"哦！蒋嫡系部队第三师（原第十军）被我们消灭了！"的印象。等到看了大杨湖歼灭战的通讯（载九月十九日本报）以后，才更清楚地了解到这次战斗的英勇壮烈，我们的英雄们如何用自己的身体和顽敌作最残酷的搏斗；也知道已经法西斯化了的敌军，不像我们想象的那样容易降服，他们居然也能作九次冲锋；更深刻地看到一点，那就是人民军队必然胜利，反人民军队纵使武器精锐、战斗力顽强，也逃不出溃灭的命运。

写战斗通讯既如此重要，但一般往往不容易写好，有的写成了消息的复版，使人读起来感到冗长乏味，反不如消息的简单明了；有的写成了类似"杀敌宣言"一类的东西，几个动员口号、几个战士的誓言过后，接着便是轰呀轰的大炮声、劈劈啪啪的机枪声，最后来一个战果统计：得多少多少子弹，缴获多少多少枪支……叫人摸不清，到底战斗是在何时何地发生，和哪一部分敌人作战，敌我的作战意图是什么，这次战斗在某一个战线上所起的作用是什么？最糟糕的是写成不清不白的流水账，啰啰嗦嗦地叙述了作战前的准备，又琐琐碎碎地报告了战果。特别写战斗经过时，把所有的人和事都拉了上去，提提这，说说那，却没有一个交代得清楚明白，作者仿佛把读者也当成战斗的参与者，滔滔不休地在那里回味着他所熟习的每一个场面。他完全忘记了他所写的通讯主要的是为了给那些对战斗毫无所知的人看的，其结果不但没有让读者了解了战斗，反而把读者拉到五里雾中，摸不着边际。

那么，到底怎样才能写好战斗通讯？这里，我们不妨再拿大杨湖歼灭战作例。这篇通讯分三个部分：第一部分明确地介绍了战斗的时间、地点、敌我作战意图以及我军作战前的准备与动员，这也就是通讯所应具备的条件之一。接着，第二部分便是一个突出紧张的战斗场面的介绍——这是通讯的主要报导部分，同时也就展现了人物的活动。它写出了我军的英勇奋战，写出了敌军的顽强死抗，写得生动，写得紧凑，诵读之下，仿佛有身临其境、与战士们并肩齐臂、高呼着"冲！杀！"勇猛直奔敌营的感情。这正是通讯的力量！它之所以有如此感染力，原因是不一般、不泛泛的描写，而用一个最突出的场面来概括全部的战斗经过，所谓"从一点看全面"，以避免"只见林子不见树"的毛病。这篇通讯的最后部分，已经是战斗尾声和对这次战斗的评价与说明，这在通讯里也是很重要的。它技巧地告诉了我们，第三师已经全部溃灭，而且说明了"师出无名"的蒋介石反动军队，在伟大人民力量的面前，必定要倒下。

总之，写战斗通讯，主要一点是突出生动的报导战斗，不要平铺直叙，落于一般。至于上面所举的例子，仅仅是例子而已，不必受它的形式拘束，应多多创造。希望站在新闻战线最前哨的写作同志们，多多报导当前人民战争中最伟大、最壮烈的场面，让所有的人民为你们精彩的描写而感动得落泪，激奋得欢呼。

(1946年11月15日)

# 前线战士需要些什么?

鲁之沫

> 香烟、便宜的日用品、鞋子、战斗的报导、快板、画报、戏剧、秧歌和家乡的慰问信……

编辑同志:

荷泽前线归来,看到后方正在进行着广大的支援前线的运动,十分欣愉。为了使这一工作更深入更有力,谨根据我在部队的下层中所了解的情况,提出一点意见。

在前线上活动着的,最重要的是那些手执武器出死入生的下层干部与士兵。因此,"为兵服务"应当成为支援前线的主要内容。

战士们需要什么呢?在后方,人们往往为整师整旅的蒋军被歼的消息所鼓舞,而忽略了每一次胜利经历的紧张、困苦、艰难、残酷的斗争。在这样的苦斗中,战士们不仅需要小米、油盐,而且需要的是纸烟等日用品。解放区的物价是很平稳的,然而大军所至,战事胶着的时候,部分地区却往往物价飞涨。如此次在荷泽以南,物价最高时,涨到油每斤一千二百元、盐六百元、纸烟二十支包的五百元!前线的津贴虽略提高,后方的劳军捐款也达到数千万元,但因手续繁多,辗转交递,每个战士的收入仍是有限!因之各个作战地区的政府及工商部门好好组织日用品,对前方的运输供应、检查与改进慰劳品的转递,都是十分必要的!

战士们需要鞋子。冀鲁豫的秋天雨水连绵,荷泽地区一片泥泞,平原的薄鞋三五次即绳断底解,而部队又每日转移。因此,后方如能捐助一部分鞋子,那帮助就更切实。

除下物质上的支援外,战士们还需要精神上的休息与鼓励。听说后方要发动所谓"书报劳军",这是很好的,但是应当考虑一下怎样做才更能达到"为兵服务"的目的。我在前线看到了一部分报纸,书籍则很少看到。而且即使是部队的报纸,其中也有很难为战士所接受的。而我们的一些下级干部,也很难像我们所想象的具有的那样文化程度,像某同志所写的歌颂七勇士的诗,我相信大部分的连排干部是不大懂它的意思的,即使能念下来也感觉很淡泊。战士们希望的是他们所作所为的事情能够"上报",使别人了解,他认为自己和自己的单位"上了报"就是莫大的鼓励,对于什么"伟大热烈"一类的空赞扬,倒并不一定感到亲切。因之凡是团里自己出的小报纸,往往更受到战士的热爱,因为它的表扬面更宽广,与战士们的生活更亲切。战士们喜欢的是快板调,这些东西即使他不识字,只要教一遍便可顺口唱起来。战士们喜欢画报,他不讲求什么线条、明暗,越是通俗的画报,只要表现的是他所了解的事情,他们就越感觉可爱。战士们喜欢看"戏",他们的生活太简单了!打仗、休息、开会……太枯燥了!偶然有了几天休息的机会,他们便要求:"找个剧团吧!"农村剧团,成为上宾,我们认为厌俗的旧戏,也为他们所热烈欢迎。如果能在他们面前扭扭秧歌,即使抗战初期的跳舞活报,也一定会得到欢迎的,倒不一定要求什么新鲜"大剧"。因之我的意见:在前线的文化工作者、戏剧工作者,应该战斗化,应该更踏实地"为兵服务"。

战士们还需要什么呢?他们需要了解他们家庭的情况。解放区正在实行着群众大翻身的"耕者有其田"的运动,他们考虑的是:他自己的家庭是否得到土地?他们的村里是否照顾了他?我所在的一个团里的情况是这样:林县和临城战士们接到家信,一般影响较好,使他们能安心工作。×、×县和×战士们接到的家信,一般提的困难较多,希望他能回去。因此,他们的工作也就不够安心。如果能够发动起区村干部，向他们自己区村在前线的战士写慰问信，报告他家庭的具体情况，较之部队政治工作同志讲十次话要有效得多。例如南华县长亲自给他们县里的战士写信，告诉自他走后，他们每一个人家庭问题如何解决的，得到了多少土地，中秋节如何过的，这种鼓励最切实，实在是支援前线的好办法，也会转变战士对政府、对群众团体的观点，密切军政关系。这是轻而易举的事情，但需要县及区村的干部们注意，并能广泛而经常地做。

最后，我希望"支援前线"的工作不要成为一时的运动，而后方支援前线，切实的是"为兵服务"的观念，也要明确起来。所以我就写信提出，作为一个建议。

十一月十日

（1946年11月20日）

# 文化要为兵服务

曦

本版今日刊载了鲁之沫同志的来信,很具体地告诉了我们前线战士的需要。怎样去满足这些需要,是一个很重要的问题,我们希望大家来研究,一有好的办法,就赶快实行起来。

至于我们,愿意专就精神食粮的供应问题提点意见。鲁同志的信中,指出前线战士们迫切需要好懂的图书、画报,要听快板小调,要看戏剧秧歌。最近杨主席从前线回来,也特意说到"伤员们看书而不得,精神上不能更加轻松",边府教育厅也已经在为前方征求书报(请参看本报十五日四版的广告),希望广大的读者和各界人士能踊跃地有组织地参加这个运动,自己找一些,并动员别人找一些书报画片之类,尽快寄向前方去。

但这封信中更提出了书报劳军要考虑如何达到"为兵服务"的目的,那意思就是说,寄去的书报要适合战士们的文化程度,联系到他们的战斗生活,才能使他们喜闻乐见,得到满足。要做到这一点,却就不大容易。我们一方面同意教育厅的办法,只要不是诲淫邪书之类都可以寄去,这样免得阻塞了奔向前方的书报洪流;另一方面我们要求更积极地开源。谨号召边区的文艺作家和一切文化工作者,大家都来把"为兵服务"当作目前第一等重要的工作,尽其所能来产生一些通俗易懂并可能博得战士们喜爱的作品出来,以满足前方的需要。

比如说战士们爱听快板,诗人们、板人们何不多来写些?战士们爱听战场小调,音乐家何不前来谱谱?大本画报无妨改作单张,小说故事也可出成小本;剧作家快来创作点前线秧歌短剧,美术家赶忙计划些套色木刻明信片、连环画之类。

如说"生活不够",最好前线走走。今天是艺术服从自卫战争需要的时候了,能够"为兵服务",而且服务得好,才是文化工作者的光荣。

(1946年11月20日)

# 介绍《王贵与李香香》

雨

在"保卫陕甘宁边区,保卫延安!"的号召声中,我们介绍了这首以三边民间革命历史故事为题材的千行长诗。这首诗的价值,在其他同志的文中已经介绍得很清楚。这里,只说说我们为什么要转载这首诗。在上一期本版上,曾经号召多有些为前线战士能看得懂或听得懂的作品出现,而这首诗,在我们认为是可以达到这样一个目的的。因为它不仅是老百姓所熟悉易懂的文艺形式,而且写出了翻了身的人民是绝不会为反动势力征服和压倒的。还有王贵这种高尚的战斗品质,也可以作为目前自卫战争中有力的鼓励与奋斗的榜样。所以把它分三次登出,希望广为流传。

《王贵与李香香》这个民间的革命和恋爱故事,是用民歌"顺天游"的形式写成的。"顺天游"是边区民间最流行的调子,是一种形式最简单的诗:有一首(两句)表明一个意思的,有若干首(常见的是十首、二十首不等)连成一段有情节的歌唱的。它的特征在于生动地运用民间的语汇和精巧的比喻,表达农民纯朴的生活实感。作者能圆熟地运用了这个简单的民间形式创造了这么美的诗篇,足见他是真正地做到了"向人民学习",成为"做老百姓的小学生"的最好模范。

听说作者李季同志,是一位广东人,在宁夏盐池县政府工作。因为爱好写作,常向《解放日报》投稿。四四年在《解放日报》上发表的《老阴阳怒打虫郎爷》,及去年在三边出版的《卜掌村演义》,都受到广大读者的欢迎。这更说明了,只有踏踏实实地深入实际,为群众服务,才能够真正懂得人民的生活,体会人民的情感,写出为大众所热爱的作品。其成就，却不是下乡走马观花地搜集材料的作家们所能达到的。

李季同志所走的这条创作道路，是值得我们文艺工作者追踪下去的，他的踏实的"向人民学习"的精神，更值得我们学习。

至于"顺天游"的唱法，手边没有正式的谱子，为了便于歌唱，记下了一个不一定准确的调子，暂且附在下面（本文略）。如有同志能知道原谱，请寄来，我们好更正。

附带说明：民歌的唱法，着重情感的表露，节拍比较自由，且词句长短不一，唱时可以按照原调灵活运用。

（1946年11月25日）

# 怎样写兵？

孙定国

这篇文章是从孙定国同志《写兵》一文里摘录出来的（原文除怎样写兵外，更谈到对太岳区写兵成绩的回顾与兵来写兵、非兵写兵，及今后应加强领导、组织力量等问题。载十月十一日太岳版《新华日报》）。孙同志是太岳军区副司令员，提倡文艺为兵服务甚力。我们提出了文化为兵服务，但怎样写兵才能为兵服务呢？请听听这位带兵的将军的意见吧。它给我们非常明确、具体地提供了写兵的方法。希望关心为兵服务的同志们注意和讨论。

## 用多样的形式写兵的各方面，同时抓住主要的方面

兵的全部生活是极其丰富极其复杂的。农民翻身运动是充满了社会的阶级的复杂性，而农民拿起枪来，走上武装斗争，也随着枪的增加，而增加其复杂性。兵的全部生活，有平时、有战时，有教育、有战斗。教育有各种方法，战斗也有各种形式，有外部的对敌斗争，又有内部的思想斗争，是十分复杂而又十分丰富的。谁要是以简单眼光看兵，谁就永远不能认真写兵，谁就永远写不出兵来。写兵一般认为战斗场面难写，而又以写战斗场面为最多（通讯、报导、戏剧，大部是如此），这是对的。因为兵以战斗为主，战斗是兵在各方面最高的要求和集中的表现。写兵就必须多写战斗，必须抓住这主要的方面。但是另一方面，要写集中的一面，就不能不涉及其所以能集中的其他方面。因之写战斗又要写教育，写战时又要写平时，写外部的对敌斗争又要写内部的思想斗争，写轰轰烈烈的场面又要写平平凡凡的事物，写官兵关系又要写军民关系。例如攻克洪赵诸城，搭梯子爬城的场面是写作的最好主题，而数千大军进入城内，做到两袖清风、秋毫无犯，不只

群众有口皆碑，致使彼国教士也不得不高声称赞，难道说这是容易做到的吗？关于纪律教育在我们内部不是进行过严重斗争吗？而这种表现不又是人民军队的模范吗？写出来不是既有宣传意义，又有教育意义很好的主题吗？展开写兵的领域和方面，才能写出兵的全部生活来。

解决这一问题，又不能误解为集中兵的各方面于一个创作，而必须采用多样的形式来写。因之依材取题，量体裁衣，选瓶子装酒，适应内容决定形式，宜戏剧者戏剧，宜诗歌者诗歌，宜小说者小说，能唱者唱，能画者画，能木刻者木刻，能摄影者摄影，多样的形式，多样的内容，兵的全部生活就会呈现在人们眼前了。而其主要方面，也就自然更加鲜明和突出了，并使主要方面从其他方面找到了根据。

而在当前情况下，大力地提倡兵的记录文学，又是当务之急。战斗记录、生活记录、练兵记录、生产学习记录，只要记录下来，就会是好的作品，并不用什么烘托。血汗斗争的文章比其他的文章更生动更有力，大力提倡一下，有笔在手的用笔来写，没笔在手的用口来写，一人写不出的，大家来写；提倡一下兵的记录文学，是适应紧张的战争环境、军队生活的特点，在写作上是很好方法之一。用这种方法，其形式依然是多样的。

## 向兵学习，请兵批准

兵批准了，才是写兵作品的基本标准。兵不批准，其他任何好的评价也不行。兵写兵，非兵写兵，在这一点上是一样的。特别是非兵写兵，欲达到此目的，必须认真来向兵学，要到兵营里去、战壕里去，向兵的生活学习，向兵的活动学习，要千百次地反复学习，以达到体验了兵、了解了兵，使自己的生活、语言、情绪、性格和兵一样地战斗化起来。达到非兵写兵，不是外行写内行，而是内行写内行，和兵来写兵一样的熟悉。一句话，非兵写兵要实际地"武化"一下。"武化"一下，才能写出真实的兵。这在我解放区内的写作者，并非不能的事，多年来战斗生活，大家一起出死入生，使他"武化"有了基础，现在是继续深入与提高的问题了。

部队宣教工作者写兵，也须认真地向连队学习，更加战斗化一下，你的东西才会被广大士兵批准，受欢迎、受爱戴。四四年一分区宣传队在写兵上曾经走出的一条新道路，多少宣传员同志，和士兵一起生活、一起战斗，进行调查研究，才动笔写东西，写出来再交给士兵检查。有的在兵先生的指导之下，改了再改，改到三番五次，最后批准，才成定稿。这一从兵来到兵去，当学生、再当先生的过程中，大大地改造了作者。某同志是失败最多，结果是改造最大，又大大地亲密了文化兵和战斗兵的关系。当写他们的东西一经发表了，他们就谨记着这个作者，关心你的困难，打听你的消息。战斗结束后，以可爱的小战利品转送给你（当然作者并不是为这些礼物而写），表示对你爱戴的热情，并告以当前可供写作的珍贵材料，从而也大大地发展了写兵的作品。《党》和《一群英雄》，就是在这种过程中产生出来的，虽然还不完全是成熟的作品，但是有些是士兵大众特别欢迎的。我感到这种方法有大大发展的必要，不如此，兵就不会批准。如某同志叙述自己的画兵，经过了长期摸索，感到画兵要向兵学，找到一个全副武装的兵，画了五天，才被批准。而这一批准，才使自己了解到过去画的多是不十分像兵，正像一条铁轨八个人还是费劲才能抬起来，而自己却画的两个人抬得轻松愉快，那又如何能被批准呢？就近举例，应引起一切写兵的同志们的注意。

（1946 年 11 月 30 日）

# 茅盾评《李有才板话》

茅盾

《李有才板话》是一部新形式的小说（这是和章回体的《吕梁英雄传》不同的），然而这是大众化的作品。所谓"大众化"，可以从下列诸点得到证明：第一，作者是站在人民立场写这题材的。他的爱憎分明，情绪热烈，他是人民中的一员而不是旁观者。而他之所以能如此，无非因为他不但是生活在人民中，而且是和人民一同工作一同斗争。第二，他笔下的农民是道地的农民，不是穿上农民服装的知识分子，一些知识分子那种"多愁善感""耽于空想"的脾气，在作者笔下的农民身上是没有的。第三，书中人物的对话是活生生的口语，人物的动作也是农民型的。第四，作者并没多费笔墨刻画人物的个性，只从斗争（就是书中故事）的发展中表现了人物的个性。第五，在若干需要描写的地方（背景或人物），作者往往用了一段"快板"，简洁、有力而多风趣——这也许是作者为要照顾到他这小说的题名《李有才板话》，但是，我们试一猜想，当这篇小说在农民群中朗诵的时候，这些"快板"对于听众情绪上将发生如何强烈的感应，便知道作者这一新鲜的手法不是没有深刻的用心的。

由于两种努力的汇合与交互影响，解放区的文艺已经有了新的形式。这两种努力一方面是和广大人民生活且战斗在一起的革命的小资产阶级作家为要真正服务于人民而毅然决然不以本来弄惯的那一套自满自足，而虚心向人民学习，找寻生动朴素的大众化的表现方式；另一方面是在民主政权下翻了身的人民大众，他们的创造力被解放而得到新的刺激，他们开始用"万古常新"的民间形式，歌颂他们的新生活，表现他们的为真理与正义而斗争的勇敢与决心。《李有才板话》是这样产生的新形式的一种。无疑的,这是标志了向大众化的前进一步,也是标志了进向民族形式的一步,虽然我不敢说,这就是民族形式了。(摘自茅盾先生《关于〈李有才板话〉》一文)

(1946年12月10日)

# 新年试谈副刊和群众结合

林曦

今天是元旦,照例似乎应当来一篇"新年献辞"。可是空话无益,还是让我们来谈谈与咱们大家都有点关系的一个问题吧。

中国报纸的前身是"邸抄",那多半是给做官的看的,谈的是皇帝老爷们的事情。第一份现代式的报纸是香港的《寰球报》,那多半是给官商们看的,谈的是华洋事务和商情。什么时候开始有副刊,懒得去查它了,只记得自己能看懂报纸的时候,还读的是上海《时报》上那种《礼拜六》式的茶余酒后的消闲小品;不消说,也不是一般大众能看得懂的了。后来新文艺性的刊物风行了,但那风行的圈子也还是局限在知识分子里面。

由《新华日报》打开头的各地党报出现,才真正有了完全站在人民立场的副刊,但所承接的却不能不是一个知识分子圈子的旧传统。综合性的《新华副刊》迟至四一年才出现,圈子算是扩大到工人、学生和一部分公务员中了。可是到争民主的浪头高涨起来以后,却又觉得圈子还是太小,于是提出了副刊的与群众结合问题,一面走向简短活泼,一面创办"社会服务"。《解放日报》的四版,对开创和提高人民文化上是很有贡献的。而去年九一检讨过后,也感到"我们的副刊和群众结合不够"(去年十月二十三日该刊),开辟了《读者服务》《思想座谈》等栏。本刊是个小兄弟,刚刚学步,但读者对我们的鼓励也已经很大了。

那么,究竟怎样才能做到副刊与群众结合呢?乔木同志希望是能少登些可有可无的"知识分子的议论","可是每天万把字的版面上挤满各种作者读者、各种内容形式的几十万稿件信件,切实而紧凑地传达着生活和战斗的各个侧面,传达着群众的嘈杂,好比生意旺盛的花园一样"。这就是说要把副刊的园地完全开放给群众,让各种各样的稿件信件能大量地从群众中涌来。

然而群众不是那么容易来的。怎样才能请得大家来?我们曾苦心摸索过一番。办《新华信箱》的经验告诉我们,只要经常而坚持地给群众解答一些切身问题,群众是会不断来的。《社会服务》的经验又增加了信心:哪怕是代登一条"大众广告"那样小的事,就可以使更多的读者把报当作自己的报。二十多年的办报老手张恨水先生讲了一个秘诀:"看准一个时期读者要什么,就给他什么。"英国兄弟党的《工人日报》去年也有一番革新,他们再不板起面孔,专说不听,而想出各种各色的花样替群众办事。他们的电影评介告诉工人们如何去找好看的电影,很有成效。这都说明一个真理:要群众来,得传达出他们的生活和战斗,得满足群众的需要,得热心而经常地给群众办事。

所以今年的本刊,就打算本着这一个方向办。等我们稍微筹备一下之后,打算每隔一两期出一次《人民服务》,把《读者顾问》《大家谈》《简覆》等更充实起来,并开辟一些新的东西,使能尽我们的一点微劳,多少给大家办点儿事。另外打算划出一些篇幅,作为干部同志们思想学习、经验交换的谈心的地方。为了解救知识上的饥渴,我们不会忘了采摘些文化科学以及各科知识的果品来奉献;许多读者既然关心延安、各解放区以及解放区以外各地的情况,我们自然应当随时转载、介绍。文艺性不会因综合而冲淡,我们希望来稿尽量采用形形色色的文艺形式,只不过要更注意到精练短小。一九四七年中,全边区三千万人民的自卫战斗、翻身、生产的各个侧面,都应当留下面影,大家动手来用朴素生动的大众语言刻画起来吧,我们把所有的栏目开向读者。来稿不以文字的成熟与否作取舍准则,只要有切实内容，同意的话，文字我们可以帮助修改。

就这样画个草图吧，以后我们一定根据读者同志们的意见随时修改。可是这个草图要想变成实际，大部分得靠从作者读者们中伸出来的手。写稿、提意见、提问题、组织对本刊的座谈……这都是我们顶盼望的，让我们大家一同来把这个小小的花园搞得人声嘈杂、生意旺盛起来吧！

（1947年1月1日，《人民副刊》）

# 文艺批评活跃起来！

今

读了日丹诺夫同志《关于〈星〉及〈列宁格勒〉杂志所犯错误的报告》，不禁发生一些感想。

类似的错误，在中国也曾发生过，但由于毛主席《在延安文艺座谈会上的讲话》那样光辉而及时的指正，明确了文艺的阶级性，强调了政治的指导作用，改造了一批作家，在解放区不仅基本上已经克服了这类错误，而且无论在戏剧、木刻、小说、诗歌上都有了肥美的果实。这篇报告使我们对文艺的思想原则性再一遍明确地认识，不仅文化工作者应当精读，就是一般革命工作者，也可以从里面学到许多——特别是如何在各部门的事业中坚持原则、改善工作的方面。

但是，这篇报告对我们的更实际的意义是，它警惕我们，"哪里没有批评，哪里的腐朽和停滞就会生起根来"。要想在文学艺术及一般思想宣传工作中避免错误，经常保持健康，产生质量更高更丰美的作品，就必须加强批评。

一提起"批评"二字，未免惹人骇怕，受批评者总易把它想做挑剔或打击，批评者总难免想到是否得罪人。在这样两怕之下，就只好躲上一条容易的道路，即没有批评或者批评很少。这条路对不对呢？日丹诺夫说得很清楚："对于文学家们，这一点对其他的工作人员是一样的，谁要是害怕批评自己的工作，谁就是遭人卑视的懦夫，他就不配受到人民的尊敬。"而"从类似的工作人员的观点来看，为了不得罪人，最好还是不去照顾人民的利益和国家的利益，这是一件完全不正确的、政治上犯错误的事情。这就等于用一百万元去换一个铜板"。

何况批评也不尽是指摘、打击，更重要的还有发扬优点的一面。"对于一切包含反民族、反科学、反大众和反共的观点的文艺作品必须给以严格的批判和驳斥"，对腐朽有毒的小资产阶级的观点，自然应当是深恶痛绝，严予处理；但在今天的解放区的人民文坛上，更要紧的事情，还在于发现优秀的作品和作家，用表扬优秀成功之作来鼓励培植更多的文艺工作者开花结果。而为了好好完成这一任务，对稍有成就的成名作家的作品中的缺陷，也是不应放弃指正的，因为许多青年正在向这些作品学习，没有适当的批评就会以讹传讹，越学越差。

没有批评和很少批评的另一毛病就是当面不说，背后乱说，结果吹毛求疵失掉了文艺批评的原则和标准，最终也一定要失去团结。

为了使我们的文艺具有更强的思想原则性、政治标准和艺术标准，都更臻于化境，为了把毛主席对文艺问题的思想具体化到日常工作中，我希望这篇报告能刺激并活跃起我们的文艺批评来。

（1947年1月25日，《人民副刊》）

# 《人民是不朽的》读后

鲁之沫

《人民是不朽的》是苏联格罗斯曼著的战争小说。这本书在苏联的爱国自卫战争中起过很大的作用,现在解放区已经有了翻印本流行,对于正在展开着自卫战争的解放区军民来说,也有很多的启示。

它启示我们一些什么呢?

首先使我们更加确信:人民的军队在正义的战争中,不论开始有多少困难,最后必然胜利。

著者科学地客观地分析了苏德两方军队本质的不同。在分析德军时,承认他的组织完整、计算精密的优点,然而更重要的是,在德军着着胜利的时候,明眼看出它本身包含着严重的不可克服的弱点,即是在"他们的这种不要思想,但凭纪律以指挥数百万大军的复杂而庞大的行动中,却有着一些退化的东西,和人的自由精神不相容的东西。他们的不是理智的文化,而是本能的文明,在性质上是和蚂蚁及牲畜的组织性有些相同"。因而所得的结论是"他们永远不能征服我们的国度"。

把当前卖国贼统率的蒋军对比着看看吧!在装备上由于他美国主子的帮助,应当承认是优越一些的,而其组成却全靠压迫和欺骗两件法宝。至于组织、计算,以及其内部的特务统治,较其大哥希特勒的军队,则比都比不上。蒋军正像一群乱哄哄的蝗虫,在我们觉悟了翻身了的具有充分自由精神、理智文化的人民军队打击之下,必被扑灭,当然是极为明显,也极为肯定的结论。

作者又写出了苏联人民怎样学习了爱与恨。士兵伊格那底也夫在战争的过程中学会了憎恨。正因为苏联人民极度地热爱自己的生活,热爱苏维埃制度给予自己的幸福,所以对于那些破坏他们和平幸福的法西斯野兽,也就无比地憎恨。这种爱是爱自由、劳动,恨是恨压迫、剥削。在我们的战士和群众面前也有这一课,学习爱与恨:爱翻身后解放区的自由、劳动,恨美帝国主义的压迫和蒋家残酷无耻的封建买办剥削。作家们的责任就是把这种爱与恨写出来,更教育人民去爱与恨。

第二,使我们领会了人民的军队的战术精神。

这种作战精神首先是积极的、进攻的、歼灭性的。在进攻一个村庄胜利以后,大家都兴高采烈,然而包加列夫却批评了团长迈尔彩洛夫:"你指挥得不太好!"因为放走了可以歼灭的敌人。这教育着我们的部队有些下级干部,不仅是在困难的时候、失败的时候才肯接受教训;就是在胜利之后,也不要忽视了缺点,放弃了检查,应看看作战是否达到了充分歼敌的目的。

营军事委员包加列夫在森林中计划突围的时候,路米扬来夫计划得十分周密,可以安安全全地偷跑过去,而包加列夫则批评他"荒唐"。他主张"从敌人后面给他一个打击,使他蒙受最大损失,然后我们再胜利突围而去!"

其次是指出近代战争的指导,需要高度的计算和组织,需要机动、灵活和协同动作,需要在战争中来学习战争。

迈尔彩洛夫,一个苏联英雄,战斗中勇敢,得过勋章,在战斗中亲自带着侦察连跑在最前面;然而他的缺点也正在这里——他忽视整个部队的掌握,他缺乏计划性与组织性。包加列夫批评他的就是不仅仅是需要他的勇敢,更重要的是"应该用脑筋,直到汗珠钻出在额角"。在我们当前的自卫战争中,也同样是不仅需要"勇猛",而且需要"用脑筋",就是说需要智勇双全的指挥员。

然而迈尔彩洛夫在战争中,经受了考验,发展和发现了自己,他了解了"这种不惜一死的精神，并不能算是他已经尽了指挥作战的责任"。在战争中当德军的指挥官洋洋自得地说："俄罗斯人是把压力平均分配全线，而正面进攻来了，这个他们称之为'迎头痛击'……"然而在他还未笑完的时候，迈尔彩洛夫的部队，已打到了他的司令部了，"谁笑到最后，谁笑得最好！"

第四，作者用一个军事委员（相当于我们的政治委员）的活生生的典型，刻画出人民军队中坚持原则、克服偏向，而又联系群众的政治领导。

营军事委员包加列夫，仔细研究具体材料，对敌我双方做出正确的对比，因而坚定了胜利的信心。他不放松任何足以影响作战情绪的言论，他的思想是尖锐而清醒的。弥香斯基在团部夸耀着敌人的强大，包加列夫立即给以严厉地批评："在心理上你却是一个早已退休了许多时候的，你的声音里就有甘愿屈服的调子！"

在被敌人包围的森林中，严厉地处罚了逃跑主义者，转变了部队的情绪，他不向部队隐蔽危险，却鼓起了部队斗争的信心，包加列夫在他们同伴中的印象是"一个凛然不可侵犯的力量，他是严厉与苛刻的！"

然而他却不因严厉与苛刻，而使士兵害怕，不敢接近。正因他的言行一致，以身作则，给了士兵以力量和信心，同甘苦，共患难，而得到士兵真诚的拥戴，在最困难时，战士们把自己最后的一点烟，凑起来，送给包加列夫："我们的委员几夜没睡觉了！老是研究地图，最好是让他有一口烟抽抽！"

最后，这是一本有思想的小说。正如茅盾在序中所说："我们中国作家实在应当特别注意。过分强调生活实感的说法，自然要比强调技巧要正确得多，然而忽略了思想基础，则生活实感亦将无根，看事看人都不能深入而正确的。"抗战八年，极少好的战争小说出现，看不出，看不准，缺乏深刻思想，不能说不是一个原因。怎样改正呢？那就要求作家们，不仅体验，而且要用毛泽东思想深入思考分析当前的伟大爱国自卫战争。

(1947年2月6日《人民副刊》)

# 论赵树理的小说

茅盾

赵树理先生是在血淋淋的斗争生活中经验过来的,而这经验的告白就是小说《李家庄的变迁》。

背景是在晋东南的一个山村。然而这山村分明是封建势力最强大的中国北方广大农村的缩影。在这一点上,"李家庄"故事有其普遍的代表性。可是因为在山西,而山西则有不倒翁式的既贪婪又狡猾无耻的地方军阀,他有他那骗人诈人的一套,因此,"李家庄"的故事在普遍性中自有特殊之处:这不仅代表了北中国的农村,而且确是代表了受欺诈与压迫最深重的山西农村。作者远远地从民国十七八年起,展开了故事的线索。李家庄的土皇帝是大地主李如珍。这李如珍也是个不倒翁。从民国十七八年到抗战初年,这整整十年中,山西经过的大小事情可真不少呢,然而李如珍应付自如。日本人来了他当然做汉奸,可是出奇的是八路军光复了这山村时,他李如珍还是依然掌握着全村农民的命运。待八路军展开了民众运动,切实深入民众,这才把老狐狸的原形照了出来。于是血淋淋的斗争开始了,一方面是领导农民抗战的八路军,一方面是假装抗战而一心一意在那里反共的地方军阀阎锡山及其友军;一方面是要求翻身的农民,一方面是什么都可以出卖,唯独他的封建特权却不肯放弃的地主李如珍及其鹰犬。这斗争是长期的、多变化的、艰苦的,有挫折、有牺牲,然而人民的解放者是善于总结经验教训的,最后是人民得到了胜利。不倒翁李如珍终于被打倒了,《李家庄的变迁》,于是乎完成。

赵树理先生不是无所容心地来描写山村的变迁的,他的爱憎极为强烈而分明。他站在人民的立场,他不讳饰农民的落后性,然而他和小资产阶级意识极浓厚的知识分子所不同者，即不因农民之落后性而否定了农民之坚强的民族意识及其恩仇分明的斗争精神。在斗争中，农民是不但能够克服了落后性，而且发挥出创造的才能。这一真理，许多作家可以在理智上承受，但很少作家能够从作品中赋以形象，最大的原因还是在于他们不会投身于这样斗争的实生活，而赵树理先生则不但投身于这样的斗争，而且是抱了向民众学习的诚心的。

《李家庄的变迁》不但是表现解放区生活的一部成功的小说，并且也是"整风"以后文艺作品所达到的高度水准之一例证。这一部优秀的作品表示了"整风"运动对于一个文艺工作者在思想和技巧的修养上会有怎样深厚的影响。关于思想内容的，上面已经讲到一些，现在我们单来说一说这部书的技巧。用一句话来品评，就是已经做到了大众化。没有浮泛的堆砌，没有纤巧的雕琢，质朴而醇厚，是这部书技巧方面很值得称道的成功。这是走向民族形式的一个里程碑，解放区以外的作者们足资借镜。而赵树理先生的这种技巧的获得，我想也别无秘密，就因为他是生活在人民中，工作在人民中，而且是向人民学习，善于吸收人民的生动朴素而富于形象化的语言之精华罢了。

一九四六年十二月一日于上海

（1947年2月9日，《人民副刊》）

# 向爱伦堡学习
## ——读《墨水与鲜血》

吴象

爱伦堡的作品是无须再加添什么赞词的,但是我想大胆写一点《墨水与鲜血》在写作上给予我的启示,虽然我也许不能自免于错误与浅薄。

美苏关系相当紧张之际,斯大林向世界宣布说:"我不相信所谓'新战争'的实际危险性!"《墨水与鲜血》正是这句话有力的注脚。爱伦堡以深湛无比的洞察力,撕开了诽谤所造成的浓雾似的幕,揭露美国那些军事政治情报工作者以及为大资产阶级鼓吹的新闻记者,如何在罪恶地愚弄着群众。他指出:"那些制造纠纷的人,公开地说他们不爱好苏联,但我敢大胆补充一句,他们也并不爱好美国,他们想到的只是世界统治权、原子弹、英美集团等,只差一样没想到——美国的子孙!"在这里,爱伦堡不仅直接服务于当前的政治的要求,而且他明确地区分了美国骗子与美国人民,分别给以憎恶与同情,使美国广大爱好和平的人民,都不禁和他同样地愤激起来,大声喝住阴谋家们无穷尽的诽谤:"够了!我不为你的墨水付出我的鲜血!"然而爱伦堡使用的是一个成熟的艺术家的方法,他没有强迫读者接受什么结论,他只写了无可争辩的事实。而且在这些事实叙述中蕴藏着真挚的热爱,这种热爱不仅是对于苏维埃祖国的,也是对于美国一切良好事物的。因而,他所憎恶的也就使人觉得是应该憎恶的。正直的感情能赢得读者的信任,特别是对原来有成见有误解的读者。

可以举出很多例子,说明我们既不善于以事实代替空喊,又常常在叙述事实时使人无法看出其中的含义,更不用说表现热情了。这在初学是难免的,但我们决不能因此而原谅自己。

事实当然比空喊说服力大,但是必须补充:并不是一般的随意掇拾的事实都有很大说服力,为了说服力更大,就应该艰苦地学习,不只要把笔磨得更尖,重要的是要把思想磨炼得更明亮,感觉训练得更锐敏,到现实的大海中去观察、体验、捕捉、掘发、选择。爱伦堡在驳斥美国记者妄言"苏联坦克侵入德黑兰"消息后,写道:"德黑兰离此很远,现在我已亲身在美国了,可是,消息传来,说我在旅行全美时,始终由一个'苏联秘密警察'陪伴着,但事实上,是由一个美国国务院的代表在陪伴着……"他给了所有的造谣专家们一个何等清脆响亮的耳光呵!因为他所举的是自己亲身的谁也无法怀疑的事实。

任何动人的事实在孤立的时候都会显得单薄无力,因此必须指明事实所处的地位,必须把事实组织起来。这同样是可以决定一篇作品的成败的。爱伦堡写道:"如果美国人要把冰岛作基地,那便是为了'世界安全的保障';如果苏联不欲他的邻邦用作侵略苏联的基地,那就成了'赤色帝国主义'。如果美国制造原子弹,那便是科学家奥妙的工作,或只是足球似的无害的娱乐;如果红军人员排成行列走在莫斯科街上去洗蒸气浴,那便是准备作三次世界大战了。"这是我们一般人都熟知的所谓"对比"法,这种对比法常常强烈地暗示出作者的观念,是组织事实最好的方法之一。

《墨水与鲜血》中有许多巧妙的对比。用来和当时被阴谋家的叫嚣弄得紧张起来的美苏关系作对比的,是不久以前美苏两国的士兵在易北河相遇时亲密地喊叫:"我们是朋友!"这句话一定能唤起美国人民对苏友好的回忆,因为在共同反对德国法西斯的当日,这句话无疑曾使迫切企望胜利的美国人流出喜悦的眼泪。

企图得到"耸人听闻"的消息,以便兴风作浪的美国记者抱怨在苏联看不到什么东西，但是爱伦堡却举出了许多苏联人自己感动的事实："出产彼得列雅可夫式轰炸机的工厂在制造汽车，出产坦克的工厂在制造牛奶罐……"这也是极强烈的使人深思的对比。不错，在这里他用了"兴奋""感动""骄傲"等字眼，但是，苏联人民因为自己能努力于和平建设而兴奋、感动、骄傲，不正是一种证明苏联与任何国家都能和平共处的事实吗？

《墨水与鲜血》给我们的教益应该是更多的，让我们都仔细地把全文再读两遍吧！

编者按：《墨水与鲜血》发表于去年十月十五日至十八日本报。爱伦堡的写法，目前极值得我们战地记者和作者们研究学习。本篇算作一个引子，我们希望有更多爱伦堡式的短文来刻画出我们伟大的爱国自卫战争。

（1947年2月14日，《人民副刊》）

# 论秧歌剧的表演

萧汀

秧歌剧的表现手法基本上可以分为象征的和现实的两种。

根据秧歌的形式，剧中人物的动作应特别注意到舞蹈性，但这种动作必须是根据剧中人的身份性格来决定（包括动作的大小、舞步的姿态、外形的创造和内心的性格的表现等），而且以带有音乐伴奏的大动作为主，这样才能把那空旷的场子活跃起来。故意讨好观众，做出些琐碎或滑稽的动作，是会破坏剧情的气氛和效果的。

秧歌剧表演的第二个特点是动作的节拍性。关于这一点，我们应该好好地批判地向旧艺人学习他们的长处，学习他们如何把人物的动作和言语艺术化成歌舞的规律，学习他们如何把音乐（主要是乐器）和动作密切相结合的规律，学习他们的动作庄重有力（这些都表现在他们并不在每个唱词中都手脚乱动，而是在最足表现的地方用极形象的动作把它很有力地反映给观众，同时动作起来，也不是在你面前一晃就算完啦，而是在观众面前停留片刻，把那一缕情感留给观众一个思索的时间，这样给人的印象是极深刻的）。当然，更重要的还是向现实生活学习，向工农兵学习，了解他们的思想情感与他们的生活方式，这样才能丰富我们的表演艺术，完美地表现他们的生活。关于这，提出三点作为参考（特别是知识分子演员）：

一、加强劳动观念。劳动是创造的重要基础之一，参加劳动，在劳动生活里面，真正去体会劳动人民的感情，锻炼我们的劳动意识。记得有两个演员表演老百姓破路抬铁轨，人家十个人都抬不动的一根铁轨，他们俩轻易地抬着铁轨，在台上边走边唱，引得台下的观众都嗤嗤发笑。因为他们没有劳动的体验，缺乏着真实的情感和踏实的动作。

二、健全我们的体格。要把知识分子某些轻柔的姿态逐渐去掉，并去寻找其健康美的劳动姿态，必须首先健全我们的体格，有了健康的身体，才能表达出愉快的心情和蓬勃充足的生命力。

三、经常揣摩体验工农群众的生活姿态，随时随地把它们画在自己的日记本上，让那些劳动者的形象，时时在自己脑子中闪现，作为创造动作和舞步时的借镜。

秧歌中，歌唱也是表演的重要部分。差不多大部分的情感都是用歌唱的方法传达出来的。而如何用歌唱来表达情感，这是使人苦恼的问题，有些人感到唱起来会失掉"真实感"，并且感到别扭，总是觉得用言语和动作更容易把握情感一些。这是受了话剧的一些洋教条的影响，把"真实感"绝对化了，这种看法是不对的。譬如旧戏的演唱，大都为老百姓所欢迎，但观众并不感到不真实，相反的它常常能感动了人。歌唱不过是一种艺术的表现形式，一种情感上夸大的表现、语言的美化。所谓真实，主要是把剧中人的思想、情感真实地表现出来，这是一种创造，而不是单纯的生活上的模仿。

这里提出两点：首先是吐字要真，要清楚。广场和土台子是不聚音的，因此我们必须学习民间发声的方法，运用丹田的力量，把声音放大，字句唱真，将每一个字都送进观众的耳朵里。其次，要根据一定人物的性格和情绪，来决定唱时的特点。此外，如加强民歌研究，了解民情风俗，熟悉地方语言，把歌词唱得更富有民间风味、地方色彩，也很重要。

说到秧歌剧的象征表演手法，就是用手势和动作来使观众感觉到物体的重量、大小形状、危险性（如过独木桥）等，换言之，就是把观众引到你所指定的意境中和自己感觉相同的领域里去。例如开门动作决不能是千篇一律地都用两手随便拨一下就算完啦！我们必须研究是什么样的门,什么样什么性格的人去拨?这些都是要经过演员细心研究,才能表演出来的。所以用象征手法表演出来的动作,要使观众感到真实,有个性,就不是轻率乱动、"随便拈来"所能成功的。

(1947年3月10日,《人民副刊》)

# 李有才活上舞台

## ——看人民剧团演出《李有才板话》后零感

若

看了人民剧团演出的《李有才板话》，不禁想道：可惜这样真这样活的农民剧不能搬到上海等地舞台上去演，如果可能时，也一定会轰动剧坛，博得和小说《李有才板话》一样的荣誉的吧？

抗战几年中，不记得在大后方的舞台上曾看到过逼真的农民。农民很少成为剧中主角，剧中偶然有也不过是穿了农民服装的知识分子。在延安，农民角色演得活而且真，印象中较为朴素深刻的，似乎也只有鲁艺的一两出短剧和西北文工团的秧歌中有几个。像《李有才板话》中这些活生生的农村人物，只有赵树理这样从农民中来的作家才能写得出，也只有人民剧团这样从土地中生长出来的剧团才演得出。

舞台上的李有才、老秦、小福和阎恒元的性格，都有很优秀的创造。特别是李有才和小福两角，一个始终掌握分寸，纵然在被封门赶出和斗争胜利那样激动的场面，也没有多余的不适合于一个受惯苦难的贫农的感情流露出来；一个精力弥漫全剧，把一个天不怕地不怕的反抗性极强的青年农民活现出来，很自然而又毫不懈怠。其余像得贵、小福娘、小元娘、小顺等角，也都成功。老年的演员运用他们深切的生活体验和从地方剧中学到的优长的技巧，大多驾轻就熟地达成了剧的要求；青年演员们能有这么好的成就，已不容易，自然，多少还会使人感到没有从内心演出，戏味差一些。如陈小元一角对一个贫农出身的干部由好变坏，再由坏转到坦白反省，这样转变中心理的痛苦，就没有表现出来；老杨一角的雇农本色以及从劳动中接近和了解群众的煽动的气概，也都未显著地突出（自然，这也由于编剧没强调这个场面）。

剧本的编导，不仅忠实地体会了原作的精神，而且融合了不少翻身斗争新的经验，使这出戏的教育和宣传意义都大大加强。阎恒元骗逼小元娘去改嫁以至跳崖一场的增加，小福当面质问小元是否真是派他锄苗、小元肯定一场，对小说中一笔写出的地方的形象化，都使阶级仇恨分明、斗争气氛加强，足见编导人是用了苦心的。各个人物最后的处置大体也都适当。但有一点值得提出商量，就是最后斗争场面，没有经过几个受害最深农民的充分诉苦（如小元娘即未出场），立即转入捆打，说服力量似乎还不够大。有些幕和场（如第二幕），稍嫌松懈。但基本上，这次改编导演，可以说是成功的。我注意台下的观众，剧的进行吸引的人越来越多，三次为小福等要笑了地主和狗腿子们而鼓掌，捆起阎恒元时高喊加油，大家看得很懂也很爱。看过这出戏后，他们一定会更加相信群众自己的力量，认识出狡猾的地主统制最后终是可以推倒的。

人民剧团的艺术成就很高，可惜我对剧团本身和它的演员们，都知道得太少，很遗憾不能像表扬一个作家一样，对他们性格创造的成功一一表扬。

(1947 年 3 月 25 日，《人民副刊》)

# 冀鲁豫前线文工团总结部队歌剧经验

军区前方政治部文工团和某部文工队于日前总结部队歌剧经验：

该团自自卫战争以来继续致力于部队歌剧的发展，认为这是部队剧的一个发展方向，因为它吸收了京剧和地方剧中音乐舞蹈与戏剧相结合的长处。这种形式多少年代已为群众所熟习与喜爱，而在目前条件下，前方演剧都在广场野地，每次演出都有几千农民出身的战士为主的观众，因而它又克服了"五百观众看好戏"，需要花好些时间去布景的话剧的短处。

他们对部队歌剧已有新的发展与创造，在音乐与戏剧的结合上，已远远地脱离了"话剧加歌子"的初期状态，已经由农民艺术的秧歌形式发展成部队歌剧了。如最初演出的《一家人》完全是秧歌剧，后来的《两种作风》许多地方已经由秧歌调逐渐改成适合于剧中人物的部队气氛的歌词和曲子，由秧歌步法改成普通的行军步法，和军营动作有了进一步的谐和。现在创作的《挖工事》则完全是雄壮跳动地表现出部队集体完成任务的欢悦，和集体战胜敌人的意志和信心。虽然还采用了秧歌中的穿花，但已经完全是军队挖工事真实动作的舞蹈化。最后的退场步法则是用并列纵队的跑步。打击乐器开始被强烈地引进歌剧里来，《王克勤班》最后一场是以强烈的打击乐器为前奏的。在全剧过程中用军鼓表达紧张，用大锣和小堂锣表达雄壮，并和舞蹈配合起来。

他们吸取了旧剧中许多经验。如起唱前的"叫板"取消了，就会使人感到唱得忽然提不起感情来。在部队歌剧里，便在起唱前使用有节奏的对话，或唱前一段曲子。如《军民一家》中老汉回答媳妇一个"诺"字之后，才起唱"揭开八路军的锅，倒进老百姓的菜……",老汉说了"同志们都回来了",才起唱"快快洗脸……"。他们采用了旧剧导演手法,场面则采用了电影上的特写镜头。但反对了旧剧中的老一套,如全剧只用一两个曲子,不能表达出各个人物的感情;歌词能用七言,不能表达各个人物的动作与步伐。他们把快板改成用器乐曲子伴奏,发扬了联政宣传队在这方面的创造。

　　在作曲、音乐、舞蹈、戏剧的结合上,他们处理了比较复杂的问题。作曲者需要训练音乐队和演员的演唱,并且把两者结合起来。作曲者成为不可缺少的导演者,戏剧导演者必须熟悉音乐,如器乐和歌唱等,训练演员能够与乐队搭上钩子,并使作曲者和导演在业务上合作。导演在业务进行上采取了群众路线,事先用图在案子上用豆子排戏,使演员了解导演的意图和了解自己歌词动作与位置的联系;然后演员回去自行研究,向导演提供排戏的意见,时常使剧本、曲子与导演计划更趋完善。

（1947年3月28日）

# 指战员们，笔枪齐发！

## ——读刘荣厚的战斗速写

吴象

炮兵连长刘荣厚同志这篇三百余字的短作，寥寥几笔，却简洁、质朴而又明确地表现了我们炮兵的攻击精神、神妙技术和在战斗中的重大作用。人民解放军从蒋军手里缴获了无数美制的重武器，战斗力是空前无比地提高了。解放军建立了自己的炮兵，躲在坚硬的乌龟壳里的蒋军，再也无法幸免了。

刘荣厚同志的作品，一开始就把激烈战斗中那种紧张的气氛，真实地传达了出来："除夕拂晓，接受任务：摧毁巨野西关外的碉堡。同志们马上紧张地做工事，推炮，瞄准，射击，轰！"他不做作，不借助于多余的形容词，只真实地直写着自己所经历过的事件。但这决不只是一个粗略轮廓，他像粗线条的画家，把忠勇的神炮手们，在尘埃中满脸流汗的情景，都隐隐勾了出来。

全篇的叙述自然地流露着人民战士那种伟大的强烈的爱憎分明的感情："碉堡上的机枪又哭叫起来，好像炮弹没有吃够，我们不小气，很大方的，又给了它六发。""它疯狂地封锁着前进的道路，好像是也想尝尝炮弹的滋味，我们马上答复它的要求。"我们战士确实是如此豪迈，如此充满着对卖国贼队伍的轻蔑、卑视，几乎可以使人看到他们射炮时那种坚定自信的微笑。

刘荣厚连长写出这种伟大的感情是不奇怪的，因为这是自己的真实的感情。他曾经三次为人民流血，每次都坚持指挥位置，不下火线，因而当选为战斗英雄，受到纵队党委会的通令表扬。鄄南战役中右臂负伤，肿得不能动；老岸战斗，左眉负伤；金乡战斗，右眉中弹，血流遮眼。但为人民牺牲奋斗到底的决心与忠诚，使他每一次都完成了任务。

  我愿以最高的敬意和热忱来介绍刘荣厚同志的作品，这作品应该鼓励所有能动笔的指挥员、战斗员动起笔来。事实证明亲历了那样惊心动魄场面的、以自己的生命去创造历史的人们，只要如实写下自己最熟悉的东西，一定能够深刻动人。这作品也应该教育我们从事军事报导的文化工作者，虚心去向广大指战员学习，努力体会他们的经验和感情，写得更加简洁、质朴，而且充溢着人民战士豪迈的英雄气概。

（1947年4月10日）

# 谈 写 英 雄

尚吟

在人民群众的革命斗争里，不时涌现出大批英雄，但是，如何把他们活现到纸上，这是一个问题。

通常见到描述英雄的作品，大都是只限于纪录他们的一些英勇事迹。这种写法，不能说是不对的，因为只有通过许许多多的事实，才能表达出他是个怎样的英雄人物，离开这一连串的英勇事迹去谈英雄，结果必然落空。而尤其重要的，能够从事实上去描述英雄，对我们不少作家说来，还是一个创作上的大进步，这使得我们不是从概念出发（而这个概念往往是陈旧的、模糊的），能超越旧的视野，从新事物上去发现和承认新人物。

但是，在创作的要求上，我们不能止步于单纯的事实记叙上。单纯的事实记叙，尽管有时也有些比较突出的场面，它的变化毕竟还很有限，久而久之渐渐就会走向一个模型、一种公式。打死了多少敌人，缴了几根枪，炸响了几个雷，这样流水账式的记叙，就很难给人以深刻的突出印象。在这里，我以为对英雄人物本身（思想、个性）的描写，是十分重要的。因为人物个性思想，比较细腻复杂，比如英雄成功的事实有种种，英雄的成功原因、过程也有种种。王克勤和吕登科，有的是为复仇翻身，有的是为保家保田，能够把他们的思想个性各方面都刻画出来，就显得格外活泼生动。许许多多的英雄模范事迹，应该和人物的思想个性有机地联系起来，作为人物思想个性的集中或升华来表现，这样才能写出有血肉的活生生的人物。

要把思想个性很好地表现出来，作者必须对所记英雄人物有一个正确的认识。这个问题，一般说来，我们很多作者都以为是解决了的，其实时常还受到旧意识的约束和限制，因而对具体英雄人物无法深入了解，在思想个性等细节的描写上，以至人物的选择上，都不易得当。如果我们经过亲切的接触交友或仔细的体会研究，对英雄的认识真正明确起来，那就有许多生动具体、使人感动的事迹可写，而不致写成干巴巴的模式。仍拿王克勤和吕登科来说，前者是在蒋介石统治下的农民，又被抓丁当兵，他的经历对他的思想感情必有深厚的影响。他之成为英雄，不仅和吕登科有不同的原因和过程，就是和其他解放战士，也各有显著的不同。认清了他之所以成为英雄，去发现和描述他们，就会对英雄人物的各方面（阶级成分、思想发展过程、英勇事迹等等）有更进一步的确切的了解。当下笔的时候，就不会给他们先配上一匹"剽悍的骏马"，一个"魁伟的身躯"，以及其他臆造出来的不合理的东西和奇奇怪怪的动作来。

这样写出的英雄，才是从平凡中生长出来而又超出平凡的群众英雄，才是真实可信的、亲切可感的，而不再是一种英雄模型的微有不同的粗糙的翻版。

要想把英雄人物的思想个性描画好，主要靠多多调查研究，密切注意英雄们的各种生活，亲身去观察、体会等，并分析造成这种英勇事迹的思想原因。我们现下不少写英雄的作品是来自别人直接或间接的讲述，有时甚至未经作者思想上的判断或加工，只是平直的纪录而已。这种写法，在爱国自卫战争的初期是难免，甚且是必要的，然而今天无论读者作者，都不会满足于此了。要想更进一步，就必须对英雄人物有亲切的接触、深入的了解、正确的认识、明亮的思想，这样写出来的英雄，才不仅高度的真实，而且会引导别人懂得如何才能成为英雄，推动人民战线上英雄辈出。

(1947年4月10日)

# 农村剧团的旗帜

## ——记太行人民剧团的成长

泽然

三月二十八日，中央局宣传部召开的戏剧工作者座谈会上，大家一致赞扬着一个剧团，这就是从农村中生长，又全力为农村群众服务的太行人民剧团。连日以来，他们在边区各机关驻地演出作家赵树理名作《李有才板话》《小二黑结婚》，还演了歌剧《白毛女》和各种农村小型话剧。这些描写农民斗争、歌颂农民翻身的节目，热烈地获得了工农兵群众和干部的欢迎。中央局薄一波同志，对于他们纯熟的表演和把工农兵提高一步的成功，特地送给一面奖旗，称赞他们是"农村剧团的旗帜"。中央局宣传部除奖给五万元外，还专门召开一次座谈会，交换他们和太行文工团演出的经验，鼓励他们回去后继续努力。

## 耐心的学习　光荣的改造

这面飘扬在太行人民心目中的农村剧团的旗帜，是在旧戏的基础上，经过耐心的改造后，才生长起来的。

远在一九三八年夏天，襄垣旧戏班子"富乐意"改成了襄垣农村剧团，这就是人民剧团的前身。当时名目上虽改成了剧团，实际上完全是演的旧戏，旧戏班子的整套作风，旧社会给予他们的腐化、堕落、抽烟、嫖、赌等恶习，一点也没有去掉。四〇年，剧团改由民主政府领导，即全部着手改造。首先提出戒大烟，从算账中打通思想，再掀动大家订戒烟计划，提倡互相监督，人人检查。到第三个月，吸烟的人就大为减少。演员陈旦孩，在戒烟中把余下的钱捎回家去，夫妇的感情就迅速转好，旦孩的大烟从此禁绝了。接着剧团开始了整顿内部，废除了东家掌班操纵全团经济大权及干部额外津贴等制度，而代之以经济公开，发扬民主；演员们第一次选举了管理自己生活的经济委员会，改善全团的生活。团内民主生活的开展，又促进了传统师徒关系的动摇，"收下徒弟买下马，由我骂来由我打"的思想完全失掉了威力。当一切都不按照旧秩序行事的时候，激烈的反抗情绪，就不可免地在团内发生了一些偏差：老把式不愿教育青年的思想滋长了，青年也对老把式表现了不尊敬的态度。经过了再进一步的思想教育和检讨，老把式才认识到：从工作出发，应培养后代，演戏没有孩子们配搭，也是不沾的。青年人也懂得了：旧戏里也有好东西，不跟老把式学习，提不高技术，演戏也得不到欢迎。新的认识鼓舞着每个演员，按照自己的角色和需要，自由找老师订学习计划。五天一检查，十天一总结，互相评分，每月总结，展开竞赛，好的奖励。团内互尊互学的热潮，空前掀动起来了。新的热情、新的思想，使剧团在演出上迅速地突破了旧戏的范围，而把崭新的群众斗争题材摄进舞台表演的主要内容。他们发扬了襄垣秧歌传统中优良的一面，又虚心吸收了上党公调、郿鄠调及其他各种好的东西。人民剧团就这样走出了襄垣的狭小范围，而在全区获得声誉。剧团的每一个演员，这时第一次感到无上的光荣："我们已不是过去那种混饭吃的、为娱乐而娱乐的'戏子'，而是已经成为新社会里为人民服务的宣传战士。"

## 反映群众　教育群众

为人民服务思想的成长，开始了人民剧团忠实反映群众、教育群众的新经历。

人民剧团的每一个演员，都是贫苦农民出身的，他们亲身经历过地主阶级的压迫。他们虽然缺少一个基础学校的教育，但他们来自群众，在表现农民感情、表现农民斗争上，的确要比知识分子演员五年或五十年所能做的还要来得深刻。他们就充分发挥了这个熟悉农民群众的条件，在每年春耕、夏耘、秋收的农忙季节，每个演员回家生产的过程中，就把各种生动的题材搜集回来了。这些来自农村、反映群众的戏剧，便最新鲜地吸引了工、农、兵群众的注意力。几年来，人民剧团就这样创作了将近一百个农村剧本和快板。一面虚心向群众学习，一面编演的水平也飞速地提高了。《李有才板话》《李来成家庭》就是他们编演水平提高的标志。根据赵树理小说编成的《李有才板话》，第一次在群众中演出，并未获得观众的满意；但剧团并未因此而感到灰心，相反，他们却以观众能替他们热烈提供意见而增强了信心和勇气。他们详细搜集各种改进的意见之后，即反复经过四次修改、演出，再修改、再演出，最后，在舞台演出的《李有才板话》终于获得了像赵树理小说一样的声誉。《李来成家庭》的演出，开始也是不成功的。剧团团长李鸣洪、编辑主任李森峰、指导员阎德瑾便亲自去李来成家进行调查，从村里进行调查，从邻村进行调查，前后经过十天，写成剧本后，再到村里请他们修改，剧团也搬到村里住了几天，每个演员都向自己要表演的角色本人学习，体会他们的感情和动作，然后才在舞台上演出。这就是轰动了太行而推动了无数模范家庭诞生的《李来成家庭》的成功。人民剧团就是经过这样的道路，把自己的剧作水平，提到了农村剧团一般水平之上。

这些反映群众的戏剧，很生动地教育了广大农民，去全力服务战争、服务生产，并为反封建、反迷信与建立自己的新生活而奋斗。当四二年前后，正值抗日战争最艰难的岁月里，人民剧团在襄垣农村演出的《换脑筋》，有力地帮助了战争动员，推动了当时的参军入伍成为热潮。以后演出的《打蟠龙》，又在残酷的"扫荡"与"反扫荡"中教育着各村青壮和民兵，顽强展开麻雀战、窑洞战，积极打击敌人、消灭敌人，去保卫群众财产，保护群众转移。在边沿区，在离敌人碉堡三四里的村庄，《三更放哨》的演出，又唤醒了敌区被蹂躏的人民如何"支应"敌人与掩护抗日；许多伪政权干部，都受到影响，慢慢回头。这对敌后抗日工作给了有力的支援。四三年，太行遭灾旱，民主政府号召大生产，订计划、度灾荒，当时群众不知从何着手，人民剧团就集中了各村订计划的办法，写成剧本快板，到处公演，各地区没有动起来的工作，剧团几天就推动起来了。度荒中太行曾掀起"西线援助东线""北线援助南线"的互救互助运动，特别是援助陵（川）高（平）一带被蒋介石和敌人造成的无人区的灾难同胞的运动，剧团专门编演了《天灾人祸》，到处出演。当观众看到那里的同胞在蒋伪蹂躏下而妻离子散的苦境时，许多人都被感动了，许多人情不自禁地把带来的干粮扔上台去。据以后调查，凡是剧团演过的村庄，每一户两斗、每村七八石的捐助粮食，都自动拿出来了。减租减息运动中，人民剧团演出的《李有才板话》，对和地主斗争的农民起了很大的鼓舞。《转变旧作风》（光明剧团编）又对襄垣干民关系的调整，起了重大的推动作用。在太行农村普遍演出的《小二黑结婚》，深入地帮助了劳苦农民去解脱加在自己身上的封建锁链。《李来成家庭》的出演，又从积极方面给翻身农民指出了一条新民主主义幸福家庭建设的道路……几年来人民剧团就这样一直在为人民的解放谋福利，因此它就受到了整个边区工农兵群众的热烈爱戴和欢迎，在四四年太行群英大会上、四五年太行文教大会上，都获得了很高的声誉。

## 团结旧艺人　扶持村剧团

正因为人民剧团是从旧剧团改造过来的，因此就一刻也没有忘记：团结旧艺人，改造旧艺人。在襄垣，他们曾经组织了三个大书组

(十三人)、一个盲人宣传组（六人）。每当时局重大变化，或中心工作布置下来时，剧团和大书组、盲人宣传组，就统一步调进行宣传。自从这批旧艺人组织起来后，襄垣各偏僻小村，就听到了充满新内容的大鼓书声。黎潞一带群众因为他们唱得好，还专门请他们到村里唱。

此外，人民剧团也很好地帮助了各村村剧团的成长。每年剧团集训时，人民剧团就把村剧团的负责人集拢起来，一起研究，一起排戏。人民剧团到村演出后，又尽量抽时帮助村剧团排演。在他们这样热心扶植下，襄垣有十几个新生的村剧团获得了观众很好的赞扬，这对农村群众剧运的发展起了很大的推动作用。

现在，人民剧团带着光荣的旗帜回去了。他们对于农村戏剧运动，将有更大的推动。当然，他们自己也已经感到：过去的工作中，全团在政治方面的提高上还非常不够，还须更大的努力。我们相信，他们若能从这方面加强，将会更快地在群众中成长。

(1947年5月4日)

# 纪念"五四"及文艺节

边区文联　边区文协分会

五四运动到今年已经是二十八周年了，而中华全国文艺界协会于三十四年又定"五四"为文艺节，现在也是第三届节日了。正当四月下旬各解放区赢得一连串的胜利，从此转换战局，美蒋已无法挽救他在全国战场的颓势之际，我们来纪念"五四"及文艺节，特别感到意义重大，感到欣喜和兴奋！

如毛主席所提出：五四运动的杰出历史意义，是彻底的不妥协的反帝反封建。现在历史证明了，也只有无产阶级所领导的人民大众的力量才能把这个彻底的不妥协的反帝反封建的担子担起来，二十余年如一日，艰苦奋斗，前仆后继，始终高举这一面光荣的大旗走在最前面！以今天的情形来看，我解放区军民一手拿枪与美蒋坚决作战，一面毫不松懈彻底地实行土地改革，前后方一条心，轰轰烈烈地大踏步前进，难道不就是更好的证明吗？

五四运动高喊的民主与科学，今天都有了更充实的内容：为人民服务的新民主主义的政治与毛泽东思想。而"五四"以来的新文化新文艺运动，到今天，也同样获得明确的方针：为人民服务，为工农兵，与工农兵结合。

"五四"以来的新文化运动，毛主席曾做这样的估计："二十年来，这个文化新军的锋芒所向，从思想到形式（文字等），无不起了极大的革命。其声势之浩大，威力之猛烈，简直是所向无敌的。其动员之广大，超过中国任何历史时代。"正因此，帝国主义及其走狗们，特别是到特务头子、卖国汉奸蒋介石统治时代，才唯恐不及地对新文化运动进行凶残的绞杀与镇压！远如革命文化界先烈李大钊、瞿秋白、胡也频等七作家之牺牲，近如李公朴与闻一多之被难，以及千百万青年知识分子与文化工作者之被禁锢与残害，为中国新文化运动留下一页悲壮的血染的历史，使灾难深重的民族丧失了一批最优秀的儿女，遭受到不可挽回的损失！但流血也阻止不住新文化的前进；十年的围剿却"剿"出了一个伟大的共产主义者鲁迅，他成了"文化新军的最伟大和最英雄的旗手！"

不过，因为大部分文化工作者出身小资产阶级知识分子，在当时，对于自己思想意识改造的觉悟程度不够，一方面又遭受到反动统治者残酷的镇压，也确实限制了他们与工农群众的结合。例如革命文艺运动，喊了十多年的大众化也不能得到解决，实际上局限于小资产阶级，造成了革命文艺运动最严重的缺点。

"五四"以来的新文化运动是有其伟大的成绩，但如果到现在还不能解决这个基本问题——与工农结合，为工农兵服务，这运动就不可能再向前推进一步！在毛主席文艺座谈会的讲话以后，解放区的文艺活动的蓬勃发展，就是一个很好的证明。比如就边区来讲，我们的农民作家赵树理同志如此辉煌的成就，为解放区文艺界大放光彩提供了值得我们很好学习的方面。尤其是经过土地改革，广大群众翻身后展开自唱自乐的文艺运动大踏步地走进文艺领域来，带来了一片新气象！而前线战斗中也还有士兵自群众中生长起来的，像李文波营长那样优秀的通讯员……这种种事实，都足以证明与工农兵群众结合后的新文化、新文艺一定有非常烂灿的前途！

但我们现在还更须要时刻警惕，今天文化界及文艺界的同志们，在面向工农兵、与工农兵结合这一点上是否做得很好呢？思想上对这一点又是否完全认识得很清楚呢？不会的，尤其对于知识分子文化工作者来讲，这原是一个长期改造的过程。

毛主席早在三九年，在五四运动纪念文上就如此严重地指出过：

"知识分子如果不和工农民众相结合,则将一事无成。革命的或不革命的或反革命的知识分子的最后的分界,看其是否愿意并且实行和工农民众相结合。他们的最后分界仅仅在这一点……"

今天我们来纪念"五四"及文艺节,回忆过去的历史,特别经过毛主席那样明确指出了五四运动的历史教训,反顾今天解放区文化工作的一番新气象,再展望前途,当应如何努力前进呵!

纪念"五四",我们要承继"五四"这伟大光荣的任务,我们要真正为彻底的不妥协的反帝反封建而奋斗到底!如毛主席对文化工作人员所说的:"到工农民众中去,变为工农民众的宣传者和组织者。"

特务头子蒋介石的末日快到了,纪念"五四",还应该不要忘记他绞杀文化先烈的这一笔血债。鲁迅先生有句名言:"血债要用同物来偿还!"今天,我们的笔杆是与枪杆结合着的,我们相信蒋介石这笔血债一定能得到清算的!

边区文化界、文艺工作者全体同志,为建立独立和平民主的新中国而努力吧,为建立人民大众的新文化而努力吧,胜利一定是我们的。

(1947年5月4日,《文艺通讯》第1期)

# 农村剧团的地方性与农村性

赵树理

最近又一度看了人民剧团与光明剧团的出演，使我想到农村剧团的地方性与农村性。

这两个剧团都是从地方秧歌戏的基础上改造而来的。在晋冀鲁豫太行军区的农村戏剧运动中说来，他们的历史较久（仅次于太南的胜利剧团），经验很丰富，创造性很大。他们都能以自己创造的形式（是秧歌、旧戏和话剧三种成分的混合形式）表演当前的现实内容，因而都很为当地地方政府所器重，为当地群众所欢迎。可是近一年来，他们因故离开了生根的地方，使他们在发展上受到了几点限制：第一，因为有些人不愿离开地方跟着剧团走，分散了一部分人力。第二，已经减弱了人力的剧团又离开了地方，因为语言、歌调和风俗习惯等不为新到地区的观众熟习，就不能发生充分应有的效果。第三，不熟悉新到地区的环境，随时随地搜集材料创作新剧本，不如在本地那样容易。第四，为农民演的戏，不一定合乎非农民观众的口味。因为有这种种限制，使他们的进步赶不上他们自己与观众双方共同的要求。

从上述的各种限制看来，有这样两个问题值得研究：农村剧团应不应局限于一定的地方、一定的观众？使他们能起作用的圈子放大一点是不是也算一种提高？

从农村戏剧运动上着眼，以先进地区的成绩作为示范来推动落后地区是必要的，所以一个好的农村职业剧团，应尽量扩展其出演地区。按晋冀鲁豫边区说来，太行、太岳两军区的农村戏剧运动开展得相当普遍，使传播封建毒素的纯粹旧戏、旧秧歌的市场大大缩小，而河北平原或接近河北平原的地区则仍是旧戏占着正统,到处用清朝时代统治阶级所批准的剧本来教育着我们新时代的人民。虽有些有志改造旧剧的同志们在那里多方努力,可是这也是一种社会风气,非少数人力在短时期内所能转移,这就需要有丰富的改造经验和成绩的农村职业剧团逐渐扩展到他们的附近来影响他们。

从戏剧的一般作用上着眼,农村剧团不必把观众局限在"农村"的圈子里,因为我们解放区的部队、机关大部分驻在农村,而他们自己的剧团也不多,仍然要看农村剧团的戏。但既然是农村剧团,其主要的观众仍是农村人为多,所以在剧本的创作上和演唱技术上,仍应使其适合于农村。只要真正做到好处,也能为非农村的观众(如机关、部队人员)所欢迎。军区文工团去年在邯郸演出广场剧,观众在马路上跟来跟去挤得水泄不通,便是一例。

能使演出的地区和观众范围扩大,是剧团本身提高的标志之一,不但是客观的要求,也是农村剧团(尤其是农村职业剧团)主观的愿望。可是这种扩大,仍得根据地方与农村的特点逐渐往大处扩,否则效果不大,本身还要受到损失。如人民剧团与光明剧团原来都生长在山西的襄垣和武乡,后来演得好了,走到河南的武安、涉县,仍到处受到群众的欢迎。可是人民剧团归了后勤部走到人地生疏的新解放区邯郸,就感到诸多不便;光明剧团归了太行行署,机关人员看起来就觉着不很得劲——这便是脱离了地方与农村的基础造成的结果。

现在人民剧团又回了襄垣,预料没有什么问题了,而光明剧团留在太行行署会不会还有问题呢?我以为即使有,也不会很大。这剧团在太行行署是归教育处领导的,从领导机构上看来,它主要的任务是在于社会教育方面,在于为所属各地的农村剧团示范,借以开展各地的农村戏剧改革运动,而给本机关及各直属机关人员演戏,仅仅是个附带的任务。光明剧团所演的戏,在太行区除了豫北、冀西、晋中等边沿上几个少数县份，其余的地方都已看得惯了，地方性的限制不大；既然为了给各地的农村剧团示范，农村性也不坏事；虽然给机关人员看来不尽合适，却也不一定完全不合适，况且一年也轮不着看几次，迁就一点也就过去了，请原谅，这不是他们的主要任务。

至于将来他们会不会把出演地区和观众范围更扩大一些来更完满地完成自己的任务呢？那自然会，因为他们日在提高中，其成绩的大小完全看自己的努力和其他方面的帮助。不过有一点要注意：不论自己努力也好，其他方面帮助也好，忽视了原有的地方性和农村性，便是脱离基础的提高，不会比重新成立个剧团更省力。

（1947年5月4日，《文艺通讯》第1期）

# 农村剧团的提高

荒煤

看了人民剧团的戏,又参加了座谈会,学习到不少的东西。单从这个剧团的历史来看,也可以很好地说明:人民的新戏剧是在一个什么样的基础上生长起来的。固然,他们的团员本身就是农民,所以他们表现农民占有着非常优越的条件。但如果没有这两点:(一)团结与改造了民间旧艺人,以民间形式(襄垣秧歌地方戏)为基础,吸收了话剧的许多东西。(二)密切与斗争结合,迅速反映现实。

换句话说,如果没有这样一个基础——创造一种为群众喜见乐闻的形式来表现群众的斗争——那么,就不可能从"富乐意"旧戏班子进步到今天的人民剧团,也就不可能成为"农村剧团的旗帜"。回顾一下太行太岳的较好农村剧团,凡是受到群众热烈的爱戴与拥护的,莫不如此!

但尽管是这样,有些农村剧团得到发展以后,却往往会有偏差,甚至走完全相反的道路的。这就是发生了一个所谓"提高"的问题。农村剧团经过一定的发展,必须提高,不仅自己要求提高,群众也要求你提高。但一般村的农村剧团与职业化的农村剧团是应该有区别的。例如,职业化的农村剧团较之一般村农村剧团就提高了许多,这是因为:(一)职业化促成演出的经常性。(二)一方面为了跑台口非排大本戏不行,这就使得演技与编导方面更加熟练。这是客观上促成他们提高的重要原因之一。而一般村农村剧团就不应该向职业化农村剧团看齐了。如现在有些村农村剧团以相当可惊的巨款购买布景、服装、幕布,动不动就排演大戏,如《血泪仇》《白毛女》等,这其实也是一种脱离实际。生活的不熟悉、演技的不熟练、人力的不足,都无法产生很好的效果的。反之,倒不如演本村实事,简单朴素、反映迅速,与村工作结合,而获得很大的成功。

再如职业化的农村剧团,如果完全向部队某些文工团看齐,不着重反映本地区现实,而演一般的大戏,其结果也是一种脱离实际,如同我们文工团去向大都市看齐,不着重反映解放区而演一般的大戏,其结果是一样的,这都不能叫作提高。这种所谓"提高"都是脱离了自己的基础的,既不以群众喜见乐闻的形式为主,也不以反映群众斗争为主。这种提高既不能从群众中来还回到群众中去,又一定不能反转来指导普及,这种提高就完全错了,有时,这种倾向的继续发展,甚至会从单纯地追求旧的演技而沉湎旧戏。现在太行已经发现这样现象:有一些职业化的农村剧团演旧戏比新戏多,演旧戏比新戏起劲(当然一部分是因为迎合观众以及生产赚钱的原因)。最近看到一个材料(见《农村来信》其二):涉县响堂铺一个村子就以二十八万元去请一个旧戏教师。详细的情形及原因还不清楚,但发生这种现象无论如何是非常惊人的了。

因此,职业化的农村剧团如果不走向正确的提高的道路,非但对村农村剧团发生很坏的影响,剧团本身也一定产生停滞与落后的危机,就会形成一个新"戏班子"。演戏是以生产为目的。既以生产为目的,有时即难免不迎合观众的趣味,被点戏,被点角;而演员在生活上也就可能恢复些旧毛病了。如有个剧团在黎城演戏三天,索价十余万元,出演时,要往台上送酒菜,抛花生红枣,三天戏下来,共开销三十余万元。这不也是一个可惊的现象吗?

所以,今天农村剧团的提高问题,更重要的恐怕是在政治上与思想上的提高吧(艺术上的提高当然也须要,但没有政治与思想上的提高,艺术上发展就必然受到限制)。也就是要使得原来的好作风——密切与斗争结合,迅速反映现实这个作风更大加发扬,不过要提高创作的思想性,求得表现群众斗争的更深入、更典型、更生动活泼。

如何帮助农村剧团，特别是职业化的农村剧团在政治上、艺术上提高一步，是一个迫切的问题。其中具体问题很多，须要大家来好好研究一下。我觉得像现在有些领导机关首先帮助他们解决一部分生活问题，使他们在一年中间有所休整的时期，加强政治上的教育，这就很好。另外，如果有相当修养的文艺工作者放下包袱参加到他们剧团里去，真正以虚心学习的态度去帮助他们整理与总结一下经验，共同研究与创作，那就更好！我们的农民作家赵树理同志曾一再与我谈到过这个问题，他自己有这个愿望，而且非常热烈地期望有同志能去这样做！

过去我常想：部队上及较高机关的文工团、职业化的农村剧团，以及村农村剧团这三方面之间的工作学习的交流与影响，若能够正确的取得协调和融洽，我想今后边区的戏剧运动当更向前推进一步，而且对于这三方面的剧团也都是提高一步。这种提高也才是有群众基础的。可惜这三个环节到今天还没有很好地结合起来！

看了人民剧团的戏以后，在座谈会上也听到大家谈到提高的问题，最近又从夏青同志自乡间的来信了解了一些农村剧团的情形，我那种提高的思想就又活跃起来了。

襄垣人民剧团的传统与作风都很好，并且有很好的群众基础，希望他们回去以后，能真正做到"农村剧团的旗帜"，把自己提高一步，同时把一般农村剧团提高一步。我所谈的这些，其中若还有一两点可供参考，则为愿已足。

（1947 年 5 月 4 日，《文艺通讯》第 1 期）

# 成功在什么地方
## ——评《李有才板话》的演出

羽嘉

人民剧团这次在某镇演出《李有才板话》，得到全场观众一致的赞扬，甚至有些人看了以后，兴奋地连着谈论好几天。这表明了《李有才板话》演出的成功，对观众感染得深刻。但《李有才板话》演出的成功究竟在什么地方呢？是剧本写得好，是导演手法好，还是演员技术高？我想，这都是它成功的一面，最基本的还是他们对农村生活的熟悉，真实地体验了农民的情感。这是剧作者、导演、演员在农村生活方面有了深刻学习体验的收获，真正做到了写剧、导演、演技三位一体的集中表现。因而，使观众感到舞台上的人物逼真生动，不是生硬的做作。

李有才的真正老诚、老秦的胆小贪利、小福的纯朴热情，以及阎恒元的奸诈、广聚的凶恶、得贵的仗势欺人，都演得很成功，不论在外形、语气、动作、台风以及连贯的情感，都非常深刻突出，真实地反映了旧社会向新社会转变时的农村现实，使观众的情感受到强烈的刺激，引起对剧中人的憎恶或同情。这些成功不是偶然的，是人民剧团的同志们多年辛苦努力的成果。倘使今天的一般农村剧团都能在艺术上提高到这样程度，一定会打破一些人对农村剧的片面看法，使他们不再认为农村剧没有意思。希望人民剧团的同志们，在现有的基础上更好地向前进步；同时，多方面去帮助别人，推动今天的农村戏剧工作。

从《李有才板话》的演出中，证明了农村戏剧运动，并没有停留在粗糙落后的地步，而向前提高了。但是不是说已经很够了呢？

不，还应继续向前发展，从对农民生活的熟悉而更进一步地去体验土地改革后农民思想上的进步和情感上的变化。同时更应进一步地去体验农村干部和农民出身的战士的思想情感。因为农村中不仅有农民，也有农民出身的干部和保卫人民翻身果实的战士，若不广泛地去向他们学习，就无法在舞台上表现他们。在这次的演出里，就表现了这个弱点：小元由一个朴素的农民变成一个脱离群众的村干部的过程太简单，情感也不够真实；张工作员的只顾表面工作，不求深入了解群众，也表现得不够明朗；县农会主任老杨的踏实精神，善于接近群众的好作风，善于发现问题的工作方法，应突出地呈现在观众面前，但他没能很好地表现出来，反而吃老秦家专为他借的白面（按理他应争着吃糠窝窝）。这就说明剧作者、导演、演员对村干和刚脱离贫苦阶层受恒元利用的小元的性格和情感体验得不够，如果人民剧团的同志们能把对农村生活的体验更广泛地扩大到农民出身的干部和小元一类的立场不坚定的农民中去，将会收到更大的成功。

（1947年5月4日，《文艺通讯》第1期）

# 对于歌的意见

任白戈

对于歌子问题，仅仅提供一点意见，即内容可以写广一些，除爱国自卫战争以外，如关于土地改革及解放区民主自由之歌颂等均可。前方战士正关心后方家庭生活等等，这类歌子作得好，亦将大大激励他们的热情与斗志。歌曲要雄壮，合乎军人气□，最好节奏能在部队行进中齐唱……

（1947年5月4日，《文艺通讯》副刊第1期）

# 几点经验与认识

袁勃

本报从去年五月十五日创刊,到现在已是整整一年了。一年来,它在中央局直接领导下,在全区党、政、军、民及广大读者的爱护与帮助下,逐步克服了创刊初期的各种困难(如人手少、印刷材料缺等),就其人力、物力的条件和经验来讲,可以说都已打下了大步向前发展的基础。回顾一年来本报的建设过程,曾经经历了一些曲折的道路,使我们学得了不少经验和教训。下面的几点意见,有的是一年来遇到的新问题,有的则虽然久已为大家所熟知,但在实际工作中,往往易被忽视,或不易弄清,因之也不怕重复地提出来谈谈,以便于我们今后工作上的改进。

第一是立足于哪里、面向哪里的问题。《人民日报》是晋冀鲁豫全区的报纸,它应当是反映全区的情况并指导全区。但正由于此,在创刊当时,我们限于通讯工作的条件,对于全区情况缺乏全面了解,对各个区来说,似有架在空中之感,显得指导无力。后来我们因战争关系转移到太行,依靠太行区具体情况,再就太岳、冀南、冀鲁豫各个区当中的一些典型县份和典型的事例连续指导,便对全区的面貌,能逐渐有了一般的介绍;而依靠一个地区和一些典型事例的具体的报导,经过几次之后,逐渐又可以成为全区性的指导。这是我们学习一般与个别结合的具体例证。

另外,在本报创刊当时,由于我们离开乡村住在一个新收复的中等城市,当时全国正在闹和平,因之我们的报导,有短短一个时期曾迷恋于城市和平建设和对外宣传作用。当然,我们现在有了城市,我们解放区对全国又有很大影响,我们注意了如上报导,并不算错,今后我们还要收复更多的城市，还须要更好地用解放区的事迹来推动全国进步，将来还须更好地注意城市报导和对外宣传是没有问题的。我们当时的错误，在于注意了城市，便不大注意广大的农村基本阵地，注意了对外宣传便又不大注意地方工作了。更不妥的是我们当时只注意了一些"表面建设"，而不论城市与农村中，广大群众的反奸复仇、土地改革等生动的运动，却报导不足。这样可以断定对外宣传也是无力的。后来我们面向广大农村，并结合一、二典型城市，特别是抓住我们解放区的中心工作做典型报导，我们便很快地和广大群众（连城市在内）有了联系。关于对地方和对全国的宣传，我们觉得在宣传方法上，是有某些区别的。但作为一个地方报纸来讲，地方性越强，指导性就越强；同时倘能把本地方最好的事情，适当做对外宣传，它的对外宣传作用也越大。这是我们对于内外宣传区别中的统一的体会，也是我们的地方新闻工作主要应从哪里出发与主要应面向哪里的问题。

第二，采用通讯社电讯及与广大通讯员保持密切联系的问题。抗日战争中，我区新闻事业得到了广大军民及干部的支持，奠定了群众性的基础，其标志之一，即是农村通讯网的普遍开展。本区通讯社工作也是依靠于这些通讯网建立起来的。本报创刊当时，由于尚未建立报纸的通讯网，便完全依靠新华总分社与各分社供给本报以大量的新闻与通讯，从新闻时间性的迅速上及新闻来源之广泛上（就地区上说）来看，报纸依靠通讯社的电讯是完全必要的。世界各国的报纸都是如此，这是因为通讯社有一套通讯工具（如电台等），更便于专门组织新闻。但一年来的经验又证明：一个地方报纸，只靠通讯社的电讯供给是不够的，必须认真建立与报纸有直接联系的广大农村通讯网（中、小城市在内），和广大通讯员时时刻刻保持密切的联系。正因为通讯社是通过电台寄递消息和通讯，便不得不力求文字简短，结果有时把实际运动的过程说得不够详尽；而地方通讯员的来稿的好处，不但能把事实的生动过程原原本本地说出来，而且能经常通信商谈问题，并供给一些参考材料。如工作报告及总结性的小册子等，这对于报纸编辑了解实际情况上，帮助很大。重视这一工作，则会使报纸编辑的主动性增强，贯彻编辑方针更为有力。

第三，认真贯彻党的方针政策与联系实际、联系群众问题。报纸指导性的强弱，是以贯彻党的方针政策以及与联系实际的程度来决定的。每个新闻工作者必须认真研究党的方针，才能清醒头脑，辨别是非，分别轻重。经验证明：一旦掌握了党的方针，便会随时注意结合实际情况进行调查研究，发掘新的问题。综合客观现实发展中的大量材料，提高工作中的创造与经验，再依据党的方针，掌握运动的主要关节，便可有力地推动运动的发展。

不注意研究党的方针政策，采取客观态度，不花脑筋，有闻必录，甚至不把新闻工作提高到政治原则性上来，而局限于技术观点，斤斤计较排版形式等，是不对的；或者把党的方针抽象化、教条化，不去注意联系实际做具体生动的报导，在力量使用上，不派遣得力记者深入实际去发现问题，即所谓重内勤轻外勤，只在文字上兜圈子，也是不对的；另外片面强调联系实际、联系群众，把联系实际和党的方针对立起来，认为党的方针只是党委机关几个负责同志的意见，不如直接去联系实际更适合于群众要求；……于是把党的方针放在一边，无边际地去搜罗现象，表面上看，这似乎是从实际出发的精神和群众观点很强，实际上是一种片面的群众观点。他所能了解的实际，只是一些片面的现象，他不了解党的方针正是从广泛的群众中与大量的实际中集中起来的。经验中又证明：不重视党的方针或不联系实际来深刻研究党的方针，是办不好报纸的主要症结。而在这一方面，我们今天却表现了一些弱点，只有真正注意党的方针，才能很好地即全面地联系实际，把党的方针政策具体地实现并贯彻到群众中去。

第四，提高新闻干部的政治认识，并改造新闻工作者的思想方法，在贯彻党的方针上，乃是基本的决定因素之一。因为不论党的方针如何正确，总是要新闻工作者来实现的。在我们的实际工作中，曾经有过若干长期纠葛不清的论争，有的便陷于无原则的纠纷与诡辩中了。实际上每一个论争，都贯彻着一个立场、观点、方法的问题，由于新闻工作者中间的立场、观点、方法有了偏差，即使是注意研究党的方针，也还是各有各的不同理解，很难集中地全面地贯彻党的方针。因之，在新闻机关中加强党的教育，注意从政治上、思想上把新闻工作者不断地加以提高，乃是十分重要的。

第五，把新闻机关视为一个整体的机构，不能轻视经理部门工作。毫无疑问地，掌握与体现党的方针，首先是通过编辑部门来执行；但不论编辑得如何好，如果印刷和发行工作做不好，同样是会削弱报纸的政治作用，即使是生活供给有一点搞不好，也会影响到编辑工作。工作中证明：轻视经理部门的工作或者只把它看成技术性的事务工作，这不仅不能使党的新闻工作者的任务全部完成（只能说是做好了一部门），而且经常影响着编辑部门与经理部门的团结。这里存在着一个对经理部门的认识问题，必须加以解决。

（1947年5月15日）

# 新缪司九神礼赞

郭沫若

去年十二月二十九日文协有一个辞年晚会,我本来决定要去参加的,但把日子记成三十日去了。三十日的清早一看报,才知会已经开过,使我瞠然若失。关于"胜利前后到现在的文艺工作的观感",好些朋友的宝贵意见,我失掉了听取的机会,实在是非常遗憾。

我自己本来也准备着想发表一些"观感"的,今天我把它写在这儿。

我首先要谴责我自己。在这一年多来,我在文艺工作上的努力实在太差,自己深深地感觉着惭愧。前些时候在《文汇报》的史地栏内,看见一位署名"曰木"的先生批评到我,说谁也得承认郭沫若在近年来没有多大的进步。我真感谢他,他真是说到我的短处。认真说,我自己是比谁也先得承认,我近来实在是没有多么大的进步的。

还有一位"自由主义"的教授,听说一提到我便摇头,因为我去年曾经"飞莫斯科",更成为了他的摇头材料。我看到好些朋友为这事替我不平,其实是大可不必的。我要更坦白地说一句,我对于自己也时常在摇头,而且一定比任何教授更摇得厉害。不说一年来毫无成就,就是我一辈子到底又成就了什么?真是可怜得很!幸好我还不敢坐井观天,因为我也到海里去游泳过一下。我知道井外的天地还宽广得多,而在那宽大的天地里面无数的大星小星实在光辉夺目。"飞莫斯科"在我倒也同样是一件遗憾,因为自己的本领太低,没有好好利用这个机会更学进步一点,写些可以见人的东西出来。

我倒也并不想故意自谦,借这个我们东方人所特别夸耀的"谦虚"美德以掩盖自己的怠惰和空虚。确实地有真才实学的人,他是不屑于自我宣传，但也无须乎自我贬责的。我的努力不够，我得承认，但我也不想宽大到让时代和环境的罪过，也要由我来负责。"胜利前后到现在"的这一两年到底是什么时代呢？而我们所处的又是怎样的环境呢？费巩教授的下落至今都还不明，李公朴、闻一多的血还没有干，三千万的饥民应该还没有饿死完，蔓延了十九省的内战每天每月不知道要杀死几千几万的同胞，只要不是白痴，是谁也认得清楚！

漂亮的四项诺言我自己的耳朵亲自听见宣读，政协的五项决议有一部分我自己的手亲自参加过草拟。这些都吹掉了。沧白堂的石子，较场口的铁棒，我自己的头亲自挨过。《民主报》的捣毁，《新华日报》的捣毁，我自己的眼睛亲自看见过。由重庆的五百块钱一斤、到上海的四千块钱一斤的猪肉，我自己的嘴亲自吃过。打风遍天下，六月二十二日下关车站打人民代表，十二月一日上海围剿摊贩，不佞也躬逢其盛。在重庆，我看见当局宣布废除了将近五十种的束缚人民权利的法令，到上海我又看见当局宣布了禁止将近五十种的呼吁民主和平的刊物，我看见《消息》被迫停刊，《周报》被迫停刊，《民主》被迫停刊，《群众》《文萃》不准在街头贩卖，还未出版的《文群》在胎中遭了禁止。这到底是什么时代、怎样的环境呢？我想这样说，大概总不会过分吧？我想这样说——这是零下三十五度的政治冬季，而且是冰雪满地的岩田。我自己没有住在温室里面，敬谢不敏，实在并不出芽，扎不起根，还不忙说开花结实。

然而我这样说倒也并不是想替我自己解嘲，而是想提醒我自己对于更坚毅倔强的朋友们的认识。就这样零下三十五度的政治冬季的雪地冰天，而多数的朋友们仍然在不断地生产。小说方面的骆宾基、路翎、郁如……谁个能够否认？诗歌方面的马凡陀、绿原、力扬……谁个能够否认？戏剧方面的夏衍、陈白尘、吴祖光……谁个能够否认？

批评方面的杨晦、舒芜、黄药眠……谁个能够否认？这些有生力量特别强韧的朋友们，他们不仅不断地在生产，而且所生产出来的成品那样坚强茁壮，经得起冰风雹雨的铲削。这是使我得到无上安慰的地方，我们在今天这样的时代和环境中还能有生存的兴趣和精神，就是这些类似超人的朋友们所给予我们的。

还要请容恕我，关于所谓文艺的范围，我不想把它限制在诗歌、小说、戏剧、批评里面。虽然现今的文艺朋友们，尤其是搞小说的少数温室作家，他们把文艺的圈子画得很紧，除掉自己的小说之外差不多就无所谓"创作"，他们藐视诗歌，抹杀批评，斥戏剧为"不值一顾"。文艺的天地更要广泛。希腊的缪司九神（注一）里面，本有司历史的克略女神（Clio）和司星宿的优罗尼女神（Urania）我们可不要忘记。我们中国的传统也有和这类似的精神，我们向来不是把左丘明、庄周、司马迁那样的思想家和历史家，也和屈原、司马相如一样，作为文学家在看待的吗？假使我们这样把文艺的圈子放宽，那我们还有的是朋友值得赞叹。在古代研究方面的杜守素、翦伯赞、侯外庐，我们不能忘记。在现代研究方面的华岗、胡绳、于怀，我们不能忘记。（注二）

无数勇敢正直的新闻记者，他们正是今天的左丘明、司马迁，我倒感觉着我们今天的文坛上应该推他们为祭酒。文艺形式是随着时代进化的，今天以小说称雄的文坛，在中国明清之际以来，在欧洲是资本主义社会的产物。缪司九神里面虽然有司叙事诗的女神珈略普（Calliope），并无小说娘娘的存在。新闻记者的报导文学应该是最新最进步的一种文艺形式。把现实抓得那么牢，反映得那么新鲜，批判得那么迅速！它们成为了我们每天的生命。我们每天清早和晚上，就像中世纪的人要受到神的启示一样，我们是受着新闻记者的启示的。有哪一种文艺作品能够抵得新闻文学的力量呢？有哪一位大作家能有新闻记者的读者那样广泛？我要赞扬一年多来的进步的记者朋友们。他们真是今天的珈略普，他们的精神反应真有如电光石火。任何危险的场合都有他们的参与。挨打，流血，坐牢，生命，哪一样没有他们的份？他们的文学倒真真正正是用血写出来的！一年多来的文艺上最高成就应该属于记者。这样的朋友们，恕我把名字写不完，写不完，那真是满天星斗。

和新闻记者一样，我们要礼赞漫画家。特别在这两年的期间，漫画界朋友们的努力是怎样惊人啊！他们的脑筋是精神上的原子弹。别的地方暂且不说，上海的几份进步的民间报纸和杂志，有哪一天哪一期能够离得开漫画？漫画不仅等于我们的烟、我们的茶，而且等于我们的饭了！我佩服那机智的锐敏，深刻、丰富而健康。我惊讶于出版家们为什么没人收集起来出它几部"漫画大全"，那应该是可以使不识字的大众读者们把它当成食粮的！

木刻家的刀，暴风大雷雨时的闪电，划破了黑夜的太空，就是帮凶和帮闲，也得看见了那炫目的光芒。木刻家们的辛苦，可庆幸的是已经赢到社会的重视了。《抗战八年木刻选集》一书是这辛苦的结晶。这从将近一万份的作品中选出的一百幅，真可以算得极严格的选择。但我敢于相信，这样的严选仅是由于出版上的困难。"选集"出版的方针是以上层和外国的阅者为对象，版本务求精良，因而成本也就自然增高，这便产生了那样严格的甄选。假使把对象掉换成人民群众，像街头出卖的连环画那样，廉价印行，就把一万张全部印出来，应该也不会怎么困难的吧。可惜没那样，使帮凶们也寒一寒胆！

戏剧电影工作者的努力也是有目共睹的，而他们的辛酸在温室作家们当然是连做梦也想不到。在战地服务的工作者不少已经在前线上做了神圣的牺牲，更有不少的人受过缧绁的痛苦。有的在胜利后被解散了，至今多流落街头；有的虽然被羁縻着，而衣不能暖，食不能饱。在城市服务的工作者,在杀人的苛重捐税与无形的检查制度下,拖着沉重的高利贷,做朝不保夕的滴血的奋斗。有人在做漫无责任的放言,说"不值一顾",倒是事实,在温室中娇养惯了的名花哪里会知道雪地冰天的残酷。然而松柏依然是森森的,他们并不稀罕你名花们的"一顾"。

音乐家的声音,近来是特别的消沉了。不幸的音乐家们,他们的际遇似乎特别悲惨。抗战之前,聂耳死于海;抗战以后,黄自死于病,张曙死于敌机轰炸,任光死于江南围剿,冼星海死于流亡。但他们真是死了吗?音乐的声音沉没了吗?不!是他们和其他许多还在苦难中坚毅撑持的朋友,使中国在这个无声的沙漠,卷起了抗战歌曲的洪流。那声浪留存在千千万万人的心中,谁能够消灭了它!《黄河大合唱》《民主大合唱》,在人人的心中做着无声的怒吼,一旦爆发了出来,会要塞满全中国的太空。出卖祖国出卖灵魂的人们,就深怕听这民族灵魂的呼号,然而你能禁止得了吗?

我虔诚地敬礼着这些朋友,这些温室之外的小说、诗歌、剧作、批评的文学上的朋友,从事于古代和近代的史学研究的朋友,新闻界的朋友,漫画木刻界的朋友,新音乐界的朋友,戏剧电影界的朋友。朋友们哟,我想称颂你们为"新时代的缪司九神",你们真以超人的努力,克服着当前的超级地狱,而在替我们播着火种,说你们没有货色拿出来见人者,那是帮凶者的诬蔑!但你们受着这样诬蔑,也正是你们的光荣。目前是一切价值倒逆的时候,鹿是马、马是鹿,黑是白、白是黑,有是无、无是有。你们没有货色可以见王公大夫的"人",而你们尽有洪水一般的货色可以见人民大众的"人"。我礼赞你们,感激你们,是你们给与了我以温暖,以勇气,以鼓励,使我还能坚持着,不至成为丧失了生命力的僵尸。是你们给予了我以崇高的模范,使我想抖擞起我的精神,为人民大众服务,服务到我不能再服务的一天。

我要承认，我在前曾经保持着一个生活的原则，便是遇必要时保持沉默，遇必要时"有所不为"。我也并不是想"明哲保身"，而是认为沉默也是一种武器，我是相信着"有所不为而又可以有为"的。我是生于四川，而且是拿着笔杆活动的人，四川出产的古代文人向我提示了一个殷鉴，使我自己怀着一个戒心：便是"不要做扬雄！"（注三）到今天为止，或许我也可以向我们的缪司九神，向我们的人民大众差告无罪，我虽然没有什么值得奉献的作品产出，然而我幸得还没有把我自己造成为一个"扬雄"。这个可能的危险，在我从事文笔活动以来的二十几年的当中，并不是没有接近我的机会，然而我兢兢业业地把它避开了。我今天似乎可以相信得过我已经是有了免疫性的。

但到了今天，我却深切地感觉着，那样的生活原则是太消极、太自私、太小资产阶级的了。我不能光是"不要做"，而是应该"要做"。譬如就是做"歌功颂德"的扬雄吧，我假如做人民大众的扬雄，又有什么不可？我是应该歌人民大众的功，颂人民大众的德的。人民大众才是我们至高无上的宙司大神，我们之得以维持着一线的生存而直到今天，实在是他的恩惠。我们的新缪司九神，你们也是受了他的庇荫的，无论你们是已经知道或许还不曾知道。你们的活动曾经奉献了他来，今后也会更专心诚意地向他奉献。我要跟着你们，做你们的尾巴，努力向你们学习，更努力向我们的宙司大神学习。漫画、木刻、音乐是我所不能做的，戏剧电影的导演和演出也非我所能，但我能写诗歌、小说、剧本、批评。或者我可能把我的力量专门贡献于史学。假如有机会飞，我还是要飞的，尤其"飞莫斯科"。我并不怕教授（注四）们向我摇头，我只怕我自己向我摇头，怕我的新缪司九神向我摇头，怕人民向我摇头，我假装努力到使教授们把头摇断，那是最愉快的事。

我依然会在这冰天雪地中挣扎，我要扎根，我要进芽，我要开花结果。这儿是我的现实。我可能也还要为红白喜事奔走，只要和人民大众有关的红白喜事也就是我的现实。我听见有声音自温室中来："从现实学习"吧。这是很中听的声音，虽然温室中的"现实"不是我的现实，而温室中的"学习"不是我的学习，但我还是喜欢那个中听的声音。谁个又能够否认？那温室中的花草们毕竟是可怜的呢？它们也有它们的"岗位"，让它们去独自欣赏，或为所憧憬的对象们所欣赏吧。从石榴裙下的坦实去学习拜倒，从被窝中的坦实去学习自渎，那是不同乎流俗者的自由。至少在这一方面我也是一位自由主义者，我是不愿意干犯别人的自由的。然而我敢于自信，我以前虽然毫无成就，主要的原因大约也就是由于我的"有所不为"，而我今后却是要"有所为"了。严寒的冬季也不会那么太久的。有我们的新宙司大神在上，有我们的新缪司九神在旁，谁能量定我就得不到他们的加被，使我也得到不断的新的"灵感"？

我要毫不容情地清算我一九四六年前的一切，而勇敢地迎接着一九四七年的今天和明天。（转载自《文萃》杂志）

一月五日写

（注一）缪司（缪斯，Muse）是希腊神话中的九个司文艺的女神，其名除文中所列举者外，尚有 Polyhymnia＝抒情诗、颂神赋，Erato＝情爱诗，Melpomene＝悲剧，Thalia＝喜剧，Euterpe＝音乐，Terpsichore＝跳舞。

（注二）文中所举的许多当代作家，仅就所知，说明于此：骆宾基，东北小说家，三月间在沈阳为蒋特捕去。路翎，"七月"派小说家。郁如，西南女小说家。马凡陀即袁水拍，最流行的政治讽刺诗作家。力扬，陶行知的秘书，数种诗刊的编者。杨晦，中央大学教授，西洋文学研究者。舒芜，苏联文学译者。杜守素，古代中国哲学研究者。翦伯赞，进步的中国通史作者。侯外庐，古史家，《中苏文化》编者。华岗，《中国大革命史》作者。胡绳，辩证哲学研究者。于怀，《新华日报》"国际述评栏"作者。

（注三）扬雄，字子云，汉代成都人，辞赋写得很好，著有《太玄》《法言》《方言》等等。当王莽即位后，因为文字狱的牵连，从"天禄阁"上跳下来，差一点摔死，便被迫做了新朝的官，歌功颂德起来。

（注四）去年十月，《益世报》记者曾访问沈从文，当提及郭沫若时，"他表示摇首"，并说："茅盾也很沉静，不像郭沫若一般地飞莫斯科。"又发表了其他一些文学必须与政治隔离的□论，文中所提"自由主义教授"，盖即指他来说，但主旨还是揭露蒋家对文化的虐害，歌颂进步文化工作者的苦斗。

（1947年5月15日、5月18日连载）

# 《王克勤班》这类歌剧值得提倡

任白戈

《王克勤班》是前线文工团合作创造的一种新式的部队歌剧,据前线回来的一些同志反映,这歌剧还是前线所演戏剧中比较成功的一个。又看了几篇介绍的文章,再看看剧本,我觉得这种歌剧很值得提倡一番。

为什么值得提倡呢?

第一,这种歌剧是在为兵服务的精神贯注之下而创作的。要文艺自觉地为兵服务,这并不是已经解决了的问题,过去我们部队有些文艺工作者曾公开表示不愿为兵服务,《王克勤班》这种歌剧的产生,一般的部队文艺工作者都认为它是标志着部队戏剧的一个发展,在整个部队文艺工作的建设上是有一定意义的。

第二,它的内容合乎目前爱国自卫战争的需要,在教育部队团结互助提高作战能力的要求上,在开展王克勤运动的推动作用上,都直接成为政治工作一个有力的助手,这一点也是值得提倡的。文艺要抓着现实反映现实,鼓励和指导当前的斗争,我们一直到现在还做得不够。《王克勤班》根据部队当前的情况歌颂了部队的团结互助与新英雄主义,表扬了王克勤的领导以及全班的活动,鼓励了部队的进步与作战的努力,这不但体现了部队政治工作的方针,而且也执行了毛主席的文艺工作的方针,可算是把文艺工作与当前斗争密切结合的一个例子。

第三,就以形式来说,它也有创造的意义。部队是喜欢歌剧的,但要用目前流行的秧歌剧的形式来表演部队活动,显然又不适当,一种新式的歌剧必须创造出来以适合于部队的要求。《王克勤班》虽然不能说是一个典型的部队歌剧,但它却成了部队歌剧的一个雏形,可算是走了第一步,这一方面的意义是应该给以足够的估计的。

一个东西在其初创的时候总是不完满的,《王克勤班》自然还有缺点。但从部队文艺工作的方向来看,它却给了我们无限的希望。我希望《王克勤班》这类戏剧多多产生,大家提倡,为部队歌剧开辟一条广阔的道路,使其近于完满,达乎成功。

(1947年5月24日,《文艺通讯》副刊第2期)

# 介绍歌剧《王克勤班》

陈斐琴

军区文工团和第六文工队集体创作的歌剧《王克勤班》，在冀鲁豫前线部队上演了十八次，受到普遍的欢迎和好评，但很少听到从娱乐、从演技方面的评论，普遍地听到的是从部队实际生活状况、从教育部队的意义上发出来的评论。

如果说王克勤运动是标志着人民军队的军政工作深入到部队的最基层——班，那么反映王克勤运动的歌剧《王克勤班》，就起了对部队普遍的教育作用；如果说王克勤是互助友爱、勇敢与技术结合、善于带领新战士作战等的典型，那么反映王克勤典型的歌剧《王克勤班》，就对部队在各种方面工作——从接收新战士、行军、练兵、作战、教育新兵以技术和带领新战士、各种情况下的互助、解决战士思想与生活上的问题、拥爱工作以至总结战斗、选举英雄等——有广泛的教育意义。

正因为如此，许多连队和班排看过了《王克勤班》之后，都进行讨论，所有这样的讨论会都是和自己的实际密切结合起来的。在这些讨论会的纪录中，我们可以看出：

一、它帮助该部队发现本部队也有某些方面像《王克勤班》那样的班，鼓励了他们也去培养出自己的王克勤来。

二、班长以王克勤做标准来检讨自己，决心要学王克勤，如×团一连看了《王克勤班》之后，连里就召开了一个班长座谈会，主要是进行反省，学习王克勤的好作风。一个班长荆世荣说："我们干什么事情都不会解释，总是'快！''快干！'或是'跟上！''紧跟上！'就算了，没有像王克勤给白志学讲道理一样地去解释问题。"

经大家研究，认为干什么事尽先打通思想是应该的。四五部队观剧后，结合着"磨刀""练兵"轰轰烈烈地展开了王克勤运动。该部队七连九班、二小队八班观剧后，回去就自动开了个班务会，进行检讨与反省。八班班长任五说："我被八路军解放过来，不久上级就叫我当副班长、班长，上级对我这样关心，但我还是蒋军那一套军阀主义，对同志态度不好。一看人家王克勤也是解放过来的，对战士比亲兄弟都亲，我决心学习王克勤的带兵办法，咱们也创造一个第二个王克勤班。"

三、互助组长以王克勤班的互助小组来检讨自己的互助小组。如上述一连班长座谈会上研究出自己连里的互助组有缺点（如互助组长都是由班长、副班长、小组长兼任），觉得王克勤的办法好——由战士自己找互助对象，民主选出互助小组长。于是根据大家的意见，准备重新建立互助组。观剧后，四五部队战士、班长都进一步认识互助组的真正作用。八班的一个互助组组长老孔说："王克勤班的互助组搞得真好，人家那互助组长多关心战士，咱比人家可差得远哩！我订计划要先把那个互助歌学会，再学习戏上那个互助组长。"

四、解放战士从王克勤看到自己在人民解放军找着了出路，从互助友爱看到在人民解放军里有依靠。如二十一旅的解放战士看了《王克勤班》后，感到人民解放军真有王克勤这样的人，受到大家的尊敬，感到八路军友爱互助，遇事都互相关心帮助，像家人父子兄弟一样。班长就像当家人，事事都照顾到，不像蒋军各顾各，无依无靠，只靠自己弄几个钱好在有病时自己想法治一治，没法时有几个盘川开小差回家。

五、新战士以白志学来检讨自己，要学习他从农民生活转到习惯部队生活，从恐惧走向无畏，发奋当一个英雄。如上述八班班务会上，新战士二牛说："戏上的白志学就和我刚来时一样，这戏演得真好,都摸准新战士的心啦!我在家参军时也是在大会上宣誓:'不打败蒋介石就不回家。'可是来这里一个夜行军就把我拉垮啦!吃不得这苦,就起了回家思想,后来又想回家不对,蒋介石没有打败,回去太丢人……白志学后来转变了,还争取当了英雄,戴上红花,我也要努力学习白志学,争取当英雄戴红花。"

六、老战士以赵青年来检讨自己,要学习他在政治上、军事上帮助新战士,组织互助。

这样,他们的讨论会,就成为严格检讨自己、虚心学习别人、团结进步的会,成为研究如何在政治上军事上提高自己的会,并且在检讨之后,立即提出比赛,订计划。如四五部队七连九班讨论会上,一组互助组长郭五岳提议向二组提出比赛,并订出本组学习计划:

(一)□组苏顺动作差,我首先把他教会;

(二)现在全组平均每人投弹二十米达,整训中要达到平均每人投到三十米达;

(三)射击姿势要好,还要达到准确射击;

(四)保证每人要熟练自己的武器。

二组马上应战,提出投弹要达到三十五米,三天内把野外动作突击会,做到个个跃进,要求全组都要熟练。

以上是从它的内容和实际意义来观察《王克勤班》。从形式上来看,因为它采取的是能表达部队战斗热情与争取胜利的热情的部队歌剧形式,就使它强烈地加强其内容的作用。全部事情的过程在歌剧的气氛中,表达出人民解放军活跃的生活与战斗的热情,勇敢、机智与胜利的欢腾,其中许多歌曲,如《欢迎新战士》《互助歌》《出发作战》《练兵》等已经广泛地传播到部队里,和他们的生活融合着,因为他们找到了他们部队各种活动中他们所要歌唱的。这些歌子对他们是斗争生活的颂扬,是士气的鼓励,又是工作与斗争的教导。

好多年来，我们人民解放军丰富的生动的斗争内容与新英雄主义，已经迫切地要求创造出适合于它的形式来表现它了。现在，我们部队里多年锻炼出来的戏剧工作者与音乐工作者，已开始创造它。他们继承了中国旧歌剧，尤其是民间歌剧的优点，从部队的实际生活出发，创造了新的部队歌剧，而这种部队歌剧，已经开始在部队里发生强烈的影响，使战士们从"京戏""高调"等等（所有只求满足娱乐欲望，失掉表现人民解放军的新姿态、新的斗争生活与思想内容的戏剧，这些东西实质上总是常常以封建统治者的思想与旧时代的生活方式来教导人们）扭过头来，倾向于这新的艺术创造了。

歌剧《王克勤班》是有缺点的。我以为：

第一，它对改造新解放战士和训练新战士的工作直接急迫地负担在战斗部队身上的情况下，一个班内各种战士应如何地配备？王克勤班在发展过程中各种成分配备的变化与特点，党在一个班里的工作等等，都还需要进一步去调查研究，以加强其实际性和实际教育作用。

第二，它对部队人物的刻画和部队生活的体现，还是不够深刻的。

第三，唱词与对话还不够士兵化。

但这些都是可以改进的，而且文工团已在努力改进了。我相信只要能更进一步深入连队去体验生活，肯下到班里去虚心向战士学习，并经过多次的出演，将大家的意见汇集起来加以改进，《王克勤班》一定可以成为一个成功的新式的部队歌剧。

（1947年5月24日，《文艺通讯》第2期）

# 演兵的试验

立云

## 演兵的题材和主题

从前在兵的生活中常常找不到题材，说兵的生活单调，千篇一律，没法上演。今年练兵之初，也有同志认为："政治学习演戏容易，军事练兵演戏困难。"经过摸索，打破了这个难题，证明了走群众路线的结果，演兵也并不是难事；认识和体会到兵的生活是丰富而生动的，即使不作战行军而在驻军磨刀的环境下，也一样充满了无限宝贵的戏剧的题材。最近一个时期在我们部队中出演了百数十个大大小小的节目：有广播经验的，表扬人物的，学员歌颂干部、事务人员的，事务人员歌颂学员的，批评与揭发坏现象的。写的或者是一个班、一个互助组、一个人、一个群众场面，每一个节目里面多多少少都说明了一个问题或解决了一个问题。因此，我们感到在开展"演兵"运动中，首先要有信心，相信兵的战斗、训练、生产、军民关系中有无限丰富的东西可以演。其次，找寻题材应当先从自己所在的单位里找寻模范人物、组、班、排……把他们的长处编成戏往外拿。这就是说，凡兵的生活中好的事例、工作学习经验、一个互助组的学习生活、团结友爱、思想转变……都能搬上舞台。工作是天天进步，模范是天天有的，所以题材也是取之不尽用之不竭的。末了，在选择主题时，应当以表扬为主，掌握多表扬少批评，表扬具体、批评抽象的原则，应当找寻群众中当前主要的思想作为选择主题的根据。

## 大胆把兵搬上台去

过去总以为演兵的东西简陋，怕上不得台。此次试验的结果证明了要打破过去舞台工作的旧框子，把兵的全部生活搬上台去。过去我们把政治学习的各个方面都搬上台去了，这次又把四大技术搬到台上。《梦》一剧里筑城、刺杀、跳木马都在台上表演，《扫除立功障碍》一剧里有一个班的集体刺杀，《明星》和《两个互助组》剧里有一个互助组的刺杀，《不吃烧饼》一剧里还有实弹射击的表演。这样一些场面，观众十分感兴趣，因为这些场面十分真切地再现了他们自己的生活，使其不断引起掌声、叫好声、欢悦的笑声，甚至遇见一些熟悉的歌曲和调子，台上台下不由自主地哼成了一片。把兵的野外、操场、战斗动作都搬上台，开始可能不习惯、不顺手、不恰当、不美观，但是，只要大胆、肯创造、肯改进、肯倾听群众意见，终于是会搞好的。历来不少的剧把这些场面多放在后台用效果来代替、用对白来叙述，这种旧的演兵方法，应该成为过时的东西了。

当然，从试验中我们又看到演兵不一定就在舞台上，因为兵是集体的武装组织，他们许多战斗、生活、工作场面，有些在台上是要受局限的，表演多数兵的集体行动也不容易。所以我们的体会是：应多在广场演兵，逐渐做到不论行军、作战（可能情况）、宿营、驻扎，随处都可以演兵。

## 我们怎样表演兵

除了用快板、坠子、拉洋片等形式唱兵、表现兵之外，现在通常用的是这样几种形式：

一种像《都重要》《筑城活报》那样，用人来代表一件事物（拟人法），由人把道理讲出来。如四大技术各由一人扮饰，筑城的各种掩体也各由一人扮饰，《不吃烧饼》中由人饰靶子等。

一种是把实际生活、军事动作搬上舞台的表演法，譬如一个会开得成功，经裁剪后，就大胆搬上台重来一次。如四班、五班互助组是怎样生活和学习的，即拣好的截取片段，搬上台去演。动作方面凡属操场上的刺杀、瞄准都可照实际做，不一定太戏剧化了，能用真器材的都用真器材，不必另外制什么道具，这样易生真实感，和实际结合好，也省去制道具的麻烦。

一种是在操场上艺术化地传播经验，把自己的刺杀、射击、投弹等经验编成快板、歌词，有一人独唱的、两人对唱的，边唱边动作，唱了之后，再来实际做一次。这种又做又唱又表演的传播经验的方法，生动活泼不枯燥，记得深刻，虽不能算作戏剧，但可以说是一种形象化的介绍经验法。

二大队在超越障碍时金鼓齐鸣，如临战场，但又像在演戏，这又是一种方式。

演兵的形式，要根据兵现有的本领去要求，会啥就来啥。开始可能内容形式不协调，但是不要紧，只要敢来，就要提倡。譬如他唱武乡秧歌，就先让他用这个调子来唱，然后逐渐推广其他形式。

## 上台下台都是兵

过去演兵的时候，总是有老百姓，甚至还必须有些女的，似乎那样子才不单调。现在证明演兵的戏不一定非老百姓、非女的不行，甚至不要女的，没有老百姓参加，也一样是热热闹闹的好戏，并无单调之感。

穿什么衣服，化什么装，经过摸索也证明了：在台下穿什么，上了台还可以穿什么，如此并不单调，也不俗气。开始有的同志是有这种想法的：他们认为兵上台是可以，但是和台下要有些区别才像演戏，不然就会台上台下不分。

化装也是这样，很夸大的化法不一定受欢迎，把一个脾气暴躁的同志化成嘴歪眼斜双眉倒竖，把调皮的同志化成小丑那样，大家并不赞成。因为在我们革命队伍的实际生活里并不存在那样的人物。相反，素装上台，跟现实人物相同，倒很能引起兴趣、剧的内容、人物的性格，主要是靠语言、动作等来表现的，不是靠化装来表现的。

开始演时，凡属上台的同志，不管担任什么角色，总要描画一番以示区别。后来，兵上台的多了，就连什么也不抹，走上台去就演了。

## 怎么方便怎么来

在舞台、在广场都可以出演不必拘泥，前面已经说过了，这里再说说有关舞台动作与场面一些问题。

布景不必一定采取话剧那一套，除必要的道具外，一切可以省略，采取中国唱旧剧的一些场面办法。

场次不必严格分，一场一场演下去，时间和地点的差异向观众说明一下就好了。

舞台动作除前述可把兵的动作大胆搬上舞台外，旧戏里象征的手法也可以采用（如开关门、骑马、坐飞机等）。背台说话的动作我们演兵中也采用了不少，这是大家都熟悉的表演法，用起来也未见损害什么剧情。

步伐也求其随便，不必像话剧那样严格。这里有的跟着剧情发展，结合着音乐踏起的健壮的步子是应该提倡的，农村里扭秧歌的步子不适合表演兵，还是不用为好。

集体的动作和集体的歌唱的场面，有时甚至二三十人上台，同时动作同时唱，这样的场面在演农民的戏里是不容易找到的。兵是高度集中性的思想统一、行动统一的武装组织，不用这种场面就不能表演兵的生活样式的全部。

总之，兵上了台，你不必在动作上表情上过于苛求，只要不损伤剧情，就让他自己找自己感到方便或一同熟悉的动作法，由粗而细，逐渐美化。

## 兵喜欢歌唱自己

军大三月来演兵中，发现了这样一种现象：一大队出演的大大小小的节目约有二百个，没有一个不用歌曲的，至少得是快板。这并不是领导上提倡的结果，而是群众自己造成的风气，凡编成一个东西，都要找个旧调填些词加在里面，或干脆找好调子再编剧，平常所学的歌很大一部分被大家搬到戏里面去了。但是，我们已没有话剧加歌曲那样的形式，而是成了唱白血肉交织的歌唱剧。

群众为什么这样喜欢歌唱？比时髦吗？不能这样讲。容易搞吗？也不是。那么，道理在哪里呢？歌唱的剧红火，听了愉快乃是一般的反映，而从基本上来考虑，我想由于是它和兵的思想情感相结合的结果。一个革命战士（革命群众也是如此）生活在革命大家庭里，是如此舒适和自由，如此光明和有前途，如此能发挥每个同志的天才，如此的热爱、团结、诚挚、纯洁、欢快、幸福与年青。那么，他们须要用歌唱来唱出自己的一切，还有什么奇怪呢？何况，兵的生活中就是常常充满歌唱的，反映到剧上自然也不可缺少了。由于上节提到的原因，集体的歌唱亦不可缺少。

因之，在演兵中广泛发展歌唱剧是必须的。

旧戏的调子可以用（如秧歌、落子、梆子、郿鄠、大鼓、坠子等），然它究竟不能妥善表现士兵生活。开始，为了打开演兵之路，可以不加限制，到了后来，就必须逐渐寻找雄壮铿锵的调子来演兵。几个月来，我们用得最多最广泛的是《军民一家》《两种作风》《周子山》《兄妹开荒》等剧团一部分或个别的曲子。很奇怪，这些戏演过一两次之后，里面一部分曲子很快被大家唱熟了，也很自然地被用在自己所编的剧里了，许多用得很恰当。为什么曲子那么多，而大家却只爱唱且很快唱熟了这几个，并把它用来表现自己的生活感情？推究其原因，就是因为这些曲子具有简截、雄壮、明快的特点。

兵所欢迎的歌曲还有另外一个特点，就是乐曲简单短小的，能填上词反复唱的，这样的曲子容易唱、容易记、容易填新词。如果是很长的乐曲，即使具有雄壮的特点，大家也不爱往剧里面用，因为填词困难，反复唱和表演都不大好办。

演兵的戏里，用的歌曲也不要太多。像《军民一家》《两种作风》和一些用不同的歌曲从头唱到尾的戏剧，作为较高级的作品，是很好的，对部队也是需要的，然而由于歌曲多，不好学，如果叫士兵演也不大容易，因之目前也是不能在部队流行的。我建议做部队文艺工作的同志，今后多编些用曲子较少的部队剧，供各部队采用。

乡村里流行的一些软性小调，如"呀哟呀哟咿呀哟"之类，虽然优美，但不能表演兵的情绪，顶好不用或少用。

乐器方面，打击乐器要大胆使用。二大队演《毕业上前线》的筑城、战术、刺杀、投弹等动作表情时都配以大锣、大鼓，像旧剧那样的打法，也很热烈紧张，增进戏剧气氛。

  编者按：军大立云同志此文原长六七千字，本寄《北方杂志》发表，现因该杂志停刊，特择录数段发表于此，希作者原谅！

（1947年5月24日、6月11日《文艺通讯》第2、3期连载）

# 表现新英雄的智慧

刘备耕

剧作《王克勤班》,已为部队指战员同志评定为有实际教育意义的优秀作品。它的每一次演出,对于我们部队的互助运动、练兵运动及提倡智勇结合的战斗作风,都起了很大的推动作用和示范作用。

《王克勤班》的成功,给我们部队文艺工作开辟了一条崭新的道路,这就是毛主席所指示的"一切人民群众的革命斗争必须歌颂之"的道路。部队文艺活动必须表现群众的新英雄,必须表现新英雄的创造和智慧,必须十分重视文艺作品的思想教育意义。我们的战士喜欢看自己的英雄,他们更喜欢自己的英雄是一个很聪明、很勇敢、很进步的战士,因为新英雄是无数战士的典型化。表扬英雄模范是最好的教育方法,这一个经验在《王克勤班》也再一次地被证明了。

为什么《王克勤班》能有这样显著的成果呢?当然这不是偶然的,它是由于我们认识了和做到了"为兵服务"。在我们明确树立了"为兵服务"的思想之后,才有可能深入部队,虚心向士兵、向英雄学习,并表现了群众和英雄的聪明才智。

如果我们回忆一下过去有许多剧作的失败,就可以帮助我们进一步珍惜《王克勤班》的收获。以前我们有人把战士描写成"二不愣""张大疤""调皮司令""顽固碉堡"等愚蠢的胡闹的角色,自然引起战士们的反感,结果就谈不到什么教育意义。产生这样缺点的原因,是由于不相信战士的智慧,不了解战士的生活和要求,不懂得如果没有表现战士自己的英雄,必然不受我们战士的欢迎。没有问题,这个痛苦的教训再也不会重复了。

在爱国自卫战争中正继续涌现出无数的英雄人物,假若我们能够走《王克勤班》的创作方向,那么可以相信,将会产生许多好的作品。

(1947年5月24日,《文艺通讯》第2期)

# 目前如何加强文艺为战争服务

柳湜

我还不大明白冀中文艺工作的具体情况，只能提出一点一般的意见。我感到在抗日战争中，文艺工作者写短小的报告形式的文章还太少，也很少直接以士兵为对象的作品。在目前自卫战中，我以为，要提倡多写几百字一篇的小文章，一方面将前线的英勇故事，生动活泼地及时地报导给后方，介绍给其他战区；一方面将战争全局、后方土地改革、生产运动、人民支援前线的典型事实，报导给前线，送到士兵手里去，用最大的热情、具体的事实、活泼生动的文体、最最经济的手法，大家来学习写类似爱伦堡形式的作品。这种作品，对于不识字的士兵，可以由军队干部向士兵宣读，但最好要写得初识字的士兵能直接读懂。也还需要有人向敌军士兵写文章，专以瓦解敌人为目的的作品。我决不轻视其他形式的作品，但我深感短小的报告在今日有提倡的必要。这还须作家能到前线服务，也像苏联作家在反德战争中一样。用笔、用口有时也同样持枪杀敌，将作家的心血，甚至自己的鲜血和千万士兵流在一块。

这是我对这一问题的一个小意见。

（1947 年 6 月 17 日）

# 精练与迅速

## ——白蒂·葛兰恒谈

关于《短些，再短些!》，美国记者白蒂·葛兰恒曾在解放区一个报纸的采访部谈了如下的一些材料：

首先她讲了一个很有趣的故事：爱尔兰文豪萧伯纳写过一封很长的信给朋友，末了注了一笔："请原谅！我的时间太少，不能把信写得更短些。"故事告诉我们，要写得短并不是一件容易事，而且相当花费时间的。

葛女士谈，他们的新闻导语，只有十个字或十五个字就要把时间、地点、结果等都包括在内，一般五六百字的新闻就算是报导很重要的事了。他们的新闻都是一开始就把最重要的事情报导出来，后面几段的报导只是使新闻更具体、更充实。所以当编辑删改时，就可根据具体情形从最后一段删起，而每一裁下去的材料都能成为一个独立的新闻。

他们的记者对于自己的稿子往往是看了再看、改了再改，十分谨慎地处理的。因为他们的编辑是不大照顾记者的情绪的，如果你写了很长的新闻，编辑就会在办公室里公开地对你表示不满，假使一个记者写长稿的次数太多，那将会不客气地请你卷铺盖。

他们的广播，是精练又精练，因为广播台很多，你的报导长了听众将会改换波长，听别家的报导。这种精短在战争时期更应注意，因为在一个城里就有好几十种报，写稿编稿时必须考虑到读者的时间，一个读者是绝不可能把每一份报从头至尾都读完的，在许多报纸的竞争下，他们经常注意到"短些再短些"。

编者按：以上这些当然仅供我们作参考，他们的报纸主要是商业性质的，有些地方和我们完全不同。但她最后一段的发言，却是比较中肯，并且也值得我们学习的。这就是：常常要考虑到读者的时间（在解放区更需要考虑到节省资材的问题），尤其是在战争时期。

(1947年6月20日)

# 学唱民歌的一点心得

夏青

学卫同志：

你的信收到了，读了很惭愧，我对唱民歌也是很少研究。近几年来因为不搞这门工作，更是生疏了。只是偶尔兴之所至唱上几句，所以只能就个人所体验到的随便谈谈。不妥之处，在所难免，尚希不吝赐教。

我认为对于一般研究过西洋声乐，或学得不好把声音搞得像打摆子一样的同志们，要学习民间（中国）唱法，首先必须使自己的声音恢复自然，克服过去西洋唱法的习惯，利用一切和群众及群众艺术家接近的机会，学习（模仿）他们的唱法。我说模仿，是因为我们过去对音乐已有一种固定的习惯，对于发声、表现方法、音阶的观念都有一套陈规，如果不放弃这套陈规是学习不好的。比如我曾见一位同志，在学习民歌的时候，首先用一种旧的记谱方法，把群众所唱的曲调硬塞在"1、2、3、4、5……"的框子里。但是我们知道，我国的音乐，由于民族和语言的特点，西洋的记谱方法是很难准确地记录下来的，结果唱出来以后，与原来的曲调相差很远，听起来像是一般歌曲，而不是民歌。所以必须自觉地去打破这种陈规，强制自己去模仿，从模仿中去捉摸、体验、研究，进而创造新的科学的方法（唱及记谱等等），最后创造新的民族（民间）音乐。不然容易自觉或不自觉地把我国音乐，投到西洋音乐的框子里去，那样就要犯极大的错误了。

自然这种模仿，在开始的时候，声音可能很不好听，可能是叫喊，自己和别人听了都很难受。正如有些对民间唱法没有兴趣的人所说的，是"直着嗓子吼"。但不要因此气馁，好听的中国气派的歌声，会慢慢练习出来的。根据我的经验，在这种时候，最好不要过分地抱着一种欣赏的态度，欣赏自己的音色、音量等等；也不要过分地要求民间风味、农民情调之类，而应严格地要求有一对客观的耳朵。这对耳朵，要不断地不客气地审查自己的声音、唱法，给以严格地批判。必要的时候，应在中途停下来，从头再来。像初学识字的人碰到拦路虎一样地，绝不放过，不然容易被自己的声音或情绪所欺骗。我曾经碰到有些同志，他不去刻苦地学习，满足于自以为是的"情调"，其实仍是和唱《毛毛雨》一样，不过曲调、歌词变换了一下而已。这是应该很好警惕的，因为风格、味道，只有在熟习民歌的表现方法和掌握了群众的思想情绪之后，才能把握到的。

还有一个就是语言的问题。我们都知道，民歌的传播主要是依靠口传，因此曲词和语言的结合非常密切——往往同一曲调和歌词，在不同方言的地区，唱起来有很大的差异——所以语言的学习就很重要了。而且从这里也更能了解民歌的特点。我曾经在这方面尝试了一下，在向群众学唱的时候，先把词弄会，静听几次，熟习它，然后随着词的发音一句一句地学，不去管它是"123"，或是"234"。这个法子也许很笨，但效果都很好，很容易就能学会，而且唱起来也有点本地的味道，不大像"唱歌"。特别在以后学习同一地区其他一些民歌的时候，学得都很快，并且这样做会激起对民歌研究的兴趣。比方我们知道，民歌往往只有几句简单的旋律，歌词却有好多段。如果语言熟悉，再加上掌握了初步的表现方法、感情的理解，那每段唱起来似乎都有不同之处。但是如果把曲调硬塞上不加改造的"1、2、3、4、5……"，再用普通话把每个字按照谱子规定的音一个一个唱出来，就会很少变化，甚至没有。这恐怕很多人都有这种经验，所以语言的学习和研究是不可忽视的。

最后是关于民间风味、农民情调的问题了。我感到这是个很细致很困难的问题，需要有一种慎重和严肃的态度。解决这个问题最好不要性急。曾经有些同志，因为急于达到这一步，就避难就易，孤立地去抓民歌里的特点，结果进步很慢；而更重要的是把民间风味、农民情调等等歪曲了，实际变成了或几乎变成了低级趣味。我想所谓风格、情调，无非是以我国民族（民间）音乐的特点（旋律的构成，和语言的结合等等），用来表现群众的思想情绪，以及他们对于自然、事物、事变、人的看法和态度。而绝非把个别特殊的音节，或一句自以为奇特的乐句给以夸张。所以要想真正掌握这个，必须深入群众，向群众学习，不仅学他们的唱，而且要学习他们的生活、思想感情。谈到这里，我感到一般从事声乐，或有志于此者，最好与歌剧结合，因为演剧的时候，首先必须掌握剧中人的思想情绪，这样感情的根据会多一些，比凭空去学一支民歌的表现方法，要方便得多。而且这也是一个新的工作方向，对于戏剧与音乐的结合、创造新戏剧，会有很大的益处。

空空洞洞，只能谈这些，至于新的民间的发声法、呼吸法等等，我自己也缺乏研究，你们的经验一定更多一些。一般地说，只要态度老实、客观，密切注意唱歌时的声音及身体各部分的变化，把自己作为一个实践品，多与其他同志研究，找出自己学习过程中成功和失败的例子，进行研究，哪怕是一点一滴，日积月累，一定会有显著的成就的。

此篇仅是零星感想，而且仅是关于唱的方面，错误一定难免，希望你及其他同志们给我指正。并希今后多联系，多给《文艺通讯》写稿。

（1947年7月13日，《文艺通讯》副刊第5期）

# 对大众黑板的几点意见

毛茂春　赵德新

最近在乡间走了几趟，看见不少黑板报，这表明村干们是注意了文化宣传工作，但是却注意得不够。比如：有一个村的黑板报上，写的是刘伯承将军给《人民日报》的周年祝词。另一个村的黑板报，一两礼拜没有更换。有些村把新华社的社论和报纸上的新闻，原封不动地搬到黑板报上。还有些大众黑板上，尽贴的是广告传单。同时也有不少村庄，就根本没有见到过黑板报。

大众黑板报是一种很好的宣传工具，应当好好提倡、利用和掌握，使对村的工作起推动作用，同时普遍进行时事教育。在这里，我提出几点意见，来和各村研讨。

（一）明确目的。村里的黑板报，我们觉得应当是指导与推动村里工作的工具。它应当为中心工作服务，它的对象应当是村中群众。弄不明白这个目的，黑板报是办不好的。

因此，黑板报的内容，我们觉得首先就当多登出村中的工作和运动。如防旱备荒的模范、生产互助的英雄、支援前线的积极分子和各种工作当中的典型事例，（好、坏）都是好内容。材料越和群众的实际生活联系得紧，群众就越爱看。

除了登本村的材料以外，还可以而且应当登出区、县以及国内外的新闻（主要是国内）。近来大反攻的捷音频传，黑板报上应当经常登出综合性的军事报导（一周战绩、一月战况等）。这样，能使群众比较系统地了解一下形势。若零零碎碎地说今天解放××城，明天收复××镇，容易把群众弄得抓不住重点，看不清全面局势。

（二）形式。从篇幅上说，我们觉得应该短小精干，简单明了。

因为一般说，群众的文化程度是低的，原封地抄个社论和新闻，他们接受不了，应该把它变成群众容易听懂的字句。从形式上说，应当多登出快板、鼓词、小调等群众最喜爱的形式。字体要写得清楚好看，不写草字。

还有黑板报应该常换，老不换，群众就感到没味，起的作用也不会大。我们觉得最多五六天应当换一次。有集市的地方，可以每逢集日换一下。

（三）专人负责，大家办报。负责办报的同志（小学教员，或民教委员等）应当深入群众，多发现典型材料。最好能发动大家办报，大家写稿、大家说稿、写自己的事、写给自己看，使黑板报真正成为开展推动村上工作的火车头。

（1947年7月25日）

# 两年来的太南剧运工作及目前存在着的几个问题

蒋平

自太行一届文教大会结束后，这两年来是边区形势变化最快任务最复杂的时期。太南的剧运工作便随着这种形势的发展而发展着。它围绕着环境和任务的要求，结合着各个时期的中心工作，两年来无论在剧团的数量上、戏剧的创造和提高上、旧艺人的改造新演员的培养上，都有着显著的成就与进步。

县剧团方面，如历史较久的长治胜利剧团，去年配合翻身运动时，县区领导上有计划地组织演出《白毛女》，并创作了《一担水》《一条手巾》和《过中秋》等小型唱剧，在指导现实推动中心工作上都起了很大的作用。壶关人民剧团，才成立仅仅二年，一开始就为自己奠定一条新的发展道路，他们演的差不多都是新剧，创作了《周坤有翻身》。尤其与农村剧团的联系最为密切，不断配合农村剧团的出演，提高了村剧团的演剧水平；并能有计划地收集村中英雄、模范人物的故事，及时编成快板、鼓词表演出来，得到广大群众的欢迎。平顺农民剧团也有很多较好的创作，如《纺织好》《蒸干粮》等，他们在工作上的主要的创作，是为人民服务的艰苦作风。他们到群众生活较苦的地方去演剧，尽量把戏价降低甚至一个钱不要，演员们自己背上行李去义务演出；农忙季节，他们白天帮群众生产、晚上演戏，所以群众一致反映："这真是咱们农民自己的剧团。"其他如潞城大众、黎城黎明等剧团在反映现实结合工作和新形式的创造上也有不少收获。歌颂与表现英雄的剧有黎明剧团的《石寸金》《王同会》，大众剧团的《梁马斗》《魏元胜》等，特别是黎明剧团的□生剧《三大恶霸》,突破了旧有形式,用新的象征手法表现了新的内容,宣传教育作用很大。

在最近的自卫战争中,黎明、胜利、大众三个剧团赴前线劳军演出两个月,更发挥了人民戏剧工作者的特别品质。他们在紧张的战争环境里,亲自动手搭台子,为了满足战士们的要求,他们有时一直演到天亮。到团里去时,立刻将搜集到的英雄故事、模范战斗编成短小精悍的快板或大鼓唱出;一有时间便组织慰问小组去慰问伤员,或组织宣传组做口头宣传、写标语,有时还帮助当地群众割麦、推碾。太行部队战士们说:"到底还是'娘家人'(太行战士这样称呼他们)亲热!"新解放区群众也反映:"八路军里不管干什么的都对老百姓好。"同时,剧团同志本身在此次参战劳军中也有很大收获,得到锻炼。

总之,二年来的太南剧运是有了很大的发展与创造,在自卫战争中有了辉煌的成就。我们必须宝贵这种成就,并加以更高的发扬。但必须要认识到,目前我们的工作中仍然存在着某些问题,为了使我们的工作做得更好,这些问题便亟须解决与改进。现在,提出几个问题以作大家参考:

严格检讨一下我们现有的戏剧形式,一般的还是旧形式新内容的老一套。虽然是新的事物,我们却仍然用原封不动的黎城乐子或是上党宫调来演,短小精悍、新鲜活泼的歌舞剧、秧歌剧并不多。这固然由于地方剧团有各方面条件的限制,旧一套不易摆脱,但基本上还是由于一般人思想上不够明确,停留于老一套,不敢也没有坚定的决心来大胆创造,所以在唱调上、器乐上都还完整地保留着旧有形式,死守着旧有的规律。如悲剧多用落子腔,喜剧则多用宫调等,最多也不过插入几段襄垣秧歌或快板。

我们都知道,《兄妹开荒》《女状元》这类小剧之所以能受到广大观众的欢迎，是它不但在内容上能结合现实表现出新社会里新人物的特点——新的劳动生活、家庭关系与新的情感，而且也由于它在形式上做到了新鲜活泼、短小精悍，能用简单的场面、短小的故事反映解放区人民的新生活。但我们剧团里的同志没有学习到这一点，反而向另一方面发展，只喜欢大而无当甚至包罗万象的东西，实际上我们的剧团所编演的这些大剧，多不受群众欢迎。去年在群英会上演出这些剧时，观众们总是纷纷地说："怎么这剧还不完呢？"但当小戏一开始，观众们便提起精神，看了一个还要"再来一个"，如胜利剧团的《一条手巾》《过中秋》，襄垣农村剧团的《一家人》《想歇歇》等小型秧歌剧，都是观众所欢迎的。可是我们有些剧团同志不好好学习，偏爱大剧，认为小戏只是逗笑，没啥意思。这个问题必须及早解决。

首先，剧团同志在思想上一定要明确认识到：今天群众迫切需要能够表达出他们翻身胜利的愉快，和生产、支前、拥军等热潮的新鲜活泼的东西，迫切地希望看到自己的喜剧。而这个任务不是旧的形式能全部解决的，这便是为什么短小精悍、新鲜活泼的歌舞剧和秧歌剧在今天为广大群众所喜闻乐见与迫切需要的原因。

但是有的人却认为"反正旧剧是永不会取消的，凭我这套本事，一辈子就行了"，或者从片面出发认为"旧剧还是吃得开，有的干部还爱看哩"。由于这种错误的认识，所以到今年为止，还有些老剧团拿数十万元置买旧剧行头，平素唱的仍是旧形式的拉、打、唱，有的虽稍有改变，但基本上并未改进。譬如唱襄垣秧歌时，如"老爹爹他对我把话细讲"这一句，唱时常常唱为"老爹的爹，他对的我来，把话细呀讲"。这是如何累赘，而须要纠正啊！

尤其令人惊讶与极须禁止的是那些为统治阶级服务宣传封建迷信落后反动的旧剧，仍然有剧团演出，而且仍然有部分群众甚至我们的干部对它感兴趣，今天检讨起来，我想不外以下几个原因：

一、旧剧的传统影响在一般人心中较深，它的形式与内容都很熟悉，它的特点是红火热闹，容易刺激和兴奋人的情绪，锣鼓喧天能吸引人，因此部分观众为了看热闹、图高兴、看"把式"，就仍然欢迎它。

二、今天我们的新剧还没有发展到完全压倒旧剧的地步。特别是我们的很多剧团所创造的新剧形式上既是平淡无奇，内容上又枯燥无味。在新剧不能满足观众要求时，他们便自然地想拿旧剧来调剂一下。

三、新编的历史剧不多，观众到一定时候就想看"老把式"的拿手戏，如黎明剧团森龙的《反徐州》、胜利剧团二苗的《雁门关》等就应时而演唱，所以有些人便认为"还是旧剧过瘾"。剧团演员也认为："还是旧剧吃得开。"

但是在一般群众中，喜欢新剧的仍然是绝大多数，他们愿意看那些表现他们自己的新生活及开脑筋的新剧，他们懂得"旧戏都是替地主说话的"，他们早就看厌了。所以，在今天群众真正爱看的还是新剧，但由于目前农村具体的条件不够及各地发展情形不同，旧剧还没被新剧完全压倒，这需要我们的戏剧工作者在这方面加倍努力。至于如何批判地吸收旧剧中好的东西及如何改造旧剧等问题，这里不多谈。

另外，我们的剧团中还存在着一个严重的学"大"剧团、学"洋"的问题。我们并不反对向大剧团学习，可是我们的剧团同志在作风上形式上受到大剧团的表皮的及片面的影响，便模仿起来。如在组织晚会时，开头先来个很长的开场白，最后再来个"晚会到这里为止，请大家回去休息"，还采用了一些并不适用于目前的农村剧团的化装、灯光、布景、效果与所谓"派头"等；在音乐上不去熟悉本地土乐器的演奏，不去提高二胡三弦的技术，求得从自己现有的水平上去提高，反而常常在小提琴上下功夫；在语言上不去虚心到群众中学习用群众活的语言来表达群众的新的情感，求得戏剧上的效果，有的反而打起"官腔"来，既不是旧剧的道白，更不是群众土语，又不是话剧的舞台语，结果弄得四不像。这些都是我们剧团同志的学"洋"的思想害了人，他们没有彻底明确地了解到自己的工作对象是农村，没有根据群众要求出发，脱离了实际。这是一种不老实的工作态度，这样一来，他们会失去自己是农民剧团的本色，降低自己在农民中的信仰，大大妨碍了农村剧运的开展。这种不正常的现象，虽已有某些纠正，但基本上尚未有完全克服，希望各地领导剧运及剧团的同志注意这一问题，及时予以纠正。

根据以上所谈，兹提出今后对农村戏剧工作的几点意见：

第一，要认真踢开旧圈子，打破老一套，发扬大胆创造的精神，把旧有的演奏技术根据新剧的特点与需要加以改造。

第二，大量创造短小精悍的秧歌剧、歌舞剧（当然不是说大型剧就不需要），并开展音乐学习运动。一方面希望文联及边区各地音乐工作者加强指导与帮助，但主要的还是要依靠剧团自身的努力，从学习中国乐器、改进它的拉奏方法及学习识简谱、练习唱歌等着手（提琴等外国乐器可以暂时不学），搜集民间小调、曲子、民歌等，逐渐提高自己的音乐水平。

第三，克服单纯娱乐观点和"把式"观点，在剧团的使用与中心任务的结合上，应有计划地组织与帮助他们，并给予在搜集材料创作剧本上的各种便利。

第四，要认识到新剧发展的前途是光明的无止境的，它将要逐渐把旧剧从农村文化阵地上挤出去。当然，旧剧形式在一定时期内仍然不会取消，历史剧仍然要出演，但未来的历史剧不会仍然停留在目前这样的阶段上，内容形式都要改进，而新剧总是剧运的主流，这是用不着怀疑的。

第五，我们农村剧团的工作同志要更加明确地树立为农民服务的观点，经常虚心倾听与采纳群众意见，肃清学"洋"学"大"的风气，紧密地结合现实，配合中心工作，内容上不断改进，形式上大胆创造，不要满足现状，老老实实发扬既有的优点，把工作搞得更好，使边区农村戏剧运动得到飞速进展。

(1947年7月28日，《文艺通讯》副刊第6期)

# 向赵树理方向迈进

荒煤

我们这次文艺座谈会,首先讨论了赵树理同志的创作。大家认为,要检讨一年来边区的文艺创作,最好对赵树理同志的作品有比较一致的认识:他的作品可以作为衡量边区创作的一个标尺,因为他的作品最为广大群众所欢迎。

经过好多天热烈的讨论与研究,所接触到文艺方面的问题很多,但在一些基本的问题上,我们都获得一致的见解。最后,大家都同意提出赵树理方向,作为边区文艺界开展创作运动的一个号召!

赵树理同志的创作有哪些是我们应该向他很好学习的呢?根据我们的了解,有以下三点:

第一,赵树理同志的作品政治性是很强的。他反映了地主阶级与农民的基本矛盾、复杂而尖锐的斗争。他是站在人民的立场来写的,爱憎分明,有强烈的阶级情感,思想情绪是与人民打成一片的。

赵树理同志的几部重要作品,无论其主题与题材都各不相同,但他的笔都尖锐地掘发着农村现实中的基本矛盾:一面是兴旺、阎恒元、李如珍之流,地主恶霸及其狗腿们,在军阀混战、抗战、敌伪统治时期,甚至在新民主主义政权下面,无不牢牢相靠,纠缠在一起,尽其一切力量盘踞在人民头上,保持其吸血统治。一面是一群被"压碎"了的贫苦农民及新生的一代"小字辈"的人物,他们遭受地主阶级的剥削压迫,逐渐觉悟团结起来,一旦投身到斗争去,就以不可抑止的热情与力量,爆发了大翻身运动;而且被锻炼得那样刚强和坚定,产生了铁锁、冷元等广大群众的代表人物、新农民的形象。这两个对立的阵营在树理同志的笔下划分得非常清楚。他的作品,从

《小二黑结婚》到《李家庄变迁》，就是描写了这两个阵营在各种不同的场合、时间与事件中所发生的斗争，不可避免的，微妙复杂、尖锐残酷的斗争！

赵树理同志的笔只要一触及地主阶级，就极其深刻具体地揭发他们的阴险凶毒，活灵活现地刻画出地主阶级可憎恶的典型。当笔转到农民及小字辈的人物身上时，笔下就处处流露出了充分的同情和热爱，笔尖跳动起来，他把这些在苦难中斗争中生长起来的新农民写得多么亲切可爱啊！他对于这些人物只有歌颂，歌颂他们的年青与热情，斗争中的勇敢和机智，以及对地主的仇恨。他对落后的农民也有讽刺，但是同情的、宽大的，希望他们改变的。即如"二孔明"，我们也不能丝毫感到是可"憎"的。

赵树理同志的作品从各个角度反映了解放区农村伟大的改变过程之一部。无论故事的安排，人物的心理、行动、思想情感的描写，都从不使我们感到很不自然、矫揉造作，这是什么原因呢？我们认为这就是因为他有鲜明的阶级立场，他和他作品中的人物一同生活、一同斗争，思想情绪与人民与他所表现的农民的思想情绪完全融合的结果。这也就是知识分子文艺工作者首先要学习的一点。

固然，树理同志出身贫苦农民家庭，生长在农村，熟悉群众生活，但他养成了这一种作风与习惯：住在村里就参加驻村工作，住在农民家里就首先了解自己的房东，随时注意调查研究，他和一个农民一样地和农民生活在一起，非常具体地了解人民。这一点也是应该很好学习的。

第二，赵树理同志的创作是选择了活在群众口头上的语言，创造了生动活泼的、为广大群众所欢迎的民族新形式。

赵树理同志创作的最大特点：在全部叙述与描写时也运用了简练而丰富的群众语言。这些语言在描写群众的心理、行动，以至写景，同样被证明是很生动，很有魄力！这些活生生的口语在创作中全部的运用，特别在今天来表现当前农村激烈的动荡、斗争的生活、新农民的形成……较之生硬的知识分子气味语言，又如何显得新鲜、明朗、活泼而有力啊！

唯有群众的语言才能创造群众所欢迎的民族新形式，因此也才能反映当前的群众生活与斗争。赵树理同志的作品是很好的证明。我们认为，树理同志创作上语言形式方面所获之成就，是由于有以下的特点：

（一）选择群众的活的语言。树理同志选择用语时，首先考虑群众听不听得懂。他以前写文章，先考虑他父亲（一个贫苦农民）是否能听得懂，以后先考虑他儿子（一个区村干部）是否能听懂。凡是群众口头不常用的词句，他在写作时就尽量避免用；必须选用时，一定加以注释。总之，用他自己的话来说，就是运用"活在群众口头上的语言"。

（二）着重写故事。群众的习惯与传统是不容易接受没有故事的读物的。树理同志的作品故事性都强，也因之，他在结构方面主张第一要"顺"，流畅、有条理、有头有尾；其次要"连"，联结一气，头绪清晰、单纯。

（三）不论人物、风景都不作单独冗长的叙述与描写，都是夹杂在行动中来叙述描写。人物的心理与个性也是在自己的行动中来表现，或者通过旁人的观察（有阶级性的）来表现人物的形象、心理与行动。总之，他所描写的人物与环境都是被着重地安插在斗争的行动中间，不作与现实斗争无关的叙述与描写。

这些特点，除了说明赵树理同志创作表现方法上也贯彻着群众观点，也说明了他很熟悉民间形式，尊重民间形式。他的创作很明显地批判地接受了中国民间小说的优秀传统，然而他以今天群众的活的语言描绘了当前的斗争现实，经过自己的提炼，他创造了一种新形式。这种新形式是通俗化的。但我们却不能以为，仅仅是通俗的语言、文字就能产生新形式，过去有许多通俗化的工作经验已经证明了。丰富的现实内容必须经过相当的艺术加工，又突破旧的艺术形式，才能产生新形式。换句话说，丰富的内容与新颖的形式是一致的、谐和的。树理同志的作品就是如此。他的作品，内容与形式是一致的，大众化与艺术性是很好地结合起来了，他的创作是人民大众的艺术、很好的艺术。

第三，赵树理同志的从事文学创作，真正做到全心全意地为人民服务。他具有高度的革命功利主义，和长期埋头苦干、实事求是的精神。

十五年前，赵树理同志就有过这样的思想，也曾做过这样的写作：要"夺取封建文化阵地"。他感到中国当时的"文坛太高了，群众攀不上去，最好折下来铺成小摊子"。他立志要把自己的作品先挤进《笑林广记》《七侠五义》里边去，然后才能谈得到"夺取"。赵树理同志早先从事写作的目的就是如此。

十余年来，树理同志坚持通俗化工作，在小报纸副刊、在街头、在剧团……写过不少小说、快板、小戏及其他文字，生活与工作都曾遭到相当的挫折，但始终如一坚持了夺取封建文化阵地的志愿。工作中从未计较过个人的名誉、地位，也不想把自己的创作当作"艺术"——那种脱离群众的艺术。也不是为了表现自己，为了成为一个作家，才立志写作。他写作的动机和目的，都是为了群众的，为了战斗的，为了提出与解决某些问题的。现在是如此，抗战前就是如此的，因此他不多写，更不乱写，用他自己的话来说，是要"老百姓喜欢看，政治上起作用！"

这两句话是对毛主席文艺方针最本质的认识，也应该是我们实践毛主席文艺方针最朴素的想法、最具体的做法。

赵树理同志的创作就是最朴素、最具体地实践了毛主席的文艺方针，因此他获得如此光辉的成就！这是他在生活、思想情感与创作准备各方面都早已成熟，又经过长时间实事求是的奋斗与努力的结果。

因为以上我们所能共同认识到的几点，我们觉得，应该把赵树理方向提出来，作为我们的旗帜，号召边区文艺工作者向他学习、看齐！

当然，方向不是模型，向赵树理同志学习，走赵树理方向，绝不会限制了文艺创作更进一步的自由发展、限制文艺创作的形式的多样性。

赵树理同志的创作，创造了一种新形式，这新形式也仍会继续发展，更趋完美。单纯地从形式来模仿是不能解决问题的。文艺工作者今天的根本问题仍是与工、农、兵思想情感相结合，也唯有如此，才能最后地真正地解决了形式问题——自然，知识分子出身的文艺工作者还必须下决心，毫不留恋地抛弃那种用知识分子语言来表现的形式。这也还不是那样很容易的一件事情。

今天来回顾一年来的边区创作，我们应该肯定：从爱国自卫战争及土地改革运动中所涌现的一大批新的作品，都有了新的气息，都比较朴素生动，更接近口语化，或多或少都发掘了群众的语言，这是一个可喜的现象。但较之今天这样伟大变动的现实来，我们的创作的成绩就太微小了。为了更好地反映现实斗争，我们就必须更好地学习赵树理同志！大家向赵树理的方向大踏步前进吧！

（1947年8月10日）

# 艺术与农村

赵树理

> 此次边区文艺座谈会上，除提出赵树理方向外，并涉及农村文艺运动问题。唯因准备不足，未能深入展开讨论，故会后特约赵树理、王亚平等同志为文各抒所见，深望各地文艺工作者来稿参加研讨。
>
> ——编者

只要承认艺术是精神食粮的话，那么它也和物质食粮一样，是任何人都不能少的。农村有艺术活动，也正如有吃饭活动一样，本来是很正常的事；至于说农村的艺术活动低级一点，那也是事实，买不来肉自然也只好吃小米。

在历史上，不但世代书香的老地主们，于茶余酒后要玩弄他们的琴棋书画，一里之王的土老财要挂起满屋子玻璃屏条向被压倒的人们摆摆阔气，就是被压倒的人们，物质食粮虽然还填不满胃口，而有机会也还要偷个空子跑到庙院里去看一看夜戏——这足以说明农村人们艺术要求之普遍是自古而然的。广大的群众翻身以后，大家都有了土地，这土地不但能长庄稼，而且还能长艺术。因为大家有了土地后，物质食粮方面再不用去向人求借，而精神食粮的要求也就提高了一步，因而他们的艺术活动也就增多起来。

农村艺术活动，都有它的旧传统，翻身群众，一方面在这传统上接收了一些东西，一方面又加上了自己的创造，才构成现阶段的新的艺术活动。

据我所见到的，成绩最大的是戏剧和秧歌。凡是大一点的村子，差不多都有剧团，而秧歌在一定的季节，更是大小村庄差不多都闹的。按传统来讲，这两种玩意，在过去地主看不起，穷人们玩不起，往往是富农层来主持，中农层来参加；所表演的东西，无论在内容上形式上，都彻头彻尾是旧的，只是供他们乐一乐就算。群众翻身以后，自然也不免想乐一乐。可是在农村中，容人最多的集体娱乐，还要数这两种玩意，因此就挤到这两种集团里来。可是新翻身的群众，对这两种玩意感到有点不得劲——第一他们要求歌颂自己，对古人古事兴趣不高；第二那些旧场旧调看起来虽是老一套，学起来却还颇费工夫，被那些成规一束缚，玩着有点不痛快。在这种情况下，他们便对这两种东西加以大胆的改造——打破了旧戏旧秧歌的规律，用自由的语言动作来表演现实的内容。这种做法出来的东西，不但是懂艺术的看了不过瘾，就是村子里学过这一道的人，虽然一面也参加在里边，一面却也连连摇头，大有"今不如古"之叹。不管这些人怎样不满，而这种新戏新秧歌却照常办公，并且发展得很快。从他们每一个作品的整体看来，虽然大多数难免不成所以，但差不多都有它的独到之处，而这些独到之处又差不多都是我们想象不到的。

农村的音乐，其传统与戏剧秧歌同，只是现阶段成绩比较坏。在农村中，自乐性质的吹吹打打集团，名义虽有"八音会""十样锦"等之不同，但其为"吹吹打打"则一，在历史上也是地主看不起，穷人玩不起，只有富农领着中农干的。群众翻身后虽然也把它接收过来，但没有耐性去学细吹细打，只能打一打大锣大鼓。

与音乐相近的则有歌曲——这方面在历史上虽有小调存在，且也有人利用过，但却不能说就是小调的发展。农村的小调倒是农村无产阶级的东西，不过大都是些哼哼唧唧的情歌，不但是唱的人自以为摆不到天地坛上，就是勉强摆上去也不成个气派，因此在过去就不能在公开的场合去唱。可是一般人都有"唱"的冲动，而历史上没有唱的东西，在实在憋得吃不住的时候，就唱几句地方旧戏来出出气。抗战以来，做音乐工作的同志们编了一些抗战歌曲，填补了这个历史上的空子，于是就开了农村唱歌之风。群众翻身以后，此风更发展了一步,几乎是男女老少无人不唱,无时无地不唱,碰上个下乡工作的同志便要求教他们些新歌。可惜这方面的供给量太少,以致有些把打蝗的歌拿到结婚的会上去唱的。此外,在小调方面也有很大的发展,特别是运用在戏剧上。

在图书方面,群众也有要求——翻了身的群众,有了桌子,桌子上也有了插瓶镜子之类,墙上却也有了字画。他们对那些旧的中堂字画感不到满足(也可以说是没有那些雅兴),并且为了不忘共产党,也都爱在中间挂几张毛主席、朱彭总副司令等领袖像。他们买不到时,好写写画画的人就自己画。这些画往往还画得像个人形,可是你要硬说像谁就很难确定,原来画的是毛主席,下边写上朱总司令,别人也看不出来。把这些画像贴到中间,在旁边还挂上一些不知何时何人结婚的龙凤喜联。

在诗歌方面,空白很大——文化界立过案的新旧各体诗,在现在的农村中根本算是死的,而新旧小调、歌谣、快板之类,虽然也有浓厚的诗味,但终究非好的诗作。目前《王贵与李香香》《圈套》(后一篇载太行文联编的《文艺杂志》)这一类作品确可以填补这一空白,但产量还少,仍须大家多写。

最后谈到小说。"五四"以来的新小说和新诗一样,在农村中根本没有栽培活了;旧小说(包括鼓词在内)在历史上虽然统治农民思想有年,造成了不小的恶果,但在十年战争中,已被炮火把它的影响冲淡了。现在说来,在这方面也是个了不起的空白。

这一切(此外或者还有,但不必尽举了),除了空白以外,其余活动起来的东西,不论它怎样不像话,也得承认是属于艺术范围内的。就那么多的成绩,就那么多的缺点,就那么多的空白,我们在艺术岗位的工作者,对这应取什么态度呢?按这活动的现象说,实在难令人满意。可是我们若向他们表示不满,自己就在不便之处,因为我们就在这岗位上,人家就会把这笔"不满"的账过到我们名下来。

为大众服务的任务是肯定了的，我们的工作岗位是暂时确定了的，那么我们的主要业务就是"满足大众的艺术要求"，因此就要求我们各个艺术部门的工作同志们（在前方直接为兵服务者除外），分别到农村对各种艺术活动加以调查研究，尽可能分时期、按地区做出局部的总结，再根据所得之成绩及自己之素养，大量制成作品，来弥补农村艺术活动的缺陷和空白。

农村所需要的艺术品，种类之多，数量之大，有时都出乎我们想象。办一份杂志，出一份画报，成立一个剧团，作一篇小说，很容易叫文化工作者圈子里边的人普遍知道，可是一拿到农村，往往如沧海一粟。试想就晋冀鲁豫边区这一块地方，每一户翻身群众要买你五张年画，你得准备多少纸张？每一县一个农村剧团的指导人，就需要出多少戏剧干部？在这人力不敷分配的时候，后方艺术界的同志们，即使全体总动员投入农村，也只能是做一点算一点，做一滴算一滴，哪里还敢再事踯躅呢？

为文化程度较高的人制作一些更高级的作品，自然也没有什么不可，不过在更伟大的任务之前，这只能算是一种副业，和花布店里捎带卖几条绸手绢一样，贩得多了是会占去更必要的资本的。至于说投身农村中工作会不会逐渐降低了自己的艺术水平，我以为只要态度严肃一点是不会的。假如在观念上认为给群众创作东西是不值得拿出自己的全副本领来，那自然不妥当，即使为了给群众写翻身运动，又何曾不需要接受世界名著之长呢？织绸缎的工人把全副精力用来织布，一定会织出更好的新布，最后织到最好处，也不一定不会引诱得巴黎小姐来买。

（1947年8月15日，《文艺通讯》第7期）

# 关于农村文艺运动

荒煤

在边区文艺座谈会上，听到王亚平同志报告了冀鲁豫文联民间艺术部改造民间艺人及民间艺术的工作，引起了大家对边区农村文艺活动热烈的关切与讨论。大家一致认为：边区农村文艺运动早已蓬勃发展（虽然有的地区较强，有的地区较弱），但一般文艺工作者对此恐怕还不能说已经有足够的重视。

我个人想到以下几个问题，还应该提出来和各地区文艺工作同志再做研究与商榷：

一、开展边区文艺运动，是否应该首先注意农村文艺活动的培植与推动，作为新文艺运动基本环节之一？今天边区农村的文艺运动，是在广大群众翻身的基础上开展起来的。凡是在翻身运动搞得好的地区，农村艺术活动就非常活跃与普遍，反之就显得消沉。这是"群众翻身，自唱自乐"的运动，是群众翻身后自发的迫切的要求，也唯有这个运动才能真正直接给人民"雪里送炭"，普及到如此广大分散的农村环境中去。同时，许多的事实证明了：群众一旦以主人翁姿态走上艺术舞台，立即表现了生气勃勃的、有力量的、有丰富创造的艺术才能！他们完全可以并善于掌握艺术武器，从此开辟、扩大了文艺路线的新天地！也只有依靠这样的群众力量，才能抵制旧戏，推动民间艺人走向改造，废除迷信及封建思想残余的束缚与影响，为新文艺运动扫清障碍，占领前所未有的广大新阵地。因之，文艺工作者必须明确自己的思想，认识到这个问题的重要性，应该随时密切注意、关心这个运动的发展，经常进行调查研究，了解情况，发现典型，培养典型，总结经验，借以推动与开展这个运动。

过去各地区某些文教部门及文艺工作者对于农村文艺运动都起了不少的启发、组织与领导作用，积累和创造了许多宝贵的经验，可惜有些工作,各地文联及文艺工作者与文教部门之间的联系与配合不够,文艺工作者也没有把这个工作当作自己的责任。有时文教部门对业务熟悉不够,又难予以具体帮助,提高其技术;再加上领导不够经常,经验总结与交流不够,以致运动不能更好推进一步。今后文艺工作者最好积极配合文教部门,迅速对这方面工作加以总结,借以弥补各地发展之不平衡现象。

二、我觉得,开展农村文艺运动,团结与改造民间艺人和旧艺人也是一重要关键。各地经验都证明,民间艺人及旧艺人都有熟练的技术,一般都熟悉群众生活,又大都是贫苦出身,因而这种改造,使他们转变到为群众服务,是完全可能、并且已经收到很大效果。冀鲁豫文联民间艺术部的工作就是很好的例子。倒如太行许多著名的农村剧团,很多就是由旧戏班子改造过来的。再如武乡、左权的盲人宣传队、阳城刘金堂朗诵队等,都是经过改造的民间艺人。这方面经验很不少,但也缺乏有系统的了解与总结。

三、今天边区农村文艺运动中还是以戏剧最为活跃、普遍,成绩最大。特别经过一年的土地改革运动,更是飞跃发展,无论在数量与质量上都前进了一大步。但根据所了解的情形,去年邯郸边区文化工作者大会上关于农村剧团的总结,今天仍然是正确适用的。凡是根据这个方针来成立的农村剧团就有发展。第一,确定是群众性业余活动,不违农时,照顾生产。第二,与农村的中心工作密切配合,反映当前现实,演真人真事,表扬群众新英雄的模范事迹。第三,在组织领导上不闹独立性,服从村政领导;在经济上不浪费民力,自己动手解决困难。第四,演出形式短小精悍,创作走群众路线。

四、职业农村剧团(县剧团)对村剧团应该多方面地帮助与扶植,注意自己的作风的影响,应力求避免铺张浪费、专演大戏、不配合实际、脱离群众的倾向。而部队文工团、专署与行署剧团都应该适当地帮助农村剧团,建立密切联系,起相当的领导作用。这三方面汇合起来必然大大地推动剧运。——以上这些方针都是早已明确了的,唯具体执行时仍有偏差，特再申述一下。

五、另一个极其普遍的群众性的创作运动——快板运动，在今天广大农村所起的影响与作用是非常惊人的！无论男女老幼都熟悉并且能掌握这个形式，那样迅速普遍地反映一家、一村的所发生事迹，而且流行传播得那样快。真是有所闻、有所倡，就"有口皆传"，这是从群众涌现出来的一个空前的艺术运动。在土地改革运动中，曾经产生了不少生动的、充满鼓励情绪的快板，通过它甚至就可以了解这一个村的土地改革运动中的各个关节的微末。很可惜，文艺工作者对此可能都没有很好地广泛地进行搜集与研究，也许因为它过于普遍，所以我们过去多少有些"熟视无睹"吧。

六、今后各地区出版物应该放手大量地刊载群众创作，文艺工作者应该去积极发动和组织群众创作，并且以虚心学习、改造自己为目的去参加群众创作，开展农村文艺创作运动。

今天边区文艺运动中最轰轰烈烈的，是农村文艺运动文艺工作者，不投入这一个群众的文艺运动中去，把自己的工作、创作和这个运动密切联系起来，那我们就会脱离群众，使我们的文艺活动与群众文艺活动脱节！为此，一般地提出以上几点，希望与文艺工作者交换意见，互相勉励督促，共同努力，来开展这个历史上空前的农村文艺运动。

（1947年8月15日，《文艺通讯》第7期）

# 改造民间艺人和民间艺术的几点意见

王亚平

改造民间艺人和民间艺术，在今天，应该是我们文艺工作者中心工作之一。因为，民间艺术是吸取不尽的文学源泉，民间艺人的数目很多，他们的力量还大部分地支配着农村文化。这种改造工作，在冀鲁豫文联已给予相当重视，而且收到了相当的效果。今后为了进一步普遍地开展这一工作，特根据个人经验，提出几点意见以供大家参考：

第一，因为这些广大的民间艺人，十之八九都是优秀的农民、工人出身，所以在我们革命阵营里，在文化事业上，必须大量地吸收他们、团结他们。要团结他们，就要从生活上、工作上，和他们接近，常常往来；要了解他们，帮助他们，替他们解决困难，替他们想出路，使他们自愿而欢喜地到我们工作里来。

第二，改造艺人，要先改造他们的思想。虽说他们所爱好的不一样，有的唱戏、唱坠子、说鼓书，有的打洋琴、拉洋片、开画店、塑神像；可是，他们多少年来，都不被人重视，没有社会地位，装了一肚子苦水。咱们改造他们，就可以个别地或集体地，叫他们倒苦水，促起他们的阶级觉悟，因为旧艺人要翻身，首先一定要从思想上翻身做起。咱们要尊重他们，鼓励他们，说服他们，使他们明白了翻身的道理，再动员他们一齐走向彻底改造的道路。

第三，思想改造了，他们的技术也就容易改造。庙神打倒了，他们不能再塑神像、画十八层地狱，他们一定要学习描画有现实意义的新画。土地回家了，农民翻身了，群众不欢喜再听吹胡子、摔袖子的旧戏，不欢喜再听《刘大人私访》《包公案》那些迷信的旧词了，他们一定要学唱新词、新调，学演现实戏、歌舞戏。旧艺人的唱技、画技、塑技，有些是要不得的，就得改造它；有些是好的，就可以保留它、发扬它，使他们适合地运用到新内容里来，为革命的现实服务。

第四，由普遍地团结他们、改造他们，再进一步提高他们。这里包括两个步骤：一个是提高他们的看法，叫他们知道老一套吃不开了，要加油学习新的、彻底改造自己、提高自己；一个是使他们对自己好的技术要有自信，还要不断地吸收新调、新画法、新雕法、新唱法，使自己的技术一天一天地改进，不但自己能够很好地表现，而且能够大胆地创造。咱们文艺工作者在改造他们当中，也改造了自己。他们向咱学习，咱也向他们学习；他们吸收咱的优点，咱也吸取他们的长处，一同努力，一同创造。太行农村剧团写的剧本，冀鲁豫的民间艺人画的洋片、编的坠子，都收到了很好的效果，若果能进一步多研究、多创造，那一定有更好更大的成绩。

第五，为了实践改造民间艺人和民间艺术工作，咱们文艺工作者必须亲近他们，走进他们当中，建立艺人组织——如农村剧团、画塑改进会、艺人宣传队等；不断地研究、搜集各种民间艺术材料，大量地创作、印刷、出版；把创造出来的作品，借着区县参军大会、选举大会、群英大会，及其他群众集合的机会，去演唱，去实习；由实习、演唱中，再提高、再创造，再创造、再提高，达到为工农兵大众服务的目的。

农民翻身了，爱国自卫战争节节地胜利，工农兵大众如饥似渴地要求表现他们、歌颂他们，要求能读、能看、能听的艺术。民间艺人是一股有力的队伍，民间艺术是一个掘发不尽的文学宝库，因此，我建议文艺工作者应普遍地重视它，迅速而广泛地开展这一工作！

（1947年8月15日，《文艺通讯》第7期）

# 开展典型报导发扬群众创造

冰如

"鼓舞人民斗争,歌颂表扬人民的业绩和典型,成为党的领导方法之一。"滕副司令员在本报周年纪念时,指出发扬典型是人民报纸新闻报导的主要方向之一。一年来我们在典型报导方面已获得很大成绩,这次边区文教奖金评选时,由本报推荐二十篇典型新闻通讯已荣获奖金。

从本报创刊以来,在新闻报导上反映了人民翻天覆地的翻身运动和自卫战争的伟大业绩。有许多通讯员同志,直接参加了这个丰富的斗争,从而反映了实际运动的经验,发扬了群众中的典型创造,因之也更好地指导了实际运动。

这些关系到千百万人民实际生活的典型新闻报导,曾受到各方读者的赞扬。反映爱国自卫战争出色的战斗通讯为:《大杨湖之战》,边府杨主席读后深为感动;李文波同志几篇精彩战斗描写如《袄袖上的血》等,曾受到前后方广大读者欢迎。在反映游击战争方面,曾提供了许多新的经验和群众创造:当去秋敌人向豫北、平汉进攻时,广大军民纷起保田自卫,而某些领导思想发生了分歧时,记者史洪与太行五地委书记陶鲁笳同志,及时总结报导了对坚持分散游击战争党的一元化领导的经验,太岳分社提供了《垣曲反倒算运动新的创造》,提出"一手拿枪一手分田"坚持游击战争的方向;李夫同志的《由恐慌走向无畏》(见四月二十三日本报)生动地反映冀鲁豫敌后人民,坚持敌后保田战争的过程,给坚持边地与敌后斗争的军民以很大的鼓舞,对实际斗争有很大指导意义。

民运部聂真同志,在一次土地改革检查团会议上指出,发扬一篇好的典型报导，比领导机关发的油印指示、通报作用还大。当土改由大发动转向深入填平补齐彻底消灭封建时，各级领导都发现干部群众存在自满"差不多"思想，萧航同志《南委泉的土地改革》的通讯及时地提出：克服"差不多"思想。不断地扫荡和追击地主，同时用奖励自报方法，挖"防空洞"，从农民内部挤清封建，这一方法普遍为各地领导同志所发扬运用。左权城关调整干群关系经验，李冰洁同志之《表模立功加强干群团结》所介绍的冶陶改进干群关系的典型创造，改变了原来先提意见后表功的步骤，从表功着手，增进干群团结，给全区调整干群关系开辟了新的道路。这是我们新闻报导上的重大收获。由于我们连续地报导了各地实际运动情况，发扬了群众的典型创造，能够交流经验推动工作，使报纸与实际运动密切结合，但《人民日报》是全边区三千万人民的报纸，无论用多大篇幅也不能全部反映各地丰富的斗争情况，因此如何使党报更好地结合实际，避免新闻报导的琐碎片面，运用典型报导方法、发扬群众创造，就成为当前新闻报导上须要研究的课题。

  典型报导，是一般与个别结合的领导方法在新闻报导上的具体运用，是从运动中找出活生生的事实，贯彻党的指导思想，通过党报用这些典型事例的经验教训去指导工作。这样做就不是平均使用力量，有闻必录，有稿必登，而是要善于从普遍性的问题中，抓住能够代表一般的典型，发掘其成功的经验和失败的教训，做到集中突出地报导。你所发掘的典型愈能代表一般，便愈能结合实际；你发扬的群众创造愈多（事实上各地都有），便愈能结合群众的要求。党报的指导任务，就在于掌握运用典型报导方法，集中和发扬群众的创造，变成指导群众的方针。今年报纸连续发表了左权城关调整干群关系的经验（见四月八日本报）和黎城南委泉挖"防空洞"的消息，很快为各地群众所运用。如邢台县委在晚间总结工作，早起见到报纸，立即把挖

"防空洞"补充作为新的指导方针。肖峡同志关于冀鲁豫七地委《开展立功表模运动成功领导方法的介绍》（见四月十七日本报），经过报纸肯定提倡，现已在全区逐渐运用起来，这说明了发扬典型对实际运动指导具有重要作用。

从各地事实证明，党的每一方针号召是密切结合群众要求的，在实践中群众新的创造和典型是大量存在的。我们记者和通讯员的任务，就在于发掘群众中新的典型创造，表扬群众斗争的业绩。经过土地改革和年初的大生产运动，以及一年自卫战争，各种模范人物和新的典型，是已经涌现出来和正在大量生长起来。通讯员同志要善于帮助领导发扬这些典型的创造，如冉虹等同志深入连队，介绍王克勤模范班；古维进同志深入边地，报导"杜八联"；王汝珍同志最初发现杨聚和武工队，做了连续报导，都是值得表扬的。这些典型模范人物，经过领导上提倡培养通讯员的深入调查反映，很快就成为自卫战争中的旗帜。这类典型人物在最初也许只是萌芽的不很完整的（也不能一下子即很完整），只要他对某一运动具有指导意义，都是可以发扬的。杨聚和武工队在焦作撤退后七战七捷，王克勤在军民关系上和带领新战士作战方法上如只从一般战斗意义上和军民关系、官兵联系上说，并无多大意义，但我们从反蒋保田自卫战争新的现实出发，王克勤以一个解放战士能有这样好的军民关系和官兵关系，便显示出反蒋保田战争中解放战士高度的阶级自觉。在这个人民自觉的爱国战争中表现出勇敢与技术结合的新的创造，对于推动自卫战争便具有普遍意义，形成了运动。

我们在报导典型时，要注意发扬群众的创造，不应把少数英雄人物孤立起来，只限于少数突出人物的活动。因为典型具有一般的带头作用，而群众的创造是无限的。自卫战争中，出现王克勤之后又涌现出焦五保、李治武、董金德等新的英雄模范，杜八联之后又出现了第二杜八联，往往一个典型的人物（如王克勤）或一个典型的地方（如杜八联）也可以发展成群众运动；但不管选择典型的事件也好、地区也好、问题也好，一个典型的运动，多半是通过一定的人物表现出来的。因之典型报导必须深入调查研究，发掘开展运动的主要关键，表现解决一定问题或方向的主要特点，根据运动的发展提高，做到典型的连续报导。

（1947年8月18日）

# 学习《晋绥日报》的自我批评

《晋绥日报》于六月二十五六两日发表了《不真实新闻与客里空之揭露》("客里空"是苏联名剧《前线》中的一个信口开河的新闻记者)一文。《晋绥日报》在这篇文字中,严格揭露了自己工作中的缺点,寻根究底追寻错误的由来。在这个自我批评的工作中,他们也揭露了我们的新闻工作者中,有像艾柏这样的人,为了自私自利的目的,曾经站在地主方面反对农民。《晋绥日报》此次的自我批评是很好的。最近一时期,晋绥与其他解放区一样,正在进行土地改革。《晋绥日报》的自我批评,是土地改革中的一个收获,它必将使新闻工作更加向前推前一步。这种自我批评,不仅各解放区的新闻工作者要学习,而且一切工作部门都应当向它学习,以便更加改进自己的工作。在这个意义上,《晋绥日报》的这一倡导是非常有意义的。

《晋绥日报》的自我批评,是在国内战争与土地改革的新形势下进行的。

现在我们是处在历史上空前规模的内战之中,人民的敌人是蒋介石反动集团。这个反动集团有美国帝国主义的援助,中国人民要以自己的力量战胜这个敌人,最重要的保证之一,就是土地问题的彻底解决。首先是解放区土地问题的彻底解决。一九二五年至一九二七的大革命,曾经因为陈独秀的机会主义,不敢领导农民解决土地问题,以致遭到失败。内争时期,帝国主义与蒋介石反动集团向革命势力做严重的进攻,但是由于我党坚决赞助和领导了土地革命,所以革命运动仍能坚持和发展。抗日战争时期,我国曾经建成了包括蒋介石在内的民族统一战线,我们党的土地政策改变为减租减息与没收汉奸财产的政策是正确的。现在的情势与抗日时期已经不同,我国仍有广大的,为民族独立、民主自由而奋斗的统一战线，但这个统一战线已不包括蒋介石在内；相反的，蒋介石集团现在是卖国贼、法西斯和战争罪犯的集团，是人民的公敌。在这种情形之下，我党的土地政策改变到彻底平分田地，使无地、少地的农民得到土地、农具、牲畜、种籽、粮食、衣服和住所；同时又照顾地主的生活，让地主和农民同样分得一份土地，乃是绝对必要的。坚决执行这个政策，则人民一定能够战胜蒋介石；如果在这时候重复陈独秀的机会主义错误，则革命运动会有失败的危险。

从抗日民族统一战线与减租减息，到国内战争与平分田地，这个变化不能不对我们的一切工作提出新的问题和发生具有深刻意义的影响，因为新的形势要求我们的一切工作都有必要的改进，来适应这个形势，来推动土地改革与争取战争的胜利。凡是阻碍土地改革与妨碍争取战争胜利的，必须予以革除。每一个革命者对于这个改进工作的任务，决不能漠视无睹深闭固拒。

在革命运动由抗日战争与减租减息推进到现在的国内战争与平分田地时，就革命的性质来说是没有变化的，两者都仍旧是属于新民主主义的性质。但是就具体内容来说，则已经有了变化。这个变化中的最重要之点，就是在地主与农民之间展开的斗争。我们的队伍中有许多革命的知识分子，其中很多出身于地主、富农的家庭，在与帝国主义和大地主大资产阶级斗争时，立场常常比较坚定的，但是在革命运动深入到普遍的土地改革、普遍地消灭封建制度时，出身于地主、富农家庭的知识分子因为他们与封建制度有若干联系，如果舍不得割掉封建的尾巴，舍不得为整个革命的利益而牺牲个人的和家庭的利益，就会发生立场上的动摇，其中一部分就会堕落到袒护地主、反对农民的立场上去，或者堕落到自私自利独占农民斗争果实的富农立场上去，这是民主革命运动发展中必然发生的现象。如果不坚决反对这种动摇与堕落,对于革命运动的发展就会发生妨害,对于个人就不能治病救人。现在与抗日阶段的重要的不同点之一,就是土地改革由减租减息与没收汉奸财产发展成为普遍地平分田地、消灭封建。在这个时候,我们队伍中一切由地主、富农家庭出身的革命知识分子,必须警惕到自己的立场,即是在地主与农民之间的斗争中,要坚决站在为农民服务的立场上,然后才会有正派的作风。应该指出,在反帝国主义、反大地主大资产阶级的问题上,从抗日阶段到现在阶段,从反对日汪转到反对美蒋,我们的整个队伍是十分坚定而毫不动摇的。在土地问题上,从抗日阶段到现在阶段,从减租减息、没收汉奸财产深入到普遍地彻底地平分田地与消灭封建,我们的整个队伍仍然是坚定的,但在个别人员、个别部门甚至个别地区,则表现出某种动摇,有些个别人员则表现出立场上的堕落,而不正派的作风就发生出来,主要的表现于袒护地主、打击农民、窃取果实、欺骗上级。这种错误的立场与不正派的作风,使得党在某些环节、某些地区发生脱离群众的现象,这些现象在若干地方表现得很严重。这种脱离群众的现象,在不少地区已被警觉到和纠正过来,但是还有些地区没有纠正过来,还要用很大的努力才能纠正,这是在新的形势下我们队伍之中所发生的新的变化。我们的党是经过了整风运动的党,是团结一致在我们的领袖毛泽东同志和中央委员会的领导之下的,但是我们应该看到这个新的变化,因而决不能自满,要以很大的努力来肃清若干脱离群众的现象,认清我们队伍中动摇堕落和作风不正派的现象,使我们的队伍更加团结一致、改进工作,争取战争的胜利和新民主主义的实现。

为了达到这个目的,公开的自我批评是我们有力的武器。这种公开的自我批评不但不会降低我们党的威信,相反的它只能提高我们党的威信,因为只有我们的党对于中国民族革命的事业才是这样郑重其事,这样负起责任。这种自我批评与对于英雄模范的表扬是一件事情的两方面，二者不可缺一，其目的都是为了改进工作，以求实现彻底的土地改革与争取爱国自卫战争的胜利。

（1947年9月1日）

# 锻炼我们的立场与作风
## ——学习《晋绥日报》检查工作

新华总社编辑部

人民的新闻事业区别于反动阶级新闻事业的主要标志,是立场与作风。我们的立场是为人民服务,首先为占人口最大多数的工农兵服务。我们的作风是求真实,就是以事情的真实情形告诉人民;是求精深,就是我们的新闻与评论必须写得好,经过调查、研究、分析,能够为人民解释问题与解决问题。这种立场与这种作风,两者是不能分离的。这样的立场,这样的作风,是我们向来所提倡的。

经过抗日战争和两年来争取和平、民主的斗争,人民的新闻事业已发展成为一支强大的军队,它是人民解放运动中一个有力的思想战斗武器,它的发行最大量,影响最普遍,反映最迅速,因此与人民群众最密切。这一支军队必须练好,才能有效地为人民服务。在目前国内战争阶段与土地改革大运动中,更须加强这一武器,帮助人民战胜敌人。过去各解放区都曾做过一些改进新闻军的工作,而且已有若干成绩,但是像《晋绥日报》六月下旬开始的这样公开的群众性的检查工作,则没有做过。所以《晋绥日报》这次的反对"客里空"运动,在人民新闻事业建设过程中是有历史意义的,而且不但对晋绥一地有意义,对其他解放区同样有意义。

根据《晋绥日报》此次初步检查结果,一方面发现了新闻报导及新闻工作其他环节中有严重的不负责任、不实际的"客里空"作风;同时更加值得注意的是发现了新闻工作中的阶级立场问题,这是晋绥土地改革中一大收获。过去我们新闻工作中不仅不断进行过立场教育,而且也已收到极明显的效果。但一般地说,这主要的是关于在反帝、反大地主、大资产阶级的斗争中的立场问题;在土地问题上,农民与地主关系中的立场问题，则较少具体注意。这是因为过去土地问题还限于减租减息，没有深入到普遍的平分土地；另一方面所以有这种现象，当然还与我们新闻军的成员的阶级出身有关。绝大部分由小资产阶级知识分子组成的新闻军，在反帝、反大地主、大资产阶级的斗争中，立场很容易鲜明；而在农民与地主关系中，却有一部分立场会模糊，这是因为小资产阶级知识分子大半与土地有关。记者艾柏把"地主"说成"中农"，并强迫群众退还斗争果实，这一事实须要我们大加警惕。对于这种人，应有愤慨，大家努力把我们新闻军的立场锻炼提高一步。

《晋绥日报》又检查出来了下列的相当严重的现象，即是写作上凭空制造"英雄模范"，采访上的道听途说、捕风捉影，编辑工作中的毫无根据任意删改，译电校对等工作的马马虎虎，等等。这种不认真、不精致的作风，是极坏的作风。产生这种坏作风的思想根源，在于有些同志还在兢兢于个人名誉、地位、权力、待遇、兴趣等所谓"个人成就"的打算，还不能全心全意脚踏实地地为人民工作；另外一个根源是旧习惯，新闻军里革命的小资产阶级知识分子中，有一些人还带来了没落的封建阶级那种自高、懒惰、清谈、苟且、敷衍等坏习惯，对于人民事业应付旁观，缺乏热情。这种没落的、没有前途的个人主义思想与自私的习惯，对于人民新闻事业造成了而且造成着不断的损失，须要我们坚决起来与之做不调和的斗争。上面这些坏现象，一般地说，虽在我们新闻军中已不占统治地位，但仍大有害于人民事业的。我们全体新闻工作同志必须认识，如果我们不下决心改正这些缺点，我们就会下降，就会退化；换句话说，就会脱离人民。那么怎样来进行改造呢？《晋绥日报》已经提供了初步的正确的方法，就是公开地、群众性地、彻底地进行检查。以后凡是做得好的单位、部门及个人，应受到公开的表扬；做得坏的，应受到公开的批评、指责，而且应以群众力量督促其非改正错误不可。认真改正了错误的同志，应受到欢迎，我们应当很好地团结他们；对于那些坚持错误的，应当毫无保留地撤销他们的职务，直到他们愿意改正错误时才再任用他们。也许有人以为这样会打击干部，其实这正是爱护干部、教育干部真正进步的最有效的方法。因为我们的新闻事业是属于人民的，而又是经常地公开地与人民相见的，我们的队伍中有缺点，好像人的脸上有污点，是人所共见的。因此必须公开改正错误，才能保持人民新闻事业及其干部在人民中的威信。有了公开错误不能公开改正，就不会有真正威信；有了公开错误能够公开改正，就仍然会有威信。

各解放区的新闻工作单位、部门及个人，均应普遍在公开的群众性的方式下，彻底检查自己的立场与作风，要由此开展一个普遍的学习运动。有些人很强调技术学习，他们就必须知道只有在正确的立场与作风基础之上，技术对于人民才有意义。阶级立场是一切之本，立场正确了，作风才会真正正派起来，才能有认真负责的态度，不至于马虎从事、敷衍塞责；也才能力求精致、细心分析，不至于人云亦云，自满于一知半解。只有这样，才能经常坚决地清醒地研究敌人、判断敌人，不致被敌人虚声吓倒与欺骗蒙蔽。也只有这样，才能对我们自己的成绩既不抹杀，也不夸大，更不易为假成绩所迷惑。也只有这样，才能有真正的勇敢来正视我们自己的缺点，不致麻木不仁、熟视无睹，更不致粉饰太平、包庇缺陷。

我们的党已经是中国人民一切希望所寄托，已经有力量决定中国政局的大党，在国际上已有很高的威信。中国已经有一万万三千万人民获得解放，作为中国党与人民耳目喉舌的人民新闻事业及其工作人员，应以此为标准来进行自己的改造。

（1947年9月1日）

# 严格检查立场与作风

今天是"九一"节,本报发表了新华社社论《学习〈晋绥日报〉的自我批评》及总社编辑部专论《锻炼我们的立场与作风》两个对于人民新闻事业建设具有历史意义的文献。这两个文献的总的精神,是号召所有新闻工作者立即投入一个改造自己的学习运动,运用公开的自我批评的武器,彻底检查与端正每一个新闻工作者在土地改革中的立场,克服一切不正派的作风,把我们这一支新闻军队锻炼得更好,使它更好地为人民服务。

我全区新闻工作者应以高度的热情,响应这一号召,立即进行对自己的严格检查。

应明确认识。在土地改革运动中,由于不敢正视农民的正义行动,不重视吸收农民(特别是贫农)的正义要求,失掉立场,或立场不稳,为地主张目,影响了农民彻底翻身,都在我们的新闻采访与编辑工作中或多或少地存在。把明明对农民无利的事情,写成了对农民十分有利的事情;把农民(特别是贫农)不同意的事情,写成全体农民十分赞同,如去秋武安伯延地主献田,登出后该村农民十分反对;甚至夸大事实,无中生有,把只是几村的事情,报导为一个地区的事情,如某分社报导全区重启复查,实际该区尚只进行零星复查。此种不负责任、不实际的"客里空"作风,表现得也相当严重,有些还十分严重;个别站在敌对立场,打击农民,或窃取群众斗争果实的堕落分子,也不是没有。现全区查立场、查思想运动,已普及到各部门各角落,我新闻工作者一定要把握时机,仔细地查、认真地查,千万不能漠视无睹,谁漠视谁就会掉队。

这一检查,一方面依靠新闻工作者真正的自觉,开展自我检查与相互检查，认真挖掉思想上、行动上与地主有联系的防空洞，并认真坦白由于地主思想影响，使自己不能为人民很好服务，甚至损害农民利益的事实与思想；另外一方面，要学习《晋绥日报》的经验，发动公开地群众性地彻底地检查。一切"客里空"现象和丧失立场的不真实报导，都应公开让全区人民予以尖锐的清算与揭发，我们希望是人民的报纸，应该交给人民审查，凡人民对我们提的意见，我们都应予以诚恳接受；人民对我们的批评和检举，我们都应虚心检讨；凡损害人民利益的，都应公开向群众承认错误。因为我们的报纸及每一个新闻工作者都是人民的勤务员，应该交给人民监督与鉴定，任何畏惧公开自我批评的心理，都是应该克服的。报纸的通讯员，也是人民的勤务员，在这次检查运动中应积极参加，在群众中进行反省检讨，并组织群众对我区新闻工作的检查。

（1947 年 9 月 1 日）

# 布尔什维克报纸的战斗任务

子野 译

按：这是联共党报《真理报》前年（一九四五年）五月五日的社论，其中阐明了党报的任务与人民的当前任务之不可分，与人民的生活、斗争、劳动之不可分，并提示报纸除宣传好的经验外还必须勇敢地批评工作中的缺点，并强调提出加强与扩大报纸与群众联系的重要。特转载于此，以作借镜。

今天是布尔什维克报纸（以下简称"党报"——译者）的纪念日，一九一二年五月五日是斯大林同志遵照列宁的指示而创办的《真理报》第一期出版的日子。党报的纪念，不仅是新闻工作者，不仅是一切劳动者，而且是全体人民的传统纪念日。为什么会是这样呢？就因为它在社会主义建设中起了很大的作用，就因为它忠实服务于人民的利益。

党报的创始人就是我们党的伟大的奠基者——列宁、斯大林。即使在现在我们重读第一期《斗争》报上所发表的斯大林同志四十年前所写的第一篇论文，还会感到兴奋。这篇文章不仅是我党光荣的史页，并且在现在仍不失其现实意义。它指出了布尔什维克报纸的不变的任务：用科学社会主义的观点阐明社会生活的每一个现象，在自己的工作中依靠着广大的劳动群众的支持。

老实地、科学地说明社会生活现象和与人民紧密联系，这两点是党报不可动摇的传统。在为奠定苏维埃政权而斗争的年代，在国内战争时期，在和平的社会主义建设的时期，党报曾把国内和世界的事件对人民做了忠实的、列宁、斯大林的解说。它勇敢地撕破了革命和人民公敌的假面具，鼓动人民起来和白党及外国干涉者做斗争，说明苏维埃社会主义制度的力量取之不竭。有不少的人们——来自工人、农人、苏联知识分子——这些都是新生活的建设者,常常积极参加党报的工作。

在伟大的卫国战争年代,成千的苏联报纸散在前方和后方,给人民正确解说了事件的经过。这些报纸散在人民中间传播伟大的斯大林的言论和我们对法西斯强盗斗争的知识,这是英明而正确的言论,鼓舞人民为祖国立功,坚定战士和劳动者对胜利的信心。

在战争胜利结束以后,在我们的正义事业完全胜利以后,在苏联的报纸面前,提出了新的任务。这些任务与摆在全国面前、全苏联人民面前的任务是分不开的,与他们的生活、斗争、劳动是分不开的。

党报的第一个任务就是以苏联爱国主义、以社会主义意识教育人民。在报纸和杂志的篇页上必须深入浅出地阐明卫国战争胜利的根源、苏联社会和国家制度的优越、红军的力量和壮大、布尔什维克党——伟大的列宁、斯大林的党的作用,这个党是祖国胜利的体现者和组织者。全世界不仅能够相信苏联国家的强大,而且还相信其政策的正义性,因为这种政策是建立在各民族平等并尊重其自由独立的基础上。除了苏联国家在争取和平与安全中起先锋作用而提高威信以外,同时我们的报纸还应当向劳动人民说明,"当我们展开社会主义的建设时,时时刻刻都不应忘记反动派的阴谋,他们正在计划新的战争","必须记着伟大列宁的指示,虽然转到和平劳动,但仍经常警惕,小心谨慎注意保持我国的武装力量和防御力量"(斯大林)。

苏联报纸的最重要的任务是宣传恢复和发展苏联国民经济的新五年计划(从一九四六年到一九五〇年),动员群众为完成并超过实现这个计划而斗争。斯大林同志在他的五一命令中说:"工人、农民和知识分子都接受了这个五年计划,视为适合于他们切身利益的战斗纲领。"以布尔什维克的精神来为完成五年计划而奋斗,这就是说每一个共和国和自治区,每一国民经济部门,所有的工厂、工场、煤矿、矿山、铁路都必须按期完成和超过计划完成。以布尔什维克的精神来为完成五年计划而奋斗，这就是说必须在每一集体农场、国营农场、每一地区保证顺利而提高质量地去进行本年的农业工作，保证农业收获和畜产的提高。我们的报纸必须每天地、有信心地向劳动人民说明，五年计划的胜利完成，苏联国家的力量更进一步的巩固，苏联人民的物质文化生活水平的提高，就依靠他们的努力，依靠每一个苏联人在其劳动岗位上的忘我的劳作。

我们的报纸应当天天用具体的实例和事实说明国民经济各部门中生产计划的实际执行情形，广泛地传播社会主义竞赛的前锋分子的经验，通俗地说明组织生产的好方法，保证提高生产力的科学、技术的新成果。除了宣传好的经验以外，报纸还必须勇敢地批评在落后企业和集体农场工作中的缺点。

这些任务要求更进一步地提高我们报纸和杂志的质量。必须更加生动地，更加尖锐而鲜明地发表布尔什维克的报纸文章，打动人们的心，鼓舞他们，推动群众以忘我的英雄精神为祖国劳动。

现在加强与扩大我们报纸与群众的联系，吸收成万的新的积极分子——工人、集体农民、生产队长、学者、各层知识分子的代表，参加党报工作，这些在目前特别重要。只有在这样的条件之下，报纸才能真正与生活联系，才能及时发现和坚持一切群众中所产生的新的和有价值的东西，才能及时提出纠正妨碍新五年计划的缺点。

党报常常是列宁-斯大林党的有力武器，是群众的战斗的宣传者、鼓动者和组织者。现在还应该把这有力的布尔什维克武器磨得更尖利一些！让我们充分来利用报纸这副武器来为新五年计划而斗争，更进一步来巩固我们祖国的力量，提高我国的物质享受和文化水平，争取共产主义在我国的胜利！

（1947年9月1日）

# 谈发扬优点与批评

冰如

在边区文教奖金的典型新闻报导中，许多同志普遍掌握了发扬优点的方法，大大地发扬了群众的创造，使读者从新闻报导中，明确看出报纸在"提倡什么和反对什么"。在翻身后广大人民所进行的社会改革与生产建设运动中，人民的创造是丰富的。我们不是采取批评打击的方法来推进工作，而是注意运用了毛主席表扬优点的路线。

从发扬积极面着手，表扬典型范例来推动运动前进。太行黎城区村干部均已普遍掌握这种方法推动工作。

从最近人民军队中有如雨后春笋一样生长的"门板报"普遍开展"记好""学好"运动，给予我们新的启示。发扬优点的报导方法，应成为新闻工作者努力实践的方法，我们的记者、通讯员同志在采访中，要改变"钦差大臣"态度，"睁开看优点的眼睛"，深入实际全面地观察问题。不光看到消极方面的缺点，更重要的是要看到积极的优点。那些虽然是微小的，也应把优点突出发扬，我们对于人民的创造，是只应歌颂表扬；对于人民的缺点，除异己分子外，不应做消极的批评，而应从发扬好的去克服坏的。把自己当作人民的勤务员去为群众"找好""记好"表扬功绩，发扬群众的创造。

今年由土地改革转入大生产运动时，许多通讯报导多纠缠于农民消极的"割韭菜"怕富思想，通讯员柳村等同志深入群众调查分析，写信告诉我们，土改后农民基本要求是积极发家致富，"割韭菜"怕富思想，是一部分中农在执行政策中所引起的消极的附属的次要的思想。他们集中地报导了群众发家致富思想，表扬了翻身英雄梁马斗领导群众发家致富的模范功绩，把今年大生产运动向前推进一步。

那么在新闻报导上是否可把表扬优点与批评缺点同时并提呢？根据冀鲁豫七地委"开展立功表模"领导方法经验证明，把"查风""立功"同时并提，是不能够达到改造作风、提高工作积极性目的的。以后提出立功表模方法，群众才说，领导上睁开了两只眼睛。我们在新闻指导观念上，还有不少同志，把表扬与批评并列，或者不适当地强调了批评的作用，没弄清对象，光挑剔缺点，以致批评失实，分寸不当；甚而夸大人民队伍的缺点，把批评当作攻击，曾引起读者不满。许多事实已经证明，单纯地批评，很难使人心悦诚服，达到改进工作的目的。相反的从发扬优点出发，介绍成功的工作经验，树立模范旗帜，引导群众向英雄模范学习看齐，使有"败症"的人会从认识功劳中自觉地改正错误、克服缺点。如左权城关"干群团结挤封建""南委泉挖防空洞"，都是采取比进步表扬优点方法，把"表扬自报"与"奖励实物"结合，鼓励了群众与地主分家，提高了"落后"群众的阶级觉悟，便是最好的证明。

这样做法，是否"灶王爷上天，只说好的不说坏的"呢？或者某些地区可以此为借口，我区工作"落后"，没有什么可供报导？变成"新闻死角"干脆好坏都不说呢？我们认为，在以表扬优点为主方法中并非取消批评。我们从运动中肯定了某些优点，即相对地批评了某些缺点或不够的地方，使人从对比的事实中得到启示教育，以抉择取舍。对于一般带有普遍性的原则问题，我们提倡表扬，并非单纯地说好，真正对工作对人民无益，是可以提出批评的。特别是对于人民的敌人和同盟者，我们应该爱憎分明，坚决进行批评和斗争，对于人民队伍中地主立场和敌对阶级思想影响，以及地主阶级的"防空洞"，我们也应该予以坚决的批评揭露。以往我们对于敌对阶级思想行为的公开揭露是不够的，这种公开批评不是打击，而是教育。至于说因工作发展不平衡，就自认"落后"，无可报导（？），这是不了解。任何工作都是从现有基础上发展提高的。我们应学习门板报"找好""记好"方法，从不同地区、不同工作条件上仍然可以发扬群众的萌芽创造的。这就是说，不是消极地等着有了典型成功的东西才报导，而是依据群众现有水平，随时发掘群众的创造，以推动一般前进。另外，凡工作表现落后，必然有阻碍工作前进的问题，如能深入群众，抓紧发掘出农民（特别是贫雇农）的真正要求，一定可以反映出很有价值的问题。说无可报导，那是缺乏实事求是，抓问题不够深入的表现。只要我们经常注意发扬群众的创造，深入实际调查研究，是能给我们新闻报导以丰富源泉的。

（1947年9月1日）

## 纪念九一,贯彻为人民服务的精神!

今天,我们解放区的新闻工作者,正以百倍奋发的精神来迎接本身的节日。在这一天,我们应该检阅本身的队伍,计划如何提高我们的业务,磨硬我们的武器,以便更有效地服务人民,服务爱国自卫战争,服务土地改革,与战胜敌人。在这一天,我们对蒋区那些被独裁卖国政府拘捕的新闻战士,和那些蔑视敌人残酷迫害而始终坚持祖国独立和平民主事业的新闻同仁与侨胞记者,遥致恳切的慰问与战友的敬礼!为着我国人民新闻事业,我们解放区的新闻工作者,愿与蒋区和海外的新闻先进同仁携手并进,共相策励。

表现在新闻领域方面,犹如表现在其他领域方面一样,解放区与蒋管区是截然不同的两个世界。虽在爱国自卫战争的战时景况下,解放区的新闻事业正在欣欣向荣;而充满卑鄙"颠顸"、人兽同列的蒋管区,新闻事业则正备受摧残,凋零枯萎。独裁卖国贼最惧怕人民的正义呼声,目下蒋管区容许存在的就只有四大家族的各种御用报、党棍的通讯社,与法西斯化的报章,和少数自命为"自由主义"的——如《大公报》之流,而实质则是小牢骚大捧场的帮闲报纸,并被用来作为镇压、恫吓和欺骗广大人民的工具。在我们解放区,则呈现另一种完全不同的图景:人民享有完全的爱国的言论自由,民营报纸(单哈尔滨就有七家)未受任何限制,而且得到了民主政府的种种帮助。我们的新闻工作日趋发展,同时获得广大人民的衷心爱护,这是因为它具有如下的特点,即明确的人民的立场、为人民服务的极负责的态度与实事求是的作风。唯其如此,我们的新闻通讯事业成为人民解放运动中一个有力的思想教育与思想战斗的武器。经过八年抗日战争和两年爱国自卫战斗的锻炼,我们解放区已建立起一整套为人民服务的通讯社、通讯网和报纸,由各个大战略区的对开日报起,到各个分区新四开日报、县的铅印、石印或油印报、村的黑板报,以及部队、机关、学校与职工会的铅印、油印报或手抄壁报;而围绕和供应这些报纸的,是广大的由各方面、由农场到作坊、由城镇到穷乡僻壤的通讯网。在爱国自卫战争的火线上,我们的记者正在和解放军的战士一同在冲锋陷阵,而已经有不少记者流血牺牲,成为我们的英雄。我们的新闻事业,就这样得到广大人民的衷心爱护和支持。由于共产党、解放区和人民解放军今天已成为全国人民希望寄托的所在,我们解放区的新闻事业,就不但反映和指导解放区的工作,不但与反动派进行全国性的紧张的宣传斗争,而且已经在全国政治生活中占了十分重要的地位,经常影响着中国时局的演变,影响着世界舆论的动向。可以说,解放区新闻事业的伟大成就,乃是中国人民新闻事业的光荣与模范。

自然,解放区新闻事业的这种成就,决不是轻易得来的。它的每一步都印着血迹,都经过艰难困苦的奋斗。它之具有如此壮大的规模、求实的作风和坚强的气魄,乃是因为它一直在毛主席的感召与旗帜之下奋斗的。毛泽东思想最突出、最具体地反映在我们新闻事业上的,就是始终为人民服务的精神。抗日战争时期,国民党所有的报纸,敌踪未至已望风而逃,非依大后方的安全城市便无法存在;可是我们的新闻工作者,在这时候,却向沦陷区挺进,深入敌后,在战争环境、物资奇缺,以及敌寇残酷"扫荡""清剿"的情况下,出版了百数十种日刊,创造了并扩大了人民的通讯网。我们的新闻工作人员与敌后农民同生死共患难,一同呼吸,一同战斗。这样,我们终于学会了如何克服困难,如何将最新式的宣传技术在最穷乏落后的农村环境下生根长大。事实证明,我们的新闻工作者不但没有被当时的困难所吓倒,反而因为它与人民在一起,经受长期的锻炼,而有了更明确的立场,有了更丰富的生命力,并因而更虔诚地捧其全部精力献给农村，献给占全人口百分之九十的工农大众。这种始终认真为人民服务的精神，就使我们的新闻事业面对着一片无限辽阔壮丽的远景。在这"九一"节中，为增加我们新闻工作的力量，我们向解放区、蒋管区、海外侨胞的记者同仁号召，大家都来学习毛泽东思想，努力成为毛泽东旗帜下的优秀战士！

我们解放区的新闻工作者是已经经历了和正在经历着思想上的深刻锻炼。由八年抗战、日本投降到爱国自卫战争的过程中，民族统一战线已因美帝国主义代替了日本帝国主义和蒋介石代替了汪精卫，便由包括蒋介石改变为逐出蒋介石，并为结束这反动统治而奋斗；同时我们的土地政策也已由减租减息改变为平分土地。因此，全国的形势变了。由于百分之九十的农民正在经历着大翻身的解放，复杂的新问题与大量的新事物出现了，在这时候我们的新闻工作者，在思想上就必须：第一，彻底肃清任何与蒋介石反动集团和平共处的思想，在这伟大的爱国自卫战争中，坚决站在人民方面，敢于为着葬送人民公敌蒋介石而牺牲，而流血；第二，坚决为人民、为农民，为贯彻土地改革与消灭封建剥削服务，坚决为维护农民的利益而斗争。土地改革运动与爱国自卫战争，对于我们全中国的新闻工作者乃是一个思想上深刻的锻炼。我们号召每一个同仁，无论是解放区的或蒋管区的，国内的或侨胞的，都要在祖国土地改革的大浪潮中，在彻底结束蒋介石卖国统治的大事业中，深刻地检查自己的思想与立场，以便进一步贯彻为人民服务的精神。

我们知道，解放区内的新闻工作者都在如何贯彻为人民服务的工作中间，还存在着许多的缺点和弱点。特别是在土地改革运动过程中，我们的工作甚至思想还落在现实的后面，如未能完全与群众打成一片，因而未能在报导群众争斗中间发挥应有的作用，个别的报导甚至还与事实脱节或与事实相反。我们的队伍中还存着许许多多"客里空"，这种现象值得我们严重警惕。我们必须严格检查我们的工作，看它是否符合和贯彻群众路线。同时我们在思想上还须克服如下两种错误的偏向：一种是认为新闻事业唯有依靠少数的文化水平高和写作技术好的干部才办得通。这种错误思想的存在，就是我们某些地区的新闻组织对艾柏一流干部尚加留恋的原因。这种想法必然使改造现有新闻干部成为困难。而另一方面，所谓写作技术，就更与群众脱离，鼓励了新式科举，抛弃了基本群众，形成产生"客里空"的社会根据与封建残余堕落文人的"防空洞"。如放任这种偏向，我们的事业就会退化而脱离了人民。另一种错误偏向，则认为新闻事业可能超乎任何历史性的社会变革之外；就是说，在土地改革运动中，它仍然可以运用其原有的、百年不变的、陈旧的机构、作风和通讯方法来工作。必须明白土地改革正在改变着整个中国社会，我们的新闻事业在土地改革运动中仍然必须加以彻底改造；特别是我们的通讯工作，必须依靠基本群众中和群众不断生活在一起的积极分子，以之为骨干，来大规模发展工农通讯员，使之成为能代表大多数人说话的基层组织。为人民服务的精神的贯彻，以及以基层积极分子组成的工农通讯网的建立，才可以保证新闻工作领域内必需的群众路线，才可以保证思想上改造过了的新闻干部在这基础上得到群众的监督而又为群众服务。这样就必定使我们解放区的新闻工作面目一新，不但将提高工作的质量，而且将把我们的事业大大推进一步，将我们的事业与人民的联系和为人民的服务大大推进一步。与反动的蒋家报纸相反，我们解放区的新闻事业的前途是无限远大无限光明的。

（1947 年 9 月 3 日）

# 彻底消灭"客里空"

## ——太岳报纸的初步检查

太岳《新华日报》新华分社

为了彻底消灭"客里空"与现实不符合的新闻,我们最近检查了一年来的报纸。综合各方反映,我们的新闻通讯绝大部分是真实的,是符合于客观现实的,所以广大群众完全信赖报纸,跟着报纸所指出的方向前进。但是在检查中,也发现了少数的"客里空"的新闻通讯。这种新闻通讯,不仅不能起应有的鼓励或领导作用,而且得了相反的结果,必须迅速而切实地纠正。

现在所发现的"客里空"新闻通讯,有以下几种形式:第一种无中生有,即本来就没有这一件事情,而由作者的主观理想与要求,"创造"了一个事实。如去年十一月一日报所刊登的《行酒令》,与一月十九日的《浮山蛛网联防里进行土地改革》即是。"行酒令"原是被俘的军官的平常喝茶时的游戏,我们却在报导他们开会时,描写如何"行酒令"。《浮山蛛网联防里进行土地改革》一稿,据浮山同志来信,根本没有这一回事情。这种做法,在我们编辑工作中也存在,如编批评稿时,一定要加上"已引起领导上注意,正改正中"即是。但总的说来,这种无中生有的新闻,是很少的。第二种夸大事实,添枝加叶。这种现象,比上一种较多,如九月七日报《守住土地祠》,十一月九日的《奇袭》,五月二十五日《济源十万农民大联防》。以《守住土地祠》说,原来的事实是挖工事时战士躬着身子困难地挖着工事,但作者却渲染成"十多个人都将红色的胸膛,贴到地上,艰难地一镐一镐地挖着泥土"。《奇袭》的通讯却是"缩短历史",把赵川同志几年来所做的事情,写成一天内所发生的,这样尽管是真的,也是一种不符合现实的夸大。至于《济源十万农民大联防》,据济源同志来谈,仅仅是几个村的联防,参加联防的不过几千人,作者却把它写成同样的十万农民大联防。这种夸大,一般是有意识的,且是最明显的一种"客里空"作风。第三种不分析研究事物的本质,只报导出一般假象。如三月七日所载《长子地主姚双喜的转变》,根据姚双喜表示向农民低头,完全是种手段,而我们为了要找一个"张永泰",所以将姚双喜写成"自动拿扫帚给军属扫院、担水""自动烧火、端饭……"再如我们对前一时期晋南某些区村土地改革的报导也只是看到表面的假象,叫"突破"完成,实质上完全不是那回事。这种假象描写成为本质,这是不符合现实的"客里空"。

这种与现实不符合的"客里空"的报导,危害甚大,以这来揭发敌人,敌人不会感到痛;以这来表扬群众,群众不会感到兴奋;以这来进行批评,会给同志们背上"包袱";上级要根据这种报导来确定方针政策,更会大错,贻害无穷。

过去区党委在决定方针政策时,报纸上的材料即是根据之一,如根据垣曲反倒算的报导,确定反倒算的运动,即其一例。但对晋南土地改革报导,就几乎铸成错误,前一个时期报导是到处突破了,有些地方已提出现在是深入的问题。事实上有些地区走了弯路,发生了单纯分田等偏向,要是党委仅仅根据报上的材料去决定晋南工作方针,那不是要犯很大错误吗?

所以造成以上的现象,有许多原因的,主要有以下几种:首先是没将我们的报纸与资产阶级的报纸从原则上区分开来。我们的报纸是为人民服务的,是要反映出人民真实的呼声和要求、真实的行动和创造,以达到正确地为人民解释一个问题或解决一个问题,为人民办点事。资产阶级的报纸则完全相反,实际是歪曲现实为能事,以掩饰自己腐臭的本质，污蔑人民的正确的要求与行动。我们有些同志，对这点认识不够，无意中受了资产阶级报纸的影响，或者认为"对内指导工作要真实，对外宣传夸大一点不要紧"，或者认为"新闻要真实，故事夸大一点不要紧"，而忘记了我们为人民办事的立场与实事求是的作风。

另一种是个人英雄主义在作祟，表现在单位方面的即是本位主义。有些记者或通讯员，从表现自己出发，不惜夸大事实。如某同志谈到"张永泰道路"社论后，就下决心要在长子同样找一个"张永泰"，所以对地主姚双喜做了夸张的报导。有的同志感到既然署上我的名字，须要写"完整"一点才好，因之不完整的材料，也硬写得"完完整整"。据这次检讨，个人英雄主义厉害的同志，"客里空"习气比较重；相反的有些比较老实的同志，虽然报导没有惊人成绩，但写的东西是真实的，因之得到群众的欢迎与拥护。

第三种从固定观念出发，这主要表现在拿上政策法令的框子硬套下面的材料。如在号召争取时间完成土改时，到处都是"十天完成土地改革"，有"七天完成土地改革的典型"。在强调走群众路线时，到处都是"从群众迫切要求出发"。在号召保卫麦收时，济源就有"十万人联防"。事实上完全不是那回事，都是我们在"削足适履"，为了适合我们固定的观念，将下面活生生的事实都"削"得走了原样。

最后粗枝大叶等作风，也是造成"客里空"的一个原因。如有些编者同志，随便拿笔一挥，使原稿的内容完全走样，如处理高平三千户赤贫未分到土地一稿，随便添上"自四月中旬复查以来"，事实是复查以前的事，不仅这个稿件失去了它的现实意义，而且影响了高平有些同志的工作情绪，这些教训值得我们很好接受。

以上仅是我们初步的检讨，希望各地从事新闻工作的同志给以指正，使能进行必要的自我检讨，以便明确地认识"客里空"的害处，并从思想上挖出它的根源，以达到彻底消灭"客里空"，更好地为人民办事。

（1947年9月5日）

# 介绍《解放了的董·吉诃德》

王春

卢那察尔斯基著,瞿秋白译,鲁迅后记,新华书店发行。

据鲁迅先生在给此书写的《后记》里面讲,原书是以一九二二年印行的。那"正是十月革命后六年,世界上盛行着反对苏联的种种谣诼,竭力企图中伤的时候;崇精神的,爱自由的,讲人道的,大抵不平于党人的专横,以为革命不但不能复兴人间,倒是得了地狱。这剧本便是给与这些论者们的总答案"。鲁迅先生这几句简明的介绍,的确已经把这书的宗旨说得清楚。就是这书是给与"许多非议十月革命的思想家、文学家"的总答案,而我们介绍大家都来读这本书,也是为的给予许多对今天的群众运动叫唤"糟得很"的同志们做一个总答案。

这些同志们怎么讲呢?他们的思想代表董·吉诃德在这书上替他们说过了:"应当用新世界的慈爱,去对抗旧世界的强暴。现在……你们是强暴的人,而他们是被压迫者了……这是你们自己要和专制魔王一样,不是我来说你们的。"而著者是怎样答复呢?革命领袖德里戈是这样回答董·吉诃德:"是的,我们是专制魔王,我们是专政的,你看这把剑——看见吧?——它和贵族的剑一样,杀起人来是很准的;不过他们的剑是为着奴隶制度去杀人,我们的剑是为着自由去杀人。你的老脑袋要改变是很难的了。你是个好人,好人总喜欢帮助被压迫者。现在,我们在这个短期间是压迫者。你和我们来斗争吧。我们也一定要和你斗争,因为我们的压迫,是为着要叫这个世界上很快就没有人能够压迫。"鲁迅先生说:"这是解剖得十分明白的。"那么,我们也就用不着再来多说什么了。

从学习中间，我们知道了除了德里戈型的人物，也还有这书上的三个人的鬼魂是在我们的阵营内若明若暗地徘徊着。一个就是董·吉诃德，因为如上所说，他主张"用新世界的慈爱，去对抗旧世界的强暴"；他的"良心"说，反对革命吧！因为他们太不人道！虽然德里戈给他讲了："我没有工夫听这些废话。为着最伟大的幸福的战争正在进行着，要胜利，要镇压敌人，不然，敌人就要打倒我们和我们的希望。一切都为着胜利！意志薄弱的人，请他们去见鬼好了，或者去见上帝好了。贵族和平民不能够互相饶恕的。不是水，就是火；不是我们，就是他们。"然而这也没有用，吉诃德到底还是滚到反革命那边去；而他那样做，却是一本着他的"良心"，或者用巴拉塔萨批评他的话说，那叫作他的"最慈善的最仁爱的念头"！而这"念头"，这"良心"，这种"人道主义"，我们的队伍中却竟有的是！我们总希望大家不至于终究做一个"意志薄弱的人"，或者做一个董·吉诃德式的"好人"，给革命坏下事。

另一个就是这书里提到的巴拉塔萨，他是德里戈的助手，是第二革命领袖。然而他也有弱点：他的出身是个知识分子，就如鲁迅先生所说，他"始终还爱着吉诃德，愿意给他去担保，硬着做他的朋友"。最后，当事实给董·吉诃德证明自己替革命的人民造下了大祸的时候，连吉诃德自己也感到只有走开的好了，而他却还依依恋恋地这样说："我可怜你，董·吉诃德。也许，我来冒险担保你吧。"意思是说他想做吉诃德的保人，让他还留在革命队伍里，只要吉诃德再不发那种可怕的"慈悲"；然而吉诃德不，吉诃德说，我不能保证我自己再不"救人"。就因为巴拉塔萨有这种知识分子特有的"会替人设想""会原谅人的动机还好"等等特点，所以就被反革命的组织家谟尔却识透了，说他是"学生子""没骨头"；而反革命阴谋之得以实现，也就正是打从他这个弱点突击进去的！我们绝不可放过自己不去审查，越是智商修养高的人，甚至可以说越是"理论"讲得熟的人，他身上的这个洞子就越大；"远不像农民那样'机械'，但在那些人看来，农民却也'死硬'，挖不开'漏口'"。

第三个是这书上的斯德拉小姐，这位公主倒不至于会跑到我们这边来，而是说我们这里有着她的群众！她就是我们一些同志所念念不忘的统治阶级的"慈善人物"（在土改中就是所谓"善"老财）的代表。当反革命的主谋者谟尔却作践吉诃德的时候，她同情吉诃德，她也同情许多被压迫者，同情"下人"；她骂谟尔却，骂他们的生活是野兽的生活，她看不惯他们的兽行几至于晕死了好几回。然而她后来和谟尔却结了婚，她要为她自己的阶级的存在而干出一切——我们特别指出这三个人来，希望读者同志们对照自己来警惕一番，检点一番。

剧本写得好，是不需要多嘴说什么的。而更重要的则是它的这些人物的思想行动，都是自然发展下去的，是不得不那样，而且只能那样的。即如董·吉诃德之参加反革命阴谋，在他自己说来，也实在只是在做他自己的"良心"所支配着他的事情，并没有安心和反革命联合。所以当德里戈问他，你打算"同着贵族的匪徒一块儿来反对我们吗？"的时候，他还是这样说："我就算只有一个人，可是，一定要反对一切强暴。"他这话，是真话，是出于他的"自信"，他过分"自信"他不会和反革命合作；然而他不懂得什么唤作"客观发展的必然"。作者既不饶恕他实际的反革命行为，但也不冤枉他说他居心作恶，或者甘心投降恶人。但是唯有这样，才对我们的教训意义更大，我们千万也要把这种"自信"的可靠性估计得低一些，免得做了人民的罪人而还至死不悟。

据鲁迅先生说，这剧本第一场他曾译过；第二场以后是瞿秋白同志续译的；后来秋白同志又连第一场也改译了，全稿交鲁迅先生放了一年，在当年的蒋管区，当然没法出版。后来总算印出来了，他又特别写了一篇后记，但在后记全文上，还不得不避开瞿秋白同志的名字不谈。现将此文从《鲁迅全集》内抄出，附在书后。

著者卢那察尔斯基，是已故苏联人民教育委员长，瞿秋白同志是中国共产党牺牲了的伟大领导者之一，拿他们这本书，作我们今天查阶级、查立场、查思想的参考读物，用作我们反省自己的一面镜子，这是最恰当没有的。

（1947年9月14日）

# 高唱战歌念星海
## ——为星海同志逝世二周年纪念而作

紫光

星海同志，广东人，出身贫寒，做过苦工，受人压迫剥削，历经人间辛酸。到了法国，在巴黎半工半读，苦学七年，兼做堂倌茶役，或其他劳作，终于学成了一身本领，于抗日大风暴的前夜返回祖国，留居上海做了多年救亡文化事业，抗战后到延安。一九四〇年秋天，中央派他赴苏留学深造，不幸竟因病在苏逝世。到今天他已逝世两周年了，当此秋风已凉、红叶渐落之时，不禁使人有多少感慨呵。

星海同志是中国最伟大的作曲家之一。他继承了人民音乐的开路先锋——聂耳的传统，在中国新音乐的苗圃里，培植了灿烂的花卉。星海是聂耳最好的继承者与发挥者。由于他比那位先驱者具备了更高的修养和技术，所以在作品的内容与形式方面，都比前者更丰富更多样一些。他的作品很多，据他自己在苏联写的《创作杂记》上的估计，总共写了四五百首大众歌曲和短歌、几十首艺术抒情歌、四部大合唱、两部歌剧、两套交响乐，以及交响诗、音画、组曲和许多器乐曲，此外还有许多音乐论文批评，以及自传等。作品之多，样式之繁，超过中国的一切音乐家，那真是琳琅满目，美不胜收。

星海同志不但是中国乐坛的巨匠，就是在法国、在苏联，也是杰出的人才。他的创作生活，大致可以分为三个阶段：第一阶段是在法国留学时期。这时期主要是受德印第与杜卡斯二人的影响，印象派的风格与抒情的色彩极浓，代表作是器乐曲《风》。第二阶段是回国后一直到离开延安时期。这时期主要是受了陶行知先生的帮助，投身于救亡文化活动，前后共写了几百首群众歌曲，震动了中国乐坛。

一九三九年、四〇年在延安时期，由于党的帮助，他更充分地发挥了创作天才，完成《生产》《黄河》《九一八》《牺盟》四部大合唱、歌剧《军民进行曲》及《滏阳河》的前半部等。至于校歌、会歌、纪念歌以及乐器曲谱，实在不胜枚举。无疑地，这个时期的代表作，首推《黄河大合唱》，因为它表现了中华民族的气派，与中国人民的艰难和斗争精神。

第三阶段是到苏联后。这个时期他不但吸收了古典派的谨严与浪漫派的豪放，而且受了萧斯塔可维契与阿力山大洛夫等人的影响，吸取了苏联新的风格。他完成了早已开始而且已经写了好几年的《民族解放交响乐》。这部作品共分四个乐章，先写中国地大物博，然后写民族灾难，再后写共产党的领导与人民的觉醒，最后写大反攻与胜利的凯旋，其气魄之雄伟、构思之精密、表现之曲折细腻，堪称为世界杰作。从内容上说，这是一部用音乐来表示的中华民族革命史；从形式上说，这是中国人民第一部自己的独创，而且是具有特殊风格与情调的交响乐。在手法上，前半是写实主义色彩浓厚，后半是革命的浪漫主义色彩显著。他在最后的乐章中，用《狮子舞曲》的节奏旋律，加上中国气派的和声与打击乐器，象征着中国人民解放军的陆军，用《纸鸢》舞曲象征空军，用《龙船》舞曲象征海军。这部作品的标题，是他在延安时，将全部创作意图以及过去完成的一部分，呈献给中国人民的伟大领袖——毛泽东同志时，经毛主席亲自命名的。无论从哪一方面讲，这部作品将是中国人民音乐的伟大的著作。它将与我们的民族一样，永垂不朽。

此外他又用崭新的技巧，重新编配了《黄河大合唱》的器乐部分。同时，当德苏战争爆发后，他在一次与季米特洛夫同志的会见中，得到了启示，写出了第二部交响乐，标题是《神圣之战》，后来又改名《歼灭》。这是他在极困难的情形下，伏在防空壕的木板上写成的。此外他计划写第三部交响乐，但可惜没有完成。在这一阶段，他的创作技巧，的确达到了国际水平。他的音诗、音画、交响诗，以及《满江红》等组曲，也是这个时期完成的。只可惜这些作品，还没有搜集齐，只有等待将来再做介绍。他这个阶段的代表作，不消说应该是《民族解放交响乐》了。

星海同志不仅是个作曲家，而且是中国最优秀的指挥家。他曾经在上海工部局管弦乐队指挥过贝多芬的《第五交响乐》。虽然因为中国的国际地位太低，工部局乐队从来不准中国人进去指挥，但由于星海同志卓越的才能，那些自命不凡的洋人，也终于屈就了。

星海同志不但工作态度严肃，成绩辉煌，而且学习精神极好。他虚怀若谷，经常向别人请教，毫无专家架子。为了《民族解放交响乐》中描写沙漠的问题，有一次他竟然随着骆驼队步行了好几里路，琢磨其特殊的节奏与音响。星海同志的学习范围很广，从西洋的各种音乐理论技术，到中国的民歌小调、地方剧、皮簧剧、昆曲，以及坠子、洛子、梆子等，他都有相当研究。他亲手抄的民歌手稿，现在就有七百多首之多。他对于中国的打击乐器更有独到的见解和天才的运用与发挥。同时他准备研究一套中国和声体系，其中对中国音阶、调式和中国的配器法，都有了初步结论，但可惜未能完成，这只有待诸后来者了。

星海同志为人忠厚和蔼。他虽然年纪已过中年，但他却天真得像一个儿童。他非常爱护青年，而且热诚关心培养青年。他为了帮助一个青年，可以废寝忘食，循循善诱，诲人不倦。凡是受过他的教益的，没有不爱戴他的。

尤其是在此时此地来纪念星海，我的脑子里就悠然跳出了一个大家唱得烂熟的旋律来。那就是星海同志为我们太行军民写下的杰作：

红日照遍了东方，

自由之神在纵情歌唱。

看吧——

母亲叫儿打东洋，

妻子送郎上战场。

我们在太行山上，

…………

这支歌曲，不知道给了我们太行军民多少鼓舞，大后方多少男女青年，听到了我们唱着这支歌曲，成群结队地向敌后方我们这里跑呵。太行山已经不只是个地理名词，而且是个光明的象征呵！

而今天，人民解放军已大举反攻，解放区广大的人民，正在翻身将为获得土地、民主与自由而庆贺，这是多么令人兴奋的事呵！但是，我们的歌声却消沉了，这是为什么呢？连《太行山上》那样的歌声也没有了。这是什么原因呢？不是人民不喜欢唱，而是我们没写给他们能歌唱的东西呵。这是我们音乐工作者万分惭愧的事。星海同志如在世，他将会如何勤劳地工作，如何热情地创作来接迎这新时期的伟大胜利啊！因此，当此纪念星海同志逝世二周年之时，我希望音乐家们、音乐工作者以及一切热爱音乐的同志们，积极行动起来，大力创作、高唱战歌，纪念星海。

（1947年11月2日）

# 从报导兴县杨家坡"模范村"看我们"客里空"的思想作风

《晋绥日报》编辑部  晋绥新华总分社

## 一、只报导英雄动态，不反映群众活动

本报于一九四四年夏到四五年秋，有颇大的重要篇幅报导兴县二区杨家坡行政村的各种工作。因为杨家坡当时是兴县的模范村，该村的劳动英雄温象拴也是全边区"劳模"中有数的人物。报社领导上强调提出"连续报导典型"，各种工作中的问题与经验应首先反映出来，利用报纸推广各地所谓"典型示范""典型指导"。同时，报社又和二区领导机关驻在一起，无论报社领导同志和管理兴县通讯工作的同志，均向兴县和二区领导上再三再四强调提出，用了相当大的力量组织通讯员写稿，要求做到预期的目的。他们为了完成此项任务，在每一工作开始时，无论是县上或区上均把有写作能力的干部派到该村协助工作，然后写稿。有时材料不完整时，报社同志还亲自访问补充材料，为的是使消息能"全面突出"。到四四年冬，杨家坡被四届群英大会奖为"组织起来的模范村"后，其工作更为各方所重视。但在实际上，是严重地助长当时形式主义的作风，起了很坏的宣传影响。

由于我们强调了"英雄的领导作用"，指导通讯员写稿时也叫他们注意反映这方面的材料，因而所有的消息通讯都冠以"温象拴领导下进行的"，内容是千篇一律，老是几个"英雄"或"模范"的活动。四四年十月十八日本报二版头条《温象拴村展开秋收竞赛》消息，只报导温象拴和他"改造"的二流子温初儿，以及所谓"劳模"

的杨家坡村之杨寨多、杨家坪"刘地旦合作社"的动态,对广大农民的秋收情形及困难则没有报导。在报导妇女纺织时,也只写"纺织英雄"杨雨儿、杨爱英等人如何"领导发展"纺花织布,但广大妇女的纺织情况又怎样呢?就看不见了。因之,我们的消息通讯均变成内容贫乏老一套的、脱离群众的"英雄"纪事了。

## 二、只看到地主富有者、干部的丰衣足食,看不到贫苦农民的痛苦生活

我们的报导另一最大的弱点是没有明确的阶级观点。四五年二月二十日本报二版载《兴县杨家坡变工经验》一文里,是该村扩大会检讨变工的总结性经验。说温象拴的"模范变工组",主要是温象拴的耕牛给"转变"的二流子耕地,给他饭吃,二流子给他种地还工,对贫雇农民的生产问题则一点也没有提到。同样的精神也体现在一专区专员沈越同志亲自写的该村四五年的生产计划中(四五年二月十三日本报二版)。该计划是根据边区四五年"三大任务"的精神订定的。不从发动减租查租向地主封建斗争中,使贫苦农民翻身,而提出"今年开荒主要是扶植翻身后及刚翻身的穷人,使他们真正翻身",使人看了,感到杨家坡全行政村,已没有一个在封建剥削下未翻身的贫苦农民。有时,则以数目字来说明贫苦群众已经"丰衣"了。四五年二月十三日本报二版《杨家坡工作成绩卓著》消息,说全行政村已做到"耕三余一",并列举该村有多少纺织妇女和纺织工具,有些自然村已做到"穿衣自给",是把各村织布数量用人口来平均得出的,没有说明纺织的是什么人,工具、技术被谁掌握,哪些人"自给"了。实际上,大部分是地主以及其他富裕者掌握了工具和技术,仅有一些村干部、英雄及富裕中农才做到"自给",广大贫雇农是没有衣穿的。那时,温象拴所在自然村温家寨,则有很多十来岁的赤肚

孩子，妇女穿的也很破烂。

## 三、提高形式主义作风的典型

报导杨家坡工作，存在着严重的形式主义的作风。四四年十二月五日，林理明写的本报一版头条《兴县杨家坡行政村，制订冬季生产计划，开展"十一"运动，着手长期建设》消息。该计划是"每户冬季刨闹一石粮，全行政村刨闹五百大石粮"。有十大计划："一、运炭五十万斤；二、运盐五千斤；三、织布五百匹；四、榨油五千斤；五、磨粉五百斤；六、割野草五万斤；七、每户积肥五十驮；八、每月熬硝五十斤；九、办五个冬学，五个识字班，干部民兵齐识五百个生字；十、发展合作社员五百人，集股五十万元。"次年春，报社管理兴县通讯工作的同志，要该村冬季生产计划总结材料，二区负责同志说："因敌人'扫荡'，没有完成计划，没有总结。模范村的生产计划完不成，在报纸上发表也不好。"我们也这样地同意了。实际上计划没完成，并不是什么战争影响，而该计划根本是强迫命令与形式主义的典型。在杨家坡村开展"十一"运动前，二区领导同志曾事先开会讨论，拟定了计划办法，报社管理兴县通讯工作的同志也与会旁听，记得他们把《解放日报》开展陕甘宁边区"十一"运动的社论念了一遍，又读了延安县的"十一"运动计划后，然后讨论订定杨家坡的"十一"运动计划，最后在杨家坡选举"劳模"大会宣布的。

报导杨家坡"模范村"的工作，形式主义的作风到达最高点，是四五年二月的扩大会。那时，边区行署与一专署共同在杨家坡召开村扩大会作为实验，并要取得经验，指导各地。行署民教处副处长阎秀峰同志、一专署专员沈越同志均亲在该村领导，报社为把该村扩大会报导得好，使其经验能指导各地，向兴县领导同志提出要组织大力报导。他们从实验学校、文艺工作团、七月剧团、行署调了一批有写作能力的干部，一面参加该会工作，一面写稿。沈越同志亲自指导，参加执笔者共十人，很多人名义上是参加大会的工作，实际上很多时间用于搜集材料写稿上，沈越同志具体指定他们写什么、怎么写。这些稿子连续在本报刊登了十天，从二月十二日到三月一日（中间自十四日至十九日是放年假改出半张，故未刊登）。这些稿件内容，是将该村个别的表面现象，提高到最高的组织形式。如变工互助则强调学习"温象拴组的打乱耕作""杨寨多组的变工合作社"；纺织则强调学习"杨雨儿纺织合作社，以快机为中心，团结妇女发展纺织"。同时，报社处理这些稿中，对有不完整的材料又强调提高到很高的形式。如《劳武结合的组织领导经验》一文，原稿是"民兵花编在变工组里，各村变工队在战时先帮助民兵收割，弓家山还大变工抢收"，编辑则加上"如领导得好，可形成全村大变工，像弓家山大变工秋收一样，加强群众团结互助的观念"。那时，我们是在把杨家坡的强迫命令、形式主义的作风，作为宝贵经验来发表，以推动各地哩。

## 四、"英雄"万能，什好事也是"英雄"做的

在这种思想作风指导下，有些通讯员为要使"英雄的作用"突出，甚至把不是他做的工作，也加在"英雄"的头上。最明显的事实是本报四四年十一月五日一版二条消息：文山写的《温象拴同志埋地雷毙敌伪四名，领导民兵追击敌人夺回牛驴九头》。因消息中未将温象拴劳武结合强调提出来，发表后，分局宣传部只看到消息，不明实际情况，当即指出该稿处理失当——放的地位不显著。因之，又于九日再次在本报一版头条地位重新发表《劳武结合的典范，温象拴率民兵击退敌寇》。银于申写的《温象拴的连环地雷》一文（十一

月十一日本报四版头条），写温象拴如何开会指挥民兵战斗、埋地雷、爆炸敌人时，"老温和四个民兵咧开嘴笑了"，以文艺笔调，把温象拴动作描绘得"生动具体，逼真活现"，更纯属想象捏造。事实上，原来并不是温象拴率领民兵埋雷炸敌人，而是村干部温国旺。只是温国旺曾叫温象拴看了一下雷，以后温象拴即带妇孺转移了。而写稿的人硬把这功绩加在温象拴身上，温国旺则一字不提及。当他看到报纸后曾大为不满说："什么也是英雄的！"该村群众也有同样反映。后来，二区领导上怕干部为此而影响团结，向报社提出，我们却未做必要的检讨与更正。直到四届"群英"大会，温象拴仍在大会上报告炸敌人的事实。强调报导"英雄"，只会使温象拴同志脱离群众，并助长了个人锦标主义思想。

## 五、把新恶霸描写成"和睦的家长"

更加错误的是把杨家坪新恶霸刘地旦，说成是"合作英雄"。直接领导该村工作的区级负责同志白日暲、甄章两人合写的《刘地旦与杨家坪合作社》一文，刊在本报四四年十月二十九日四版整版，以及四五年二月杨家坡扩大会消息，都把他描写成"大公无私""吃苦在前""为人民服务"的"合作英雄"，是杨家坪全村的"和睦的家长"。他们早就要表扬刘地旦，报社也叫他们写，但他们拖延半年多没有写出来。后来，王达成同志认为刘地旦的杨家坪合作社，是"根据地新民主主义经济发展的方向"，他曾亲自到报社催问"为何还不发表该文？"当时通讯科负责人答复："没有收到。"他即到二区催写。当时我们看了，觉得刘地旦"吃苦在前"没有事实，就询问作者，他们就告诉如下一件事实："有好几个村子的合作社一起到临县驮回布匹必需品，放在村里没人拿出去卖，他知道了，放下务庄稼，背东西到外村发卖，一连数天，把东西卖完才回来。"改稿的同志于是就把这加上去了。

## 六、为尊重地方领导意见，失掉为群众讲话的立场

报导"英雄模范村"是只能说好的，不能说坏的。四五年一月二十日本报四版发表白日暲、甄章合写的《公粮中的两个问题》一文，报导杨家坡村征公粮与减租查租的情形。其原文是："在杨家坡行政村召开农会，发动群众减租查租时，佃户们认为去年已减租了，虽然今年的豇豆收成不如去年好，但也不敢提出向地主减租，结果地主就抽空按去年收租额先把租子收去了。"报纸发表后，白日暲自己认为"这样批评杨家坡村的工作不好，因为杨家坡是'边区模范村'，群众斗争性'很强'，觉悟程度'很高'，不能说群众不敢提出向地主减租，群众是不怕地主的，这是没有群众观点"，要求报社更正，取消上述一段文字。他先向管理兴县通讯工作的同志提出，经过争论后，被拒绝了。他又急忙向报社领导同志提出，那时，我们也动摇了。为"尊重"地方工作领导同志意见的观点，却忘记了尊重群众意见。为群众讲老实话，才是我们报纸第一等重要的、无可比拟的主要的立场。于是在二月二日四版做了如下的更正：《公粮中的两个问题》文中"但也不敢向地主提出减租"一语，应改为"有个别农民还没向地主提出减租"。

我们从报导杨家坡的消息通讯中，很明白地说明了我们过去的通讯报导工作，是如何没有群众观点和阶级观点，是如何缺乏实事求是精神，是如何严重地存在着"客里空"的思想和作风。

（1947年11月25日）

# 一个崭新的宣传工具
## ——介绍边区文联"新洋片"

芦甸

"新洋片",四四年创始于延安,它一出现就获得陕北群众热烈的欢迎;这一次边区文联的"新洋片",又在太行群众中再一次证明它确是美术与群众结合最好的道路。

## "新洋片"是新形式

"新洋片"从形式上看,是从旧的"西洋镜"改造和发展起来的;但从实质上看,它不是"西洋镜"的继续,而是一种和旧的"西洋镜"完全不同的崭新的艺术形式。

"西洋镜"原来就不是产自民间,它也算不得是一种艺术,它和秧歌、地方戏、大鼓等是不能相提并论的。从清人李艾塘著的《扬州画舫录》的记载里看,知道"西洋镜"出现于清乾隆四五十年间。那时扬州有一个最富豪的盐商,雇有无数"奇人才士俳优娼女"供其淫乐,其中有一个江宁人给他发明了一种玩具,从外表看,是一个方圆的木匣,里面却装有各种"怪神秘戏",因为向里观看的圆孔上,装有来自西洋的五色凸透镜,所以取名叫"西洋镜"。后来这个东西流传到了农村,为农村所熟悉,而内容仍然是以新奇、怪异、淫荡的东西来引诱观众,毒害观众!

"新洋片"和"西洋镜"完全不同:内容是反映群众的现实生活和斗争,表演是以连环画结合说唱与音乐伴奏,不但有画,而且有诗(唱词);不但有色,而且有声(歌唱与音乐)。唱词抽象的地方,画面给以具体的形象;画面不足的地方,演唱给以生动的说明;音乐又给演唱加强声音与节奏的美感,给画面上的场景和人物加强艺术的气氛。所以不但好看,而且好听。在外部装置上,取消了圆孔和凸透镜,因为内容不是不能在"光天化日"之下见人的"怪神秘戏",就用不着遮掩;同时,在今天新的农村情况下,翻身群众普遍都有享受文化生活的要求,如果装镜子,一次就只能看四五个人,现在不但取消了镜子,而且取消了镜箱,改造成一种舞台式的画框,一次就能看四五百人。所以,不但好看好听,而且还能很多人看,很多人听。

"新洋片"在演出上还有一个最优越的条件:它轻便灵活,适于在分散的农村进行文化宣传——物质条件和天候地形对它的限制性很小,随时随地都可以演出。两三个人工作,就能收到几乎与剧团相等的效果。

这种"新洋片",应该说是融美术、诗歌、音乐、演唱于一炉的综合性的艺术形式、崭新的群众性的艺术形式。

## 群众批准了它

这次"新洋片"的演出,开始只是在附近几个村里试演。头一天在史二庄,起初来的人并不多,但演到十来张,观众中就有人回去把没来的人叫来。原先我们担心片子太长,恐怕中途有人离去,但观众自始至终,情绪一直都是紧张的。演完以后,还要求重演。那天本来武安有会,有的说:"这比赶会强,又好看,又省钱,又不跑腿。"有的说:"这比瞧一台大戏还强哩,演的都是咱自己的事。"当晚街头巷尾到处都可以听到对洋片里的人物的议论。这样,"新洋片"的名声一下就传到了外村。从此,我们每到一处,架子一搭,鼓一点,人就围得满满的。在田二庄演完以后,群众无论如何不让我们走,一定要求夜里再演。我们说要去别村,他们说:"你到咱村,饶不过你们了。咱明天一早保证用牲口送你们。"去阳邑赶会,我们又担心没有戏能吸引观众，但我们每次都是在戏完以后出演，台下观众不但不散，连四围摆摊的小贩，听到观众不断叫好，也忍不住站着瞧起来了。剧团导演还边听边记录唱词。演完以后，好几个村的干部，都到大会指挥部交涉，要求我们去他们村里出演。在赵庄演出时，人民作家赵树理同志看完以后第一句话说："这才是真正为群众服务，这样的形式好，可以发展。"

"新洋片"所以能受到群众欢迎，不是没有理由的。河西副农会主任福善说得好："洋片好，看得懂，听得清，都是实际事。"这就说明了"新洋片"这一形式为他们所爱好；同时，也说明了内容也为他们所喜欢。因为我们演的是《土地还家》。

故事的全部情节是以五十五张画面结构而成的，观众从一张一张的画面里，看见各种人物的活动，看见地主阶级的残暴和卑污的形象，看见穷人们被压迫时和被牺牲时的受难的情景，和他们在黑暗重重的包围下，如何悲愤地进行自发性的反抗，以及在共产党领导下所进行的更明确更坚决的斗争，以致消灭了封建地主，做了新社会的主人。不，他们从画面上还看到他们自己，因为他们的过去和今天，和画面上的穷人们是相同的。他们为画面上的人物悲而悲，喜而喜，也是为自己的悲而悲，喜而喜，或者说，是为他们自己阶级的悲喜而悲喜。当他们看到地主王三泰为了霸占一个老佃户王继祖的房地，把他的辫子吊脱了头皮，并且强奸他儿媳妇莲子，逼得她上吊寻死，又诬赖他儿子王栋做贼，逼得他流落他乡，以至于要饭等场面时而流泪，那不是很自然的吗？当他们看到八路军解放了那块地方，看到王栋回到村上发动了群众，看到斗争、枪毙王三泰时而现出愉快和兴奋，看到分果实而报以热烈的欢呼与掌声，那也不是很自然的吗？

在河西演出后，立刻得到善良农民的阶级共鸣。民兵灵山、妇会员地子及六十多岁的书子娘（中农）异口同声地说："俺村赤贫黑亭爹也是给地主老万子吊脱了辫子的。运动里（土改）老万子跑了，将来捉住也应该像王三泰那样由众人处理。"史二庄一个叫计久只的妇女，看了洋片，擦着眼泪回家，夜饭也吃不下。她说："俺看了王栋，就想起自己过去的贫寒，俺男人放了一辈子的羊，地主们要过来鞭子就打！咱在旧社会还不是跟莲子一样样，哪热上哪，哪凉上哪，走到老财跟前，谁不害怕……"说到这里，她简直痛哭失声了，只是连连说："咱不说了！咱不说了！"后来她又说："瞧到后头，苦情也报了，群众也抬起来了，就这，我又高兴了！"像这样观众和故事里的人物结为一起的例子，是举不胜举的。

村干部看罢洋片，也想起自己的工作来了。史二庄的农会主任刘正富看到王三泰组织特务贴无名信、打黑枪时说："地主的办法就是多，咱斗争就是要坚决。"田二庄一个干部看到王三泰用尽一切办法收买农会主任杨满堂时说："这对咱有教育，咱坚决不能走上层地主路线。"而在青烟寺时，观众却想起他们自己村上被罢免了的农会主任来，当场就有人用手指刺他的背说："这不是杨满堂！"而他本人，变得面红耳赤了！

这次演出，在群众中起了启发与教育作用是无疑的了；但反过来，他们更教育了我们。他们是《土地还家》的各种各样斗争的亲身经历者，是摧垮旧社会建设新社会的主要创造者，他们的立场更明确，阶级路线更清楚，他们曾向我们提出许多精辟而且实际的意见和要求，他们说：

"王三泰使枪崩，还解不了群众的恨！"

对这，他们的理由是王三泰是恶霸汉奸，是特务，苦害了那些人命，就是剐死，也便宜了他。

对于没有充分表现出群众力量的地方，他们指出：

"显王栋显得多，其旁的穷人显得少。"

对于分果实的过程表现不够的地方他们指出：

"果实没经群众详细评议，怕难分得公吧！"

"提干部分这分拿得多，群众提得少。"（指唱词）

妇女们最不满足和最关心的是：

"斗争王三泰，为啥没见莲子上去报仇？"

"地主家娘儿们为啥不见处理？她们办的坏事不比男人少！"

"地主家丫环为啥没见翻身？"

赵庄还有群众提出：

"画上为啥没见毛主席？没他，咱还是翻不了身。"这不但说明了他们对于党和群众的关系有清楚的认识，同时，也说明了他们对于人民领袖的信仰与爱戴！

对于画的本身，这一次在群众中也经了一次考验，普遍的反映有两个：第一，"画的实际"；第二，"画活了"。但最喜欢的也就是在内容上使他们最感动的那几张，或者说，情节发展到高潮的那几张，更特别喜欢分果实那一张（好像我们看小说，叙述过程的地方都是顺着看下去，一到发展到高潮的地方，就要反复多看几次一样）。这就说明了一切形式、一切表现手法，主要还是决定于内容，决定于所表现的是不是生活的真实。群众不问你用的什么表现法，只问你所表现的是不是他所见过的，或亲身经历过的，或向往中的事情；只问你所表现的是不是使他们得到娱乐，同时又得到教育，又能鼓舞他们的生活和斗争情绪的东西；或者说，群众只问你画得真不真、像不像、活不活。例如王三泰的儿媳妇勾引杨满堂那一张，群众就觉得还画得不够像"破鞋"，他们说："画得不够邪气。"但看到翻身后的莲子和王栋耩地那张又觉得不够美化，他们说："莲子画得不美，画老了！"这不但说明了群众的实际精神，同时，也说明了他们的阶级情感，是非爱憎，是如何分明而强烈！

过去有人说，群众只能接受"单线平涂"的表现法，这完全是一种对事物固定不变的看法，说得严重一点，是一种瞧不起农民的看法，他们的意思就是农民永远只配看一些平板的东西。这次的画都是用光线明暗表现法的，谁说农民没有立体感呢？史二庄一个字都不识的农民任兴培说："画得真好，一个一个都在那里立着，不在纸上，画离了墙了。"有几个自以为有"立体感"的知识分子，能说出或能有这样生动而具体的"感"呢？群众是不是有他们自己的欣赏习惯呢？有的，那就是要求画面明朗、形象完整、色彩强烈而鲜艳，这就是分果实那一张所以特别受到欢迎的一个因素。

这次"新洋片"就是以"看得懂（画得实际，画活了），听得清（群众语言，本地口音），都是实际事（土地还家）"，才获得群众的批准。

## 如何改进和推广

此外，《人民日报》、新华书店、人民文工团、行知学校及其他文化教育工作者，也给我们提了许多珍贵的意见，有关《土地还家》内容细节部分，都已转交美术工场同志们，作为他们将来修改时的参考。这里，只把有关"新洋片"的改进和推广的意见，综合几点，写在下面：

一、"新洋片"的内容，应及时反映现实。《土地还家》的内容头绪太多，牵涉的问题太广；以后，"新洋片"应当提倡一支一线，解决一个问题。

二、片子不宜过长，最多不超过二十张，但套数要多，孤零零一套，不能满足群众的要求。为了更容易推广，装置上应更简单化，最好能订成报夹形式。

三、演出可采用类似文化棚的形式，把大量文化食粮散布到农村去：如毛主席像、画报、连环图画、年画、唱本、书报杂志等。

四、美术工场应和民间画家取得密切联系，必要时，成立短期美术训练班，互相学习。然后让他们回到各地，把"新洋片"及其他新美术普及到农村每个角落去。

五、应建议或直接帮助各县民教馆组织民间画家和说唱家，成立"新洋片"宣传队。

六、文学或诗歌工作者，应配合美术工作者编写"新洋片"唱词（最好是和民间说唱家合作）。我们要想把我们写的东西，能够直接朗诵给群众听，还有比通过画、通过说唱家的口，更好的办法吗？

七、美术工场的好片子，应当翻印推广到各地去（连同唱本），最少每县民教馆和每旅政治部能有一套。

"新洋片"是一个崭新的有力量的宣传工具，这是已经肯定了的。但它还只是刚刚举步，还没有在广大农村中扎根，还没有形成广泛而热烈的运动，这就须得各地美术工作者和文化机关都来注意它，研究它，发展并推广它。这是我们的愿望，也是群众的要求。

一九四七年十二月十日

（1947年12月20日，《文艺通讯》第11期）

# 扩大农村文艺写作运动

王亚平

我们要培养"萌芽期的文艺","扩大写稿运动",首先要把视线转向农村,把重点放在农村。

翻身的农民,随着知识的进步,文化的提高,他们不能再满足那些陈旧的封建文化。有些庙墙上的"十八层地狱图"被群众推倒了,有的农村画家改画了《丰衣足食图》和《翻身生产》的年画;很多农村剧团不再演《四郎探母》,他们争着编现实剧,演《葛巧云之死》;一些识字读唱本的群众,他们不再念《黄爱玉上坟》,也都开始读报纸、刊物、《小二黑结婚》了;唱坠子打洋琴的艺人,也不再唱《包公案》《王林休妻》,都改唱着《大战阳湖》和《老蒋卖国十条》了。

跟着这样的需要,各地委、县委的报纸、画报创刊了,各区村的黑板报、墙报、广播台建立了,各地的农村剧团、音乐训练班、艺人训练班成立了。这些新生的文化团体,新出的小报、画刊、黑板报,正象征着解放区农村文艺的进步、提高,新民主主义文化的繁荣。

冀鲁豫区党委号召"扩大写稿运动",文联发动"征稿奖金",都是基于农村群众的要求产生的。有人说:"农村识字的人少,他们能写啥?能欣赏啥?"其实,在土地改革的影响下,群众的进步是迅速的、惊人的。寿张三区的两个区干部,从不识一个字,自己学了三年文化,现在能记笔记,能给小报写稿了。在竹口我亲眼见到一个小学教员对着几十个农村剧团团员念报纸,念大反攻胜利的消息,他们都津津有味地听着、笑着、拍手。这里证明了群众的"欣赏"和"写作"程度都普遍地提高了。不识字的群众,他们用口念着,替他

们记下来，也能有好快板、歌谣、故事产生出来。

除此而外，农村里能写稿的、能画画的，比如：一、小学教员；二、农村知识分子；三、民间艺人；四、农村剧团的团员；五、识字的荣誉军人；六、住在农村的部队指导员、战士；七、一部分区村干部；八、中高小的学生等。这些人想写稿，爱写稿，他们苦闷的是不知怎样写，写了没有人提意见、没有发表的地方。结果，有的不敢下笔，有的写着碰了钉子，登不出来，就搁了笔。

"写稿运动"和"征稿奖金"正是鼓励这些人写稿、发挥创作才能的兴奋剂。区党委宣传部扩大写稿运动的通知下到寿张三区区部，几个爱写稿的同志看了，都跳起来说："这一下可好了，写稿有了门径，咱多写吧！"文联的"征稿奖金"在报上登出启事，不到十天，我们收到的"画稿""文稿"已有四十余件。他们还附来热情的信："看到你们的征稿，我很兴奋，很久不写了，又写了这一篇！"有的说："我从前不敢写，现在也写起来！"有的说："这是一篇旧作，改了一下，给你们评阅吧！"这四十多件来稿，《平原文艺》用了一篇，《新地》用了两篇，《画报》用了一篇，都是写得画得比较出色的。除发表外，原稿还保存着，将来交"评奖委员会"评奖。

这次写稿运动，希望能大力推动一下，尽量多发现新人、新作品。据我们所知道的农村里流行的有以下这些作品：一、快板；二、小调；三、坠子；四、洋琴调；五、洋片调；六、剧本；七、歌谣；八、墙画；九、年画；十、宣传画；十一、泥塑；十二、木刻画；十三、对联；十四、墙报；十五、门板报；十六、黑板报；十七、剧本；十八、通讯、报告；十九、民间故事；二十、歌本唱本等。这些作品都是萌芽期的文艺，都是新型的群众性的作品。

这些作品，从表现方法及内容上来看，确有它独有的特点：一、主题明确，他们写一个人、一件事、一件新闻，都有好的主题，又能结合中心工作。二、富群众情感，没有一点知识分子矫揉造作的毛病，用工农大众的情调表现当前的现实。三、形式简短，活泼，有力。四、语言通俗好看，好懂，容易上口。五、能唱（歌谣、歌曲、快板、坠子等）能演（剧本）能吸引观众（画稿）。这些特点都是农民固有的，农民喜见乐闻的，他们看了，听了，读了，自然就容易接受，容易受感动。

我们不怕浅，不嫌俗，这些作品，正是我们征奖的对象。短的三言两语，写一人一事、一件消息，故事大的到叙事诗、长篇小说、剧本，我们都欢迎！谁也不是天生成的作家。"文艺只是少数人的事"，那种说法早被群众否定了。今天能写的、爱写的，马上执起笔来，用各种艺术形式为工农兵服务！

(1947年12月20日，《文艺通讯》副刊第11期)

# 从《杨真卿的新生》说起

辛深

前年，我曾经编改过王根六同志的一篇文章，题目叫作《杨真卿的新生》，登在四六年九月七日的《人民日报》上。这篇文章的大意是："邯郸堤南堡群众向地主杨真卿的说理斗争胜利了。"杨真卿是邯郸有名大地主之一，抗战前当过律师、县长、省议员，敌人到了邯郸，当商会会长。群众向他诉了诉苦，还没有从经济上政治上把他的地主身份打垮，他很快就"新生"了，并且非常感慨地说："几十年来的奔波，终赖群众的诱导找到了人生的道路。我年虽花甲，但本发短心长，一意跟着人民走。……"这篇文章用了很大的篇幅说明他是个有眼光、有"正义"感的"开明"地主，而群众斗争的正义行动，却只写了寥寥二百多字。

改编这篇文章，很费了些气力。我想在这篇文章中显示群众力量的伟大，以致把这么个大地主都压服了。又想说明连地主都能够"心悦诚服"地接受土地改革，那么，土地改革不是更合乎"天理人情"吗？我强调了后面这一点，删掉了群众斗争的某些部分。

在整编队伍的过程中，我反省了自己的地主思想情感，也反省了"客里空"作风，又一次研究了这篇文章，我发现它是地主思想和"客里空"作风结合的产品。

当时，我曾经认为有些地主不必经过群众斗争，就能够"以理喻之"，特别是读书人，更能够比较容易地求得"转变"。就是说，我曾经觉得有一部分地主是应该保留的，所以写了这篇东西。我当时这么想，似乎还有"根据"，而这种"根据"是从我祖父那里找来的。

我祖父是个地主，兼营商业，当过我县多年商会会长，以后年纪渐老，把商会会长让给我父亲。他是我县第一个豪绅，抗战以后，到北平去住了。我当时估计这是他有民族气节的表现，我认为他要愿意当汉奸，在我县保险是敌人第一个红人。他是因为不愿当汉奸，所以才到北平去"隐居"的。和同志们闲谈起来，常常说到这件事。言外之意，我有这么个有民族气节的好祖父，似乎自己脸上也跟着有了些光彩。实际上，我父亲当时还当着商会会长，替日本人吸吮农民的血汗，我的家庭成了农民头上的大石板。当时日本人占着城，人民解放军在四乡活动，这么个汉奸家庭，随时会受到人民的惩办。我祖父看到了这一点，所以才把压迫剥削农民的任务交给我父亲，自己带着小老婆和取自农民的血汗钱，到北平过荒淫无耻的"太平日子"。我自己以一个地主儿子的资格，替他们做了多年的辩护。

这种思想由来已久。记得我家的大门上，挂着许多"匾"，这是狗腿们或迫于淫威，或企图钻营，来拍我祖父马屁的。里面有一块写着四个大字"救民水火"。原来我祖父倡导着在我县建立了一个"保安水社"（消防队），他捐了相当多的钱，这算"救民"之"火"。又倡导在城西瀑河两岸建筑了一座大石桥，他也捐了较别人为多的钱，这算作"救民"之"水"。于是"救民水火"的匾就出来了。这件事长期蒙蔽着我：修桥救火，想来总算是件好事。学习时细细地追想一番，我终于发现地主（特别像我祖父那种有权有势的地主）的剥削手段有时是很"高妙"的。我县最热闹的地方在北关，北关有许多的房子是我祖父的。他当然最怕失火，于是出面"倡导"，自己拿出一点剥削来的钱，再诱骗强迫别人拿出更多的钱，成立起"保安水社"，名为救大家的火，实际在保护自己的房子。也许他还企图用这种方法，在某些人当中，落个好名声呢。建石桥，是因为我的家庭和我家的土地被瀑河隔开了，夏天水涨，根本不能通行。借大家的力量修这么个桥,有利的首先是我家。这叫慷他人之慨,下小本赚大钱,正是地主经常惯用的手法。

但我过去不是这么想。我是把他剥削农民、店员、工人的事情看作常态(就是合理的现象),把这种"高明"的剥削方法看成"功德",把某些狗腿的吹捧钻营看成农民对他还"印象不坏"。我站在地主立场上看地主,竟把地主的罪恶也看成了好事。地主这些卑鄙龌龊的伎俩不可能骗过农民,农民被地主吸干膏血,他们痛恨并随时准备消灭这个敌人,在土地改革中,他们已经起来进行这个消灭的工作了。但是,地主阶级却把他们的立场、思想、观点牢固地传给了我,当我改写《杨真卿的新生》的时候,在思想的深处,实际上是被我祖父指挥着的。于是,农民的斗争被轻轻带过去了,杨真卿被写成有见识有正义的开明士绅。地主阶级在农民没有起来的时候,凶狠野蛮地压迫农民;当农民已经起来,要消灭地主阶级的时候,它就想法伪装、多方躲闪,企图逃过农民的革命风暴。这是地主的阴谋。我在这件事情上,充当了一个替地主说谎的角色,替他们欺骗了农民,造下难以补救的罪孽。

这个初步的片段反省,已经使我进一步认识到"客里空"作风和地主立场相结合的危险性。"客里空"的特点是将无说有,以小作大,歪曲事实,随便夸张,像《杨真卿的新生》中就错误地强调了他的转变,抹杀或减弱了群众斗争。"客里空"作风和地主思想结合起来,就会按着地主的要求、格式去作假,虽然当时主观上也许还是并不怎么坏的。我改编此文是在热天,午觉都没睡,好像还是为了工作,好像也还相当辛苦。学习时,自己检讨到此文是地主思想的表现,同志们也说这是地主立场,我口头全都说对,心上却总不认输,理由是我的出发点还好,不是有意弄错的。以后经过自己的反复思索及同志们再三帮助,我才认识到自己原来的地主立场没有变,自己被它左右着,看问题、找材料、估计判断都会偏了,这是自然而然的结果,这就叫作阶级天性。这种天性隐蔽而顽强,因此给革命的危害最大。这层皮揭开最难,因为它常常是被"好心"的金装包裹着的。我愿把这层皮继续揭下去,一直到把地主根性都挖出来,彻底消灭了为止。

(1948年2月11日)

# 一年来从事党的新闻工作的几点体会

安岗

本文系个人一年来工作中的一些体会，是根据我在总结学习会上的发言提纲写成，不能代表全部总结。

《人民日报》及新华社晋冀鲁豫总分社在晋冀鲁豫中央局直接领导下两年来排除各种困难逐步向前发展，现已初具规模：报纸发行在全区已有一百七十三县，出版份数较去年增加一倍，已达两万五千份，通讯工作拥有五个分社及一千五百名通讯员，设有地方广播，并向各方面供给稿件，构成本区的党的新闻事业一个有机整体。报社较大的进步是在整党以后，当时，我们依据中央指示及中央局的具体领导，为改进党报及通讯社开展了批评和自我批评运动，在土改学习和整党中暴露了的各方面的缺点均予以批判纠正，又在以后参加土改中经过了一次考验，每个同志思想和能力较前提高，整个工作开始步入健全发展的道路。

一年来，我们新闻事业的改进，大体上可以分成三个阶段：第一阶段是三查学习和整党清算"客里空"，这是最有决定意义的一段，清算了在土地改革中站不稳立场的各种错误思想和行为，掘挖出闹纠纷闹自由主义的根子，明确阶级立场，树立了依靠贫农团结中农及一切反封建分子的正确思想。第二阶段是在反右的时候盲目地发展了"左"的偏向，这以全区土地会议期间及会后不久的一个时期最为严重。当时各地一听到"贫雇路线"的风声便抢先动起手来，冬季生产和贷款严重地排斥了中农，不少地方因强调反对"中农路线"，而引起在政治上经济上严重地伤害了中农。报纸在初期由于对下面情况的严重性了解不够，主要由于自己思想上不明确，曾对各种"左"

倾偏向表示随声附和，不久发觉一切都冠上"贫雇"的说法显然是一种投机行为，马上写了《肃清投机思想》的短论，初步有所纠正。但由于土地会议后对阶级路线的了解是不完整的，单纯贫雇观点仍未肃清，在政权问题上曾宣传了"边区政府要更多倾听贫雇呼声"，不了解我们的民主政权是允许一切民主阶层参加，包括工人、农民、独立劳动者、自由职业者、知识分子、自由工商业者及开明绅士。在宣传满足贫农要求上，有时便把团结中农忘掉不提。在整党的初期报导上对惩办强调得较重，对党员干部区别好坏教育改造方针宣传得不够。在划阶级上对查三代开始未予批判，反而肯定了不少人是地主。如曾强调报导党内地主富农分子把持，后来证明大部地方并不如是。诸如此类，表面上看来"阶级阵线分明"，足以迷惑人于一时，实际上则由于"左"的偏向，造成了自己阵营的混乱，报纸的宣传更助长了"左"的发展。以上这些错误，虽然有的马上得到纠正，整个错误也延续时间很短即告纠正，但给予党和人民的危害却是很大。因之，当时曾根据中央指示系统地检查了"左"倾错误报导，开始有了对"左"的批判。第三阶段加强学习党的基本路线以及具体政策，以一切有效办法，大声疾呼彻底纠正"左"倾偏向，端正执行政策的态度，根据广大群众的迫切要求，从各方面来努力贯彻党的政策，以求迅速扭转干部与群众中的思想混乱。这一点已有初步成效，但从全区看来仍是我们今后一定时间内必须继续加以贯彻的任务。

经历了这三个阶段我们初步摸索到了以下一些点滴的经验：

第一，必须认真学习掌握中央总路线总方针，并根据总路线总方针认真学习各种具体政策，保持头脑清醒，方向明确，才能够在工作中避免发生左右摇摆尾巴主义的偏向。检查过去一年我们每个人在土地改革中的思想，我们的确是缺乏自觉的阶级观点，在农民问题上我们不了解土地改革所依靠的力量只能和必须是贫农，我们天天喊

"团结中农"却不知道依靠谁去团结，有的同志甚至认为开明绅士也是主要力量。这些错误思想必须坚决纠正，但问题在于我们没有站在中央路线和中央局土地会议完整的精神上去修正过去错误，在一个短短时期内曾满足于单纯贫雇观点"有了贫雇就有了一切"，片面鼓吹贫雇利益，轻视了团结中农的重大原则问题。一月份学习了毛主席元旦报告，开始从路线上及马列原则上检查了我们"左"的错误思想；发现我们常常借口"地方化"，不去认真研究体会党的总方针总路线，在执行具体任务的时候（生产与土地改革等），很少去考虑这一条新闻一篇文章是否违背了或者是坚持了中央路线，在学习中也没有紧密地把中央路线同我们的工作结合起来逐步提高。由于不了解总路线，对具体政策不研究，即使研究了也不对头，结果，一个中心任务来了，报纸有时只是盲目地片面鼓吹，以致不是左了便是右了，形成各种的尾巴主义思想。去年挤封建挤到工商业，我们有些同志也觉得，"工商业农民照样可以经营"，割尾巴割到中农。也有人觉得"不侵犯中农无法满足贫雇"，对群众中各种错误意见也没有采取分析的态度。查阶级挤封建的时候，曾经到处报导清查出了多少多少地主，可是却没有冷静地研究一下中央规定地主成分的基本条件，深入一个村庄研究一下实际情况是否符合。我们没有从这方面发展科学的实事求是精神，反而随声附和，在报纸上出现了不少的错误名词如"破落地主""封建尾巴""化形地主"等等，实际上是把已经转化了的或者是出身地主阶级的人都拉到地主行列。我们纠正这种"左"倾错误的方针是强调打破盲目性，加强工作人员政策路线的学习，在内部同一切脱离中央路线的思想（如有人认为不强迫中农"自动"解决不了问题，从贫雇狭隘利益出发就是阶级立场，人民大众就是工人农民不要其他等）展开了尖锐斗争，明确了党报工作者必须以毛泽东思想武装自己头脑，按照毛主席的报告及中央局指示结合上我们对政策执行的实际情况去做宣传,一点也不许标新立异,坚定地以党中央的政策为准绳,一字一句不能有所乖离,一切疏忽都要坚决避免。譬如:不能把中农分裂为上中下三种,而把富裕中农称作"上中农"。毛主席分析各地党内情况是"对于那些犯了错误但是还可以教育的,同那些不可救药的分子有区别的党员和干部,不论其出身如何,都应当加以教育,而不是抛弃他们"。我们在一开始曾有些新闻竟毫无区别地把农村党的支部一律叫作"一窝蜂""大石板",这也是不对头的。党报必须稳重地掌握毛泽东政策路线和宣传分寸,才能提高党性,保持党报对党的政策肯定性,树立在群众中的永久威信。

第二,整党以后,报纸最大一个特色是真正从下边大量地反映了群众呼声和意见。我们办党报,几年来都是采用一整套自上而下的工作方法和组织形式,通讯工作是在党和政权的基础上建立起来的,通讯员几乎全部是干部,我们从报上看到的新闻主要是干部活动,像开会、做报告、订计划、总结等,报纸的主要工作方法是满足干部要求,经过干部去教育群众(这当然也是对的),究竟党的政策在群众中获得了什么反响,群众有何意见,是否传达错了,过去都不知道,或者说知道得少。有时群众提出一些问题,也没有引起大家注意。如今这一情况是有些改变了。我们开始学会运用一些自下而上的方法,结合群众要求,教育群众贯彻政策,报纸上开辟的"呼声"栏,第一个起了发扬民主的作用。一个叫魏殿花的贫农被村干部诬害扫地出门,管制起来,他在集上听到人读《人民日报》的"呼声"栏后,就怀揣报纸连夜偷跑,从几百里地以外跑到报馆痛哭流涕诉说委屈。经过反复研究,我们商同边府共同组成工作组配合当地地委县委调查了真情,纠正了县区干部对这一问题的官僚主义和宗派观点。魏殿花冤屈昭雪的报纸发至各地引起重大反响。过去报馆往来的多是干部上层人物(这是需要的),虽然提倡车水马龙、门庭若市却没有一个群众参加,当然更谈不上尚没有真正翻身的农民。现在则有不少的农民陆续到报馆来要求代笔写"呼声",他们甚至说是来"告状"。从"呼声"所反映的问题看,民主是群众主要的急迫的要求。他们受本村一些坏村干打击,这还不说,最使他们苦恼的是上边的官僚主义,一级推一级,县不惹区,区不惹村。老百姓说:"过去没有咱讲话的地方。"看到"呼声"后,他们说:"咱总算也有一个说话的地方了。"在初期,"呼声"联系的主要对象是贫农,这是由于我们强调依靠贫农,他们抬起头来,敢于出来说话,每逢他们来了总是先谈成分、谈历史,后谈心事。贫农最大的要求根据我们的统计主要是政治上没地位,要求翻身,"防空洞""特务帽""落后"都压在他们身上,使他们喘不出气,因而也造成了生活上的各方面困难。我们把"呼声"当作报纸联系群众重要工具之一,设有专人研究整理材料,辨明是非、真伪,帮助各地及各阶层的人解决一些迫切问题,把群众意见提交各级党或政府请他们处理,我们站在党报立场上提供材料进行监督,重大的案情则派遣一定数量记者配合党政机关进行调查解决并将最后结果写成报导。各级党政机关对"呼声"均极为重视,边府、太行六地委,以及武安县在迅速解决群众合理要求上提供了不少的范例,也还有少数地区对"呼声"采取了漠视态度,这种官僚主义亟应坚决打破。另一个联系群众的重要工具是"编读往来"。整党民主运动的空气传至各地,群众同毛主席政策开始通气,普遍的要求是摸政策的底,大家向报纸不仅反映了呼声,并且要求按照政策解决他们的要求,"编读往来"正是反映这种情绪,群众提的问题也正反映出过去我们执行政策的主要偏向。据统计:这一时期反映最多的是错划成分、错斗、损害工商业等。为什么问的人很多呢?说明过去我们的政策没有真正到了群众手里,张工作员一个政策,李工作员又是另外一个政策,大家乱解释,做起来都是按照自己的"灵活性"去办,把党的政策原则丢在一边。"编读往来"形成了群众自发的要求讲解政策运动，说明广大群众对政策是拥护，而对过去这种现象则是极端不满，我们针对这一情况采取有问必答方法反复地宣传解释党的政策方针，帮助群众同毛泽东思想通气，批评一切脱离毛泽东思想的错误现象，给群众合理的民主要求，以政策上的指导和支持；同时也帮助了县、区村干，他们都是想把工作做好，可是一下子又不知道如何做是好。整党以后，他们有怕犯错误的思想，加上过去长期自由主义，不学习政策，现在一切要按照政策办事，便表现束手无策，犹疑不决。"编读往来"帮助他们多少地解决了这一困难，分清是非，端正他们执行政策的态度。"编读往来"对党报编辑也起了监督作用，读者随时提出对编辑工作意见，使错误得以及时纠正。经验证明：党报除了自上而下地宣传政策指示之外，必须自下而上地倾听群众呼声，结合人民要求，贯彻宣传中央政策、毛泽东思想以及一切法令。

第三，是进行了新闻队伍整编的巨大工作。去年一年我们有二分之一时间一面坚持工作，一面进行三查学习及整党，整编了新闻队伍，进行了端正立场，每个人都站了队，洗了澡，报社内部有了新气象，出现了一个政治上团结的工作秩序和民主生活，肃清了自由主义空气，提高了政治研究空气。过去以为"做新闻工作吃不开"等等错误思想是改变了，倒是有很多同志害怕个人思想和能力不足以担负党报工作者的严肃任务，处处害怕别人再叫自己"客里空"，多少有些失去自信。为了进一步提高大家，就又进行了自下而上的整编队伍，全体编辑部门同志轮流下乡参加武安九区工作团所领导的各村民主整党填补工作。现在已经做了三十个村，每个同志都系统地参加一个到两个村的工作，初步取得较为完整的经验，这在本区新闻工作者来说是空前的第一次。大家开始有了实际锻炼，让群众给予鉴定，打破了"纸上谈兵"的书生子气，发现过去身在老区实际上不了解老区情况，这次调查了各村实际情况才深刻地体会了中央老区半老区指示。比如做了整党工作，才真正懂得整党与群众结合的方法是最好的，回到岗位上来后，他们对于各地所发生的关门整党、群众大会整党等错误方法均可以依据政策明确批判。群众运动发展是十分迅速和丰富，它比在一般的日常工作中更容易地暴露教条主义、形式主义、尾巴主义等各式各样的错误。同时在领导上有力控制和群众监督下也容易纠正，因而在参加工作回来后每个同志都有着充沛朝气和新的群众路线作风来对待工作，使我们工作不断地在群众运动基础上创造新的作风新的传统。轮流参加下乡另一个好处是使报社政治生活更加实际更加充实，大家对政策执行、人民疾苦比过去是关心得多了。我们有些老同志几年来坐在屋子里似乎有些暮气了，这次下乡后思想较前开朗了。一些新从外来的同志经过下乡才明确了党的政策伟大，看到解放区的党和人民，真正相信了人民力量。全社工作没有因为大批同志下乡遭受耽搁，在政治上反而是更加加强了，大家不是怕"人少事多"的麻烦，而是想办法多做工作，当然这还必须要有比较健全的政治领导和科学的组织工作，任其自流是不行的。此外，同志们在接触实际之后深切地感觉到：把群众的思想和活动真实地而不是"客里空"地、有着党的政策观点地而不是单纯客观反映地加以报导，对于我们还是新鲜的第一课。这次我们自己下乡了解实际情况，就会纠正了"客里空"，同时对于下边"客里空"稿子电讯也开始有了识别真伪的能力，不致马马虎虎上当。现在必须从业务上扩大参加群众运动所获得的战果，无论在编辑写作采访等工作均须有一全盘彻底的改造。

第四，建立党报和通讯社统一领导、集体办公、统一业务管理的制度，培养干部，提高工作效率，保证迅速而准确地做好工作。整党以前很长时期曾存在一些闹不清的纠纷，妨害大家积极为党工作；整党中揭发了它的本质是小资产阶级自由主义和宗派主义作怪，整党后这些东西是没有市场了，大家的注意力全副集中在政策路线和提高业务上面。加强政治领导，推动集体研究，成了巩固整党成果的一个主要关键。为了从积极方面改进工作，培养干部，我们采取了统一领导、集体办公的制度。编辑通讯资料等方面集体在一起工作，统一交换情况，打破过去"你也有情况""他也有情况"，结果都搁在一边的现象。各方面情况统一研究交流，统一掌握，研究确定共同的宣传方针和计划，这样做可以及时发现问题。譬如大家在高平小报上，发现高平县委在布置生产上表现了严重的自流，编辑部就集中情况多方研究，提出意见进行批判，帮助高平县委扭转了弯子。集体办公，也可以及时地总结经验。最近一个时期冀南、冀鲁豫来稿很少，我们运用太行太岳纠偏的经验集中力量通过报纸及通讯社帮助他们组织报导，使报导工作逐渐保持全区面貌。集体办公使学习加强，任务统一，力量集中，同时进行严格的分工，根据不同对象进行不同的宣传，目前有专门同志做文字广播、重要新闻编写，并准备专写通俗稿件及口播新闻，发挥各个部门的独立业务，培养专门的经验和能力，而不会形成力量对消。在社务方面也建立了集体办公制度，发行印刷同编辑密切配合，消除过去互不过问互相推诿现象。报纸在群众中威信提高，份数显著激增，在编辑工作上必须比过去更多地照顾出版的时间性。目前经过邮局的帮助，利用现代化交通工具的方便，现在全区当日可见报的已有十八县。读者范围扩大后，同时要更多照顾读者对象，最近以来城市商人订报飞跃增加，在编辑上必须适当照顾这一读者群（这是由于我们宣传党的工商业政策结果）。由于集体办公，形成了在完成各项政治任务上一元化的领导和全体一致的动员，激励同志们努力工作的热情，完成任务的准确性也比过去大大提高。有些新干部在集体帮助下做出了优异的成绩，提高了全体同志对党报和党的通讯社的责任观念和前进心。

第五，总分社及《人民日报》依据中央局宣传部指示，在整党以后，有计划地领导了检查和纠正"左"倾冒险主义，提高了政治的思想的水平，给今后培养干部、建设全区性的统一的通讯网，打下了有力的基础。土地会议后，在批判了通讯工作的非阶级观点及"客里空"错误之后，加上骨干通讯员及分社同志均在进行整编，这时我们对各分社的业务指导和具体帮助也很不够，一时形成稿荒，很多人怕反省不敢写稿了，分社怕犯错也不敢拍发电讯了。以后情况虽稍有改变，基本上思想仍是混乱的，大家写稿都是往贫雇方面偏，甚至处处表现左，以为左比右好。在这种情况下，总分社二月份在中央局宣传部直接指导下，检查了"左"倾错误报导，并按照党的指示，发动各分社掀起政策检查，从纠正左的偏向中逐步引导到端正政策、端正态度。现在初步检查方告完毕，思想开始一致，通讯社工作已较前显得活泼。在总分社方面每周出版一次《业务与情况》，综合全区主要情况、干部群众思想状况，交换研究宣传经验，确定宣传方针，严格地执行报导工作上的政策检查。这一刊物是新闻干部学习政策自我教育的一个重要依托。总分社在纠正"左"倾错误的基础上建立了今后各种制度，同时着手准备研究建立全区通讯报导的具体组织工作，真正培养出一批政治坚强业务熟练的新闻记者。在改善业务状况方面，坚决肃清组织工作上的"左"倾残余，譬如通讯工作中排斥知识分子的现象等。并防止"客里空"作风死灰复燃，在纠正"左"倾偏向中强调实事求是与人为善，决不可捕风捉影，不加分析区别乱加批评，提倡有重点地全面看问题，帮助全体干部从积极方面消灭"客里空"现象。

就整个工作说来，我们的工作才在初步转变，这些经验还不十分成熟；从全体工作同志说来，运用新的经验也还不够熟练。我们必须继续大大努力，克服缺点，为更加加强本区党的新闻建设而奋斗！

（1948年5月15日）

# 在整顿队伍中发展通讯网

## ——本报一年来的通联工作

本报的通联工作，一年来在建立工作制度、加强业务研究等方面都有了更进一步的改善。在内部工作上建立了分工制度，每个区域由专人负责组织及指导通讯员报导，并对每个区域的情况及通讯员来稿能够进行分析研究，编印"情况通报"，作为确定每个运动阶段的报导方针的参考。每月总结来稿情况，主动地定出下月联系重点及报导方针，提出问题，抓住关键，在"通讯往来"中以具体的县、区、村为例指导各地。在去年八、九两月，并举办两次新闻通讯文艺评奖，起了教育与鼓励通讯员的作用。

在建立通讯网工作上，自去年九月新华社《纪念九一，贯彻为人民服务的精神！》社论及领导上提出"建立农村工农通讯网""知识分子与工农结合"的问题以后，我们即开始主动地注意这一问题，如通讯工作较差的太行四分区也整顿并发展了通讯组织。特别是经过去冬宣联会对各地发出整编新闻队伍的号召及今年一月在各地开始整编的时候，我们取得各地党委、办公室的直接帮助，在整编队伍中整顿并发展通讯网。截至目前，通讯员已由去年本报周年时的一千人发展到一千五百余人，而各地的通讯员登记表尚在源源寄来。我们的通讯队伍是大大发展了，而且通讯员的质量是大大提高了，他们都是经过了整编学习思想站队的县、区、村干部、工农群众及革命知识分子。

另一方面，在过去一年中，我们思想上及工作上曾犯了"左"倾的错误。首先表现在对于通讯网的组织路线上的错误认识。由于我们对"建立农村工农通讯网、知识分子与工农结合"的精神，在最初一个时期没有能够仔细体会掌握,加上小资产阶级思想方法上的片面性,我们曾对知识分子发生了轻视甚至排斥的情绪。在日常工作上,表现对知识分子来稿的不信任。在去年九月二十五日本报第四版发表的《从内邱通讯工作来看建立农村通讯网的基本问题》一文中,更严重地表露了这种思想情绪,该文对知识分子要求改造"好"了以后,才能"配合"工农推进农村报导工作。怎样才算改造"好"了?标准是很难确定的。而且,应该是在工作中不断改造,不能空谈改造好了才让他们做通讯员。因为在我们的农村的现实情况下面,如果不发挥知识分子的在文化方面的特长(当然工农好的思想作风他们应该虚心学习,不断改造自己),农村工农通讯网的建立是很难想象的。何况今天解放区的知识分子,绝大部分都是我们的政民干部、革命职员,及为新民主主义社会服务的自由职业者。

"左"倾错误思想,还表现在对报导工作的指导上。去年十二月十日三十二号"通讯往来"组织冬季生产报导及十一月三十日印发各地的冬季生产及各地反抢粮斗争的报导方针,总的精神是强调应以"贫雇为骨干领导,并掌握群众性的副业生产互助组",对于如何团结中农共同生产则没有提到,并说:"一切报导应符合真正的贫雇立场,符合贫雇农及其他翻身农民利益。"反抢粮报导方针则强调"武装要真正为贫雇所掌握"。这些,完全是忽视党的政策的严重错误表现,对报导工作上过去所发生的"左"倾偏向,我们错误的片面贫雇观点是发生了它一定的影响的。

(1948 年 5 月 15 日)

# 我们的《真理报》

西蒙诺夫 著　罗焚 译

　　本文是苏联作家康士坦丁·西蒙诺夫为《真理报》出版一万期纪念而作，发表于一九四五年九月二十五日的《红星报》。文中对怎样做一个党报的优秀的记者和通讯员，和《真理报》在伟大的爱国自卫战争中怎样英勇无畏地工作，均有所记述。我们刊载此文的目的，一方面为了教育党报工作者和通讯员同志们，另外也供广大读者同志学习怎样严肃地对待革命事业，怎样以一个正确的标准来对待党报和监督党报的工作。

——编者

　　常常是这样，我们不大思考很常用的字的真实的意义，我们每天照例要翻开报纸，在报头上有两个字——"真理"，我们不大在这个名字上用脑筋。但除此而外，很难找一个更简单的、更有力的、更正确的字来作这个报纸的名字的了。就同任何报纸的同人一样，《真理报》的同人，也是由各种各样的人们组成的：作家、新闻记者、通讯员、访员、艺术家、摄影师，但是印在这报头上的两个字——"真理"（真实）团结了所有这些、经常是各式各样的人们，树立了共同的方向、共同的原则、共同的工作作风。

　　在我们的生活中，在最大的和最小的事情上，真实都是重要的。我们是地球上的最坚定的真理追求者，我们把整个生命都献给那为了真理与正义在地球上获胜的斗争。

　　因此，自然而然的、毋庸异议的，我们联共（布）党中央委员会的机关报，就只能是而且也应该叫作这唯一的两个字——"真理"。

但是，大的真理（真实），是由许多小的真理（真实）堆积起来的。因此，在一切的情况下，寻找真实——首先是真实而且只能是真实——成了每一个在《真理报》工作的人的无条件的前提。即使这是登在报纸最后一版上的一小条新闻纪事，或者，这是在莫斯科外围战的严峻的日子里，一篇很认真的估计局势的社论——一样的，归根结底总得合于一个相同的原则性的标准。这应当是真实的，从头到脚都是真实的。

在保卫祖国战争这样艰难困苦的条件下，在前线的条件下，追求真实，想要精确地和客观地阐明一切细微末节，是困难的而且常是危险的事情。为了真实地描写战争，便需要亲身看见战争；而为了要亲身看见战争，便需要经受战争的最直接的参加者——前线上的兵士和军官——所经受的同样的危险。

对于《真理报》的战地通讯员，无论有着什么样的困难，也想直接弄清楚一件事的真实情况，是他们永远不变的特质。

《真理报》给了自己的通讯员们一些高尚的和困难的任务，这些通讯员当中，有不少人已经在战场上英勇地牺牲了。关于每一个死者，都可以写上很多很多的，但我现在首先想到了两个人——两个很不相同的人，甚至他们的职业都是各异的。但是他们在前线上所共同代表的一个报纸，以及他们共同的行动作风，永远联系了他们。这就是世界闻名的作家叶夫格尼·波特罗夫和我们最著名的摄影记者之一——米哈依尔·卡拉式尼可夫。

在战时，我不止一次地同他们两人碰过头。这两个人是不完全一样的，但《真理报》记者所特具的共同的特征结合了他们。首先，这是很认真的两个人，永远是认真地思考一切，为自己的每一句话、每一件工作认真负责的。如果用办报人的话来说，这是干练的、具备着锲而不舍的精神的坚强的人物。

我记起在卡累利亚前线上,我亲眼看见叶夫格尼·波特罗夫同战士和军官好几次的谈话,他从来不寻找皮相的感觉,不追逐不切实的谈话的平易的印象。他,《真理报》记者,首先想知道的是真实,吹牛皮的,或者真正勇敢的,但却喜欢夸张自己的功绩的人,都不能够欺骗他。

波特罗夫善于在人里面发现最重要的、真正的和生活的真理。有时候,在他忍耐着听完了一顿夸夸其谈的谈话之后,他说:

"——不,我不写这个人。"

相反地,他却有耐心在一个沉默的、不大会讲话的人那里花好几个钟头,仔细地听完各种各样的,仿佛是最琐碎的一些细节,而感觉这个人是真正的英雄。他无论如何要发现真理,而且用最细密的精确性去阐明和表现它。

除去这个出色的人和作家的积极性而外,在他的工作里,便强烈地感觉出他曾经经过了一个长时期的业务训练,感觉得出他在《真理报》工作了很多年,这个工作使他学会了正确地处理问题,有了责任感和义务感。而这些,是他认真地工作得来的。

当我论述着《真理报》的同一时候,我想起了米哈依尔·卡拉式尼可夫,他是一个摄影记者,这个人总是以首先一个共产主义者,以一个负责着一个巨大的报纸的人的态度对待自己的事业。整个国家都知道卡拉式尼可夫拍的照片,这些照片即使是极细小的地方都是不做作的,都是在真正的战斗环境下拍制的。

摄影记者的职业,是一个复杂的职业。它要求灵活,要求善于适应环境,要求给人们拍照的时候,善于估量这个地点和时间是否合于报纸的需要。

卡拉式尼可夫善于正确地和毫不讲价钱地完成报纸的每一个任务。他会在最复杂的情况里,保持自己高度的自尊心,因为他想到自己是一个报纸的代表,而这个报纸,无论他和谁谈到它,都不能不尊重它的。

《真理报》的战地访员,在战争初期的严重的日子里,在危急的时刻,都是留在报纸所指示给他们的岗位上。而报纸本身,在一九四一年十月和十一月的严峻的时日里,当远处的炮声达到莫斯科的时候,它还是泰然自若地守在自己岗位上,还是在先前那道街上,还是在我们大家都熟悉的那幢房子里。前线靠近莫斯科了,在这些日子里,《真理报》距离最前线,比别的时候的任何战地报纸都来得接近。炸弹就在街对面爆炸,烧夷弹落在印刷局的屋顶上,爆炸震动得每一个编辑室里的玻璃往外飞。但是,《真理报》出版着。

我把这些秋天的和冬天的日子记得很清楚,在这幢房子里,除去《真理报》而外,还有着其他几个中央报纸。去前线的访员们,只要五十分钟、一点钟、一点半钟,就可以到达最前线;有时候,在一昼夜内,他们跑去前线两次。轰炸没有停息过,但是,每一个办公室仍旧燃着这般安静的灯光,在规定的时间仍然一点不差地出着整版整版的报纸;仍然是这样精细,报纸的每一页都要经过校对员和编辑的好几次校对,因为,真实不仅在巨大的事件上,在细小的事情上也是重要的。

这幢出版报纸的房子,对德国人充满了轻视。这证明了:战线的迫近和希特勒孤注一掷的进攻,都丝毫不能改变编辑部的任何习惯以及任何共同的工作作风,报纸充分地发表了关于战情严重的真实的字句、关于德国人的进攻、关于德国人向莫斯科的逼近,但是报纸本身却这样泰然自若地出版着,好像它离开它住的房屋有一千公里似的。

一定的,经过二十年或三十年以后,我们会以这样的兴奋和尊敬翻阅一九四一、四二、四三年这一时期的已经发黄的全部《真理报》,就如同我们现在翻阅一九一七、一八、一九年的全部《真理报》一样。报纸上的许多事情都过去了,许多事情今天活着而明天就会死去的。但是,当报纸是公正的,当它清楚地正确和勇敢地反映了自己的时代的时候,它自己就是一个历史。

在战争日子里,《真理报》的每一页都呼唤人们奔向战斗,告诉人们——"坚持!""不停息地前进!"日复一日地讲说士兵的心上所需要听的全部东西。《真理报》的每一页都将成为伟大斗争的年代记——这是没有疑问的。

《真理报》出版一万期了。在这一万期中间,有一千多期是在祖国战争的年代中出版的。所有我们历经了这个战争的人们今天都想说:这不是简单的一千多期报纸,这是各种最不相同的人们——作家和排字工人、访员和校对员、编辑和摄影师、汽车夫和机器工人积极劳动的成果,这是巨大的、正直的、勇敢的集团的劳动成果。

如果说,这几年中的全部的《真理报》,是伟大战争的一部历史,那么,战争年代中的《真理报》的工作本身,也就是这部历史的一部分,而且是很重要的和不可分割的一部分。

(1948年5月15日)

# 我读了一首好诗

## ——介绍张志民的《王九诉苦》

萧三

我很喜欢《王九诉苦》那首长诗。作者张志民同志，不知是哪里人，在何处工作。我记得还读过他的其他作品，但这篇《王九诉苦》给我的震动颇大。"孙老财"那一段开头两句"进了村子不用问，大小石头都姓孙"，就写得非常有劲。下面十句：

> 孙老财一手把天地盖，
> 穷小子死了没处埋。
> 孙老财瓦房前院连后院，
> 穷小子光着屁股串房檐。
> 孙老财的陈米生了虫，
> 穷小子菜粥锅里照人影。
> 孙老财街里一跺脚，
> 吓得穷小子不知怎么好。
> 孙老财算盘排扒打，
> 算光了一家又一家。

简单、朴素、生动有力地描写出孙老财的整个"身份""生平"，使人顿起一种憎恶之感。下面第二段"王九的账"，算是孙老财罪恶的具体表现。第一段算是"概论"——也算非常真实、具体，同时形象突出，很有力量。整篇长诗的手法，形式也非常好，既通俗、顺口，也极能感动人。"八月里来秋风凉，高粱谷子齐上场""我双手捧起那没梁儿的斗，眼泪滚滚顺斗流，量了一石又一石，哪一粒谷子不是血和汗？""我王九心像钝刀儿割，饭到嘴边把碗夺""人穷志短没奈何，我王九不如老财的猪！""四更打水天不明，老财被窝里骂几声""孙老财对你一百一""西北风紧吹滴水成冰""窗棂儿刮断雪推门，深更半夜冻死人""孩子冻得像光翅鸟"……以及最后控诉一段"阴天也会变晴天""大杨叶儿哗哗响，杨树底下大会场""王九的心里像开了锅，几十年的苦水流成河"……都是非常好的句子。总之，我最近读到许多关于土地改革、农民斗争诉苦翻身的诗歌，很少有这样写得好的。我要向所有的读者、所有的诗歌爱好者、创作者介绍这首长诗。我要向作者张志民诗人紧紧地用力地握手，庆祝他的成功！希望他再多写些这样战斗的诗歌出来。

（1948年5月15日）